羊呆住了

李盆 著

后浪

四川文艺出版社

图书在版编目（CIP）数据

羊呆住了 / 李盆著 . -- 成都 : 四川文艺出版社，
2021.1（2021.2 重印）
　　ISBN 978-7-5411-5813-1

Ⅰ . ①羊… Ⅱ . ①李… Ⅲ . ①短篇小说—小说集—中
国—当代 Ⅳ . ① I247.7

中国版本图书馆 CIP 数据核字 (2020) 第 193798 号
本书中文简体版权归属于银杏树下（北京）图书有限责任公司，并
由其授权出版。

YANG DAIZHULE
羊呆住了

李 盆 著

出 品 人	张庆宁
选题策划	**后浪出版公司**
出版统筹	吴兴元
编辑统筹	朱 岳　梅天明
责任编辑	邓 敏
特约编辑	孙皖豫
装帧制造	墨白空间·黄 海
营销推广	ONEBOOK
责任校对	汪 平

出版发行	四川文艺出版社（成都市槐树街 2 号）
网　　址	www.scwys.com
电　　话	028-86259287（发行部）028-86259303（编辑部）
传　　真	028-86259306

邮购地址	成都市槐树街 2 号四川文艺出版社邮购部 610031
印　　刷	天津创先河普业印刷有限公司
成品尺寸	130mm×210mm　　开　本　32 开
印　　张	11.5　　　　　　字　数　220 千字
版　　次	2021 年 1 月第一版　印　次　2021 年 2 月第三次印刷
书　　号	ISBN 978-7-5411-5813-1
定　　价	48.00 元

目 录

00 自序 业余作者如何摸索出路 *1*

01 12号楼 *39*

02 想起孔雀 *44*

03 没有5 .... *47*

04 陈公堤 *53*

05 击垮 *58*

06 苏老师没有遗言 *62*

07 了解神，了解华北之心 *64*

08 心里的小事响了起来 *68*

09 父亲的红移 *72*

10 苏老师 *79*

11 张牧师之死 *83*

12 1812 .... *88*

13 如何横穿马路 *93*

14 所有的树 *96*

15 摇摇晃晃的校长 *99*

16 大徘徊村 *103*

17 白墙 *107*

18 巨塔有没有升起 *110*

19 俄国之子 *117*

20 烦人 *120*

21 想把马翻过来 *123*

22 朝阳医院 *125*

23 淡绿色的河北人 *129*

24 我所认识的 Jason *132*

25 但是 *137*

26 农村图像学 *140*

27 城市图像学 *157*

28 事情有点麻烦了 *171*

29 清晨遇到五个字母 *174*

30 空地向导 *176*

31 烟尘学 *178*

32 千分之一个鞑靼骑兵 *182*

33 朽木漂流 *184*

34 红树林野餐 *187*

35 量子神庙 *189*

36 放映员 *194*

37 一条脊背 *197*

38 发酵的鹅 *200*

39 四个苏丹人 *203*

40 一种休息 *206*

41 通惠河考 *208*

42 塑料大猩猩 214

43 张咸鱼在夜里过黄河 219

44 猫有点乱 222

45 病死记事 225

46 沉默游 228

47 世界植物文明史纲 232

48 直走 236

49 坑 239

50 荀子试车 242

51 文种之陶 245

52 缓慢的东浦村 249

53 三个事 252

54 拦住坟 254

55 平静的奶奶 256

56 姚家园一号坑 258

57 不说话的小茅 261

58 失焦的马 264

59 茄子 266

60 多猫的垡头 270

61 三个傻儿子 273

62 谈一谈事情的产生与终结 277

63 非常缓慢的死刑 281

64 寻找筐 284

65 小陨石 286

66 香菇刀客 288

67 羊呆住了 *291*

68 一个人 *293*

69 滴杀 *295*

70 四百个老太太 *296*

71 扫落叶 *298*

72 守鹅人 *300*

73 大地喷发 *302*

74 拆围巾的人 *306*

75 奶奶不回头 *308*

76 咳嗽 *310*

77 分叉的蚯蚓 *312*

78 小倩倩馄饨 *314*

79 农展馆摸猫现场 *316*

80 一个地方 *318*

81 睡不好 *320*

82 被唾弃了 *322*

83 斑马线 *324*

84 如何抓住一只狂奔的鸡 *326*

85 觉得庞中华的字俗气，是后来的事 *328*

86 苍蝇为什么会搓手 *331*

87 外星人喜欢吃什么 *333*

88 孤独感有什么用处 *335*

89 最大的静物 *338*

00 自序 业余作者如何摸索出路

我是最近两年才意识到我们这代人的幸运之处。

一个普通的下午，即便你站在公交车站旁边，也能看到世界上的熵在急剧增长，有史以来最大的"现象"浪潮正在远远地过来。

世界上事情最多的时候，理应是一个地球人感到好奇和兴奋的时候。

一切都正在解体、流动和闪烁。知识和历史被纷纷打碎，但还不够碎，我正想是不是应该再踩上一脚。

以下所说的有部分观点来自之前的知乎 live，这些看法无论优劣，都是我在写的那一刻内心真正相信的。

目的不在于求认同，而是提供不一样的个人见解。

001 去世界底部，阅读日常事物

知识是一把双刃剑，要不要持续地寻求知识是一个永恒的矛盾。但我们至少可以说服自己去怀疑一些次级知识。

在自然科学之外，其他次级知识的发展，容易坠入一种纯粹的智力游戏，最终远离知识对象，让知识本身变成了对象。也可能只是沦为一场复杂的语言实践，除了语言之外，什么都不相干。变成语言与语言之间、逻辑与逻辑之间的耳光，然后又把这种互搏游戏作为对象，加以评论与解释，再以评论评论评论，以解释解释解释。

许许多多新奇的书，惊世骇俗的显学，带后字的新思潮就这样层出不穷。

而我们也只是把次级知识当作生产工具、社交工具和消费品。

当你写出一个鹅卵石的论文，并不是因为鹅卵石里面有什么论文，只是因为你需要一个论文。

所有的次级知识都是来自人自己，而不是对象本身。这时候知识不是为了求真，而是和犁一样成为生产工具。一篇论文的文本，是潜在的商品与通行证，意味着名声、学位、职业前途等等。但鹅卵石始终是沉默的。

次级知识在它的市场中，更多的是一种社交式阅读和情绪消费品。在单向街或者雕刻时光里面，慢慢变得只有道具式的新书和阅读周边。阅读已经普遍生活方式化的时候，读者潜意识中关注的是，这种知识在社群中能为自己带来什么，关注度、钱、名声、一种生活方式的满足、疲惫生活的代偿、抵消虚度时间带来的内疚、辩论中的优势、智力虚荣的满足、输出欲与倾诉欲、比较与考据的游戏感等等。

但终究，次级知识只是展示一些不多于自己的东西。

甚至什么都没有，只有一些"真理式的激情"。

所以应该去底部阅读日常事物，重新看待身边的一切。世界的底部并不在远处，不在亚马孙雨林或者撒哈拉腹地，也不在五十一区或者教堂里面，更不在任何卷宗之中。

人类没有什么彼岸，只有一些日常事物，世界的底部就是祛魅之后的日常事物，沉默地存在于次级知识的泡沫深处。

走在下班的路上，身边琐碎的一切，上面都笼罩着一层透明的符号，衍生知识，行为痕迹，还有问号与待填补的空白。日常事物就是一切知识的源头、标本和实践场合。

人们应该永远尊重的一个人是弗洛伊德。无论有多少人说他的理论已经边缘化，那也只是知识权力和知识中心例行转移的结果。

弗洛伊德不是书斋式的理论家，他是整个知识历史中罕见的元作者。直面并且克服生而为人的本来缺陷，几乎不依靠任何知识和结论，仅仅凭借对日常事物的观察便完成了属于自己的理论。而他最重要的日常事物标本就是自己。弗洛伊德完美地证明了，至少在社会科学和文学领域，最好的阅读和思考，都是没有屋顶的。

另外一位善于观察和思考的地球爱好者列维 - 斯特劳斯，是这样说他如何在岩画中感受到结构主义要义的：

"当你忽然发现……可以同时在岩石上面发现两个

菊石的遗痕……两个化石之间存在着长达几万年的时间距离，在这时候，时间和空间合而为一：此刻仍然存活着的多样性与不同的年代相重叠，并且加以保存延续。思想和情感进入一种新的层次，在那当中，每一滴汗，每一片肌肉的移动，每一息呼吸，全都成为过去的历史的象征，其发展的历史在我身体重现，而在同时，我的思想又拥抱其中的意义。"

列维 - 斯特劳斯提到的是结构主义的主要观念之一——重共时性而轻历时性。这种主张不仅仅是在岩画之中，其实在日常生活中的任意一个角落都能发现，一切历史都被拍扁在此时此刻，并与当下的事物共生，互为参照互证异同。

按照日常事物的眼光来看，即便是被全社会猛烈抨击的教育体系，其实也并不是一无是处。基础教育中有许多值得赞赏的做法，比高等教育更好。当在网上随手查询"日常事物"的时候，会发现这样的在线作业题：

作文！任选一个日常事物，认真观察、体会写出它带给你的启示。（不少于 300 字）2014-10-07

任选一个日常事物，认真观察，体会写出它带来的启示。500 字作文。2014-11-19

仿照课文《蝉》《贝壳》的写法，任选一个日常事物，认真观察体会，写出它带给你的启示。2014-12-15

一篇从平常事物中发现生命的意义的初中生作文。要求：认真观察、体会，写出它带给你的启示。2014-10-07

写一件平凡事物的作文，(最好是路灯)要带有启示的。2014-09-23

这是我们每个人都写过的、熟悉的作文模式。它们其实并不像看起来那么弱智，本身可以看成是胡塞尔或者列维-斯特劳斯式的命题，没有什么表明不可以在小学生的意识中切开一条接受现象学和人类学的缝隙，并且，小学生学游泳的速度远远比成年人更快。遗憾的是没有什么体系内的老师可以真正挖掘这种做法，因为老师也普遍是次级知识和高等应用型教育的产物。

所谓天赋其实个体差异不大，只是自觉意识不同而已，而教育决定了这种自觉意识。

偶然看到一段题外的话：

"不仅在'自然界'，而且在整个世界中，经验都不占有真正重要的地位。因而，宇宙间的目的、价值、理想和可能性都不重要，也没有什么自由、创造性、暂时性或神性。不存在规范甚至真理，一切最终都是毫无意义的。"

所以必须要在地上扶起日常事物，也许只有关注日常事物才可以让自己正视这个可能的结果，并为自己的一生寻找一个自洽的状态。

002 对词语过敏的自我诊断

在大家都喊着碎片阅读不行、汉语被用坏了的时候，实际上在 2016 年随便哪一天，人们写字的总频次，几乎可以超过整个唐代。（猜的）

我很好奇，在所有应用中文的群体中，每 24 个小时会打出多少个汉字，这是一件很难统计的事情。如果不去计较竹纸绢帛和像素的区别，实际上没有任何一个年代出现过如此巨量的文字痕迹，人们从来没有这么密集而自然地书写过，而且是全民书写。即时通讯和自媒体实际上让汉语的生命力出现了空前的大爆炸。这不是语言集权化和精英化的年代，但从语言生命力的角度来看，是一个从没有过的黄金年代。

全民书写主要是汉字输入法的贡献。输入法书写是心理活动、口头表达和文字表达的中间形态，说和写进一步模糊，书面和口语之间不再分明。这种简便和快捷带来的渗透程度，让输入法在文字应用上的贡献几乎可以超过活字印刷。

但输入法中的语义联想和热词推荐，代表了这类工具的一个主要毛病，即高频词越来越高频。活跃汉字越来越集中。一味讨好用户是互联网产品的原罪，输入法也不可能躲掉这个原罪。

当一亿个人都使用同一个输入法打出"卧槽"的时候，"卧槽"就会被优先并且持续地打出来。"卧槽"本来是一个非常陌生而且无辜的词，甚至能说是一个不存在的词，但如今陷入了一种虽不重要但也不必要的思虑和麻烦。

在当下的语境中，显然是有这样一种细微的考量：使用"卧槽"是对脏话的一种有限回避，是一种给脏话加上滤镜的做法。由此发展出来的，还有游戏感更强的"握草"和"我中艸䒕䒕"，而在评论区有些睾酮更高的青年，则更加直接地使用"我操"。

"卧槽""握草""我操""我艹""我擦""我嚓""我去""我勒个去""擦""我中艸䒕䒕"，这些词之间的细微差异，和如何在打字的瞬间被选择，关系到人们如何判定自我，以及如何考虑他人的反应。每一个使用中的瞬间选择，都是人们给自己贴上的一个细小的标签。标签并不起眼，但不可忽视。

最终这个词将被几亿人过度使用并且包浆，之后会永远背负着很重的意指负担，成为当时语境中的一个重要标本。

这是每个词汇在过度使用之后都不可避免要面临的命运：所指增生。

这种所指增生，让每个词都像是蛲螂，在身上背负了太多的额外意指，一旦背上就不太可能卸得下来。

以至于几乎有这样一种假设：如果把全社会总的人文形态看成一件毛衣，然后把随意一个词语，比如"握草"，看成一个线头，揪住这个线头，便可以把整件毛衣拆干净。意指背后还有意指，意指是无限衍生的相似性，意指会吞食整个世界。

　　每个人都会对少量的词汇存在过敏反应。有一些过敏，就来自上述那些高度符号化和所指增生的肥胖词汇。

　　如果对两个曾经的网络热词进行尸检就会发现，"浮云""洪荒之力"的猝死，都是所指增生的结果。

　　几年之前，"浮云"这个词在刚刚开始爆发的时候，它背后最强烈的意指是"网感""新""时髦"，使用这个词的人完全不是出于语义需要，而是贪图这种额外的意指，这也许并不是虚荣心那么简单。而当在几个月之后，"浮云"的使用频次过高而失去了新鲜感，人们就开始在修辞的鄙视链上迅速分化，像一队行进的蚂蚁忽然溃散。当又过了几个月的时候，"浮云"已经在互联网上大规模消退，最终在各大企业年会、春晚上稍微回光返照一下，便逐渐落灰了。直到几年之后，仍然普遍存在回避"浮云"这个词的情况。

　　相比"浮云"，在被一轮一轮的人造热词训练过之后，"洪荒之力"的生命周期更短，面对的阈值更高。如今使用"浮云"的频次已经降低到很低的程度，而"洪荒之力"则面临消失。

　　来自微博的一句话：

　　"看到说洪荒之力果断关掉。"

　　这两个词先后背负了"新""创意""互联网""十万加""追热点""跟风""俗""老套""过时"等互为因果的几种包袱。通过两个词的衰退路线，也很清楚地能看到从 IOS 到千元安卓机、从航站楼到绿皮车、从写字楼到集体宿舍、从创业公司到事业单位的几种社会地貌。

这种词语所指的增生，带来的后果就是人们对过期热词的过敏，最终是这个词语的死亡，硕大油腻，扔在废纸堆里。

某中文社交媒体的运营团队是最能炮制这种人工热词的团队，每个有动静的热词，都是他们一手发掘并调集流量浇灌，他们在一代人中间用废了不少无辜的汉字。

还有一些过敏，来自莫名其妙的通感，往往找不到原因。

有人从小学开始，就从来不使用"心痛"这个词，而是一直使用同义词"心疼"。只是觉得"心痛"两个字有一种中年人写信的感觉，略微浮夸，还带着弱势和潦倒的味道，甚至能让他联想到他和他爸的隔阂。而这种不能接受一个词的感受，近似于不喜欢一种颜色的感受，可以无限发酵，却像纯净水的味道一样很难用语言表达清楚。

还有的人不喜欢"母亲"这个词，因为有一种腰粗和肥胖的感受。也有人不喜欢"却"这种笔画较少的虚词带来的干燥感。甚至还有人会因为形状而不喜欢"万"字。这种过敏一般都会在很长很长的时间里，改变一个人的用词习惯，并形成很多很多暗角。人们会在潜意识中直接淘汰所有不喜欢的字和词，通过近义词或者修辞来进行代偿。

　　这种通感通常来自独家记忆，和私人经验密切相关，每个人各有不同。

　　审美偏好是另外一种类型的敏感，一般称为"特别爱用"。

　　著名体育评论员杨毅的微信公众号中，平均每周能看到三到四次"漫长"和"漫漫长河"这两个词，始终弥漫着一种大漠孤烟直长河落日圆，时光深处有风吹来，英雄迟暮长歌当哭的感受，这看起来是一种对史诗情绪的偏好，意味着繁忙都市生活中的英雄梦想，就如同相声演员在吃饱之后"那一夜梦见百万雄师"。

　　另外，在一些讲话之中，用"当前"开头的段落占到一半以上，"当前，国际局势复杂多变……""当前，改革进入深水区……""当前，全球气候处于……"对"当前"的应用，类似于一种仪式性的口头手势，一种齐刷刷的排比徐徐展开，说话间仿佛夹带着杀伐决断以及洞若观火两个微微发亮的成语。

　　还有一些常见的偏好，比如在行文中以形容词作画。把代表局部真理的金句断行加粗，仿佛一切陈述就是为了抵达这一行字。为了一个巧妙的环形逻辑而特意修改主旨。过度迷恋大珠小珠落玉盘的语感，写不到一千字就开始喘。或者通过自动书写偶尔发现一个精巧而迷幻的西式文字装置，却不知道如何安放。

　　"吟安一个字，捻断数茎须"的修辞传统之下，许多许多的传世作品，实际上都是一种文玩产物，审美也许是好的，却只有一个盆景那么大的格局。人们太喜欢口吐莲花和字字珠玑，最后忘了真正要说什么。

无论是哪种过敏，都是来自文字使用者本身。而词语永远是无辜、透明和中性的。

对词语的偏见，让这种用于书写的工具反而影响了书写本身，让文字成为文学的最大束缚。在语言文字面前，没有人是自由的，只是这种不自由没有任何不适，代价太低而不被注意。这是一个痔疮一样普遍存在却不显著、也无法根除的问题。

文字本身不应该是阅读的终点，文字本身只是一个起点。文字也不应该是写作的终点，只是设置一个观察和想象的窗口，提示叙述走向或者提示一种意识状态。如果对词语脱敏，减少对修辞的执念，文辞上的钝感往往能成就更多，就像卡夫卡和刘慈欣。

003 自媒体与书是假乌托邦

"有史以来第一次，在我们这个时代里，成千上万训练有素的人耗尽自己的全部时间来打入集体的公共头脑。打进去的目的是为了操纵、利用和控制，旨在煽起狂热而不是给人启示。"（译文引自麦克卢汉《机器新娘》原版序言，何道宽译本）

还有这一句："一切媒介都要重塑它们所触及的一切生活形态。"

麦克卢汉在几十年前说的话，在今天看来就像启示录一样。在电视刚刚出现的年代，麦克卢汉以修拉的点彩画法来形容当时的电视，这种二维显像的低清晰度的电子设备，用三百万束电子从另一侧轰击屏幕，人们只能注意到其中的几千个点，然后调动一切感官介入，快速完形。除了几千个光点之外，电视什么都没有提供，一切让人身心震撼的东西，都只是观众大脑中的耸动而已。

显像技术发生巨变之后，4K 电视机和各类高清屏幕早已不符合当时的"冷媒介"定义，但本质上，它们仍可以被看作"电子修拉"，并以更高的信息清晰度裹挟观众全身心介入。

法国广告人把"冒险、欢乐和梦想"看成是消费主义时代最容易传播的内容，媒介像是一种通过管道迅速生长的巨型菌类，带着这些果味曲奇一样的内容席卷而来，掠夺注意力甚至掠夺意志，让每一个人成为自我意识薄弱的宿主。当在各种无孔不入的媒介面前忘情投入的时候，人们很容易变成一个吃到糖果的巨婴。

这是一个难置褒贬的趋势，有人反对，比如一些新勒德分子，有人支持，比如"技术是无罪的"，更多的人在看电视，不关心这些事。只是当你凝视屏幕的时候，屏幕也报以凝视，并带着吞噬的视角。

自媒体这种近年来刚刚兴起的媒介形态，更加快捷，更加消费化，更加哗哗作响。

其中有一类代表是今日头条、一点资讯等"塑料新闻"客户端。这些应用的内容模式和商业模式都非常相似，快速易读，精准推送，有自媒体成分，借内容来收割流量、广告和大数据。

然后把这种简单的、满足读者小屏阅读需求的模式，通过组织管理和包装，可以做到估值 30 亿美元，年流水朝着 100 亿发展。

然而，今日头条此类内容平台的链条上什么都有，唯独没有像样的观念和意识。这种快新闻媒体，其实并不是媒体，而是扮演成媒体的一桩数字生意。

这种数字生意养活了十几个上下游的行业，相关的所有员工都在靠这种平台吃饭。大家都以内容创意和模式创新为名，付出劳动，获取一些报酬。劳动性质有三种，一种是搬运，一种是维护，一种是销售。这种劳动和挖煤差不太多，其实今日头条本身就是一个非常忙碌的煤矿，只是以定制化的零售信息为主。

另一种媒介的近似形态，是出版物。

即便是好的书，也只是知识的有限模拟物，而那些不好的书，则是模拟物的模拟物。一些纸张和装帧过的实体，悄悄在人们意识中非常逼真地饰演了"知识"和"学习"。但书不是知识和学习，就像武器不是战争，书以及背后的出版行业，也只是知识商品化的方式之一。

谷歌在 2010 年用他们的算法大致推算过，在一系列常识性的限定条件下，世界上的出版物有 1.46 亿件。印刷品这种东西，已经成了地球上最强势的"类媒介"之一，而且带着天然的光环。

从来没有人说过看书是不对的。但是现在，"看书"

这种天赋正义的事情，是时候要被打破一下了。

电视、互联网、书这种印刷品，它们本质上是一样的。大部分书不见得是传递知识，也照样可以让人放弃思考，或者挟持思考，而且它们侵占意识的方式更加隐秘，更加让人觉得合理。最令人担心的不是烂书，烂书非常容易分辨。最令人担心的是看起来是好书的烂书。以经典之名，让一个读者一辈子的思辨基础都寄生在它身上。如果一个人他所有的思考基础都来自典籍，是非常可怕的，还不如不看书。思考框架建立在一本书上，还不如建立在一片树叶子上面。

而出版社从开始的时候，就是一门生意，它独立于作者本人而存活，所以它的最高目的一定不是帮读者什么忙，而是通过传播来卖出更多份的拷贝。出版是广义上的媒介和广告，它把一个人的作品从无形变成有形，然后封存，复制，传播，运输。这个过程和卖灯泡类似，卖灯泡也是把一个人的发现或者发明，从无形变成有形，然后封存，复制，传播，运输。

最终卖出更多的拷贝，才符合出版社的本质。如果修改或者导演作者的作品能卖出更多的拷贝，他们也会这么做，实际上业内普遍在这么做。

大部分的消费化的书和媒介，有一种共同性格：绝不挑战公众经验。

出版、媒介和广告传播，是三个近亲。它们在本质上都是媚众的，一旦偏离公众经验，就会导致常规意义上的失败。一切辛苦的经营，都是为了要准确地构筑在公众的既定态度和既定情感范围之内。

有一个看法是：广告是把自动化原理拓展到社会中的一种尝试。营销模型大都是自动化原理的变体，目标就是让消费者按照预定规律运行，去掉理性和自主意识。消费化的出版和媒介也都是如此。

而我们常说的横贯许多个领域的"创意"，就是变着花样的讨好。创意的目的，就是让目标消费群一直保持注意力，待在舒适区里，然后等候收割。

书、内容与媒介消费化的另一个后果，是作者与读者之间，互相慢慢丧失本意。

以咪蒙为例，她的所有文章，和新口味的小浣熊干脆面是一个性质。咪蒙的新的推文一出来，潜台词都特别像那句广告语："小浣熊的干脆面又出了新口味"。

这件事情的本质是她又为受众量身定做了一个"情绪八股"，也是一个商品，可以带来声量、流量，搅动一下争论，扩大一下注意力。这个话题完全不代表咪蒙本人的价值观，也不是她对任何人的任何说教。只是一种经营的方式。可以想象在策划这样一篇文章之初，她就已经预见到了一些人的激烈赞同和另一些人的激烈反对。

然后咪蒙的一条有争议的文章，同时可以催生上百篇带着明确目的蹭流量的微信文章，标题基本都带有咪蒙两个字，这些也都是商品。就像一条鲨鱼身上通常会寄生着八到十种吃腐肉的小鱼。

而骂咪蒙的人几乎都以为自己是出于良心，但其实是嫉妒心和仇富心理在起作用。这种嫉妒心，往往会藏在对价值观的批评后面。消费咪蒙的人，也未必会视咪蒙为偶像和导师，只是潜意识中崇拜热度与人气。

人们在自媒体当中，并不认真讨论，只是要占据舞台。

书和媒体无底线地变成商品，根本原因是我们的文化偏技术，当下的社会又是逐利和消费主义至上的。所以这个时代，面对书和媒介的时候，需要比以往更加警惕。如果你走进书店或者打开手机，内心预设是：这一切都是伪装的和别有用心的，也毫不为过。

而对于文学类的写作者来说，少看书可能是好事，另外，写十万加的文章或者培养粉丝群这种事情，永远都不值得去做。

004 在当代艺术和非虚构之中，寻找可能性

史上大部分的文学作品，都是在复述，有的是在复述幻想，有的是复述过往的现实。把已有的和规律中的事物再铺陈一遍。

复述是在求同，让人类摸一摸自己的共同质地。

能让人类大规模自我触动的作品，多数是谋求一种刻奇。个人回忆会变成集体回忆，个人情感会变成集体情感。感动数十亿人，在灯光亮起的时候纷纷起立鼓掌，或者成为永恒的警句刻在所有的墙上，大都如此。

已经成为文明基石的悲剧，可能正是因为刻奇才成

为文明基石。

即便是伟大如马尔克斯，或者权威如瑞典文学院，也仍然是在寻找人类的共同质地。只有极少数的人，才能摆脱这一点。

每一个有兴趣写点什么的人，都应该出于自私，也可能是一种好奇和虚荣，去寻找别的可能性。

可能性自然不再是寻找那些人类的"共同质地"，而是去寻找真正的分歧、差异、弥散。寻找共同经验之外的一切没有凝固的东西，这些往往都是超现实的。

如果我们习惯的那些文学作品可以让所有人找到共鸣，而接下来的文学，则应该让每一个人找到"♪"的一声，这一声只有自己才能听到，并且每个人找到的那一声"♪"，可能会完全不同。

汉语太古老，而白话中文的书写又太年轻，充满缺陷，像盖不住灰烬的薄雪。当我们环顾四周，不应该感到自卑和沮丧，而是应该感到一种非常幼稚的狂喜。所有人都应该在白话中文这块地上下手，一边偷笑，一边七手八脚地开垦起来。

这块地上可能需要七百多个乌青，但冯唐不能多于一个。

现实与幻想、现实与超现实之间没有什么本质差异，只有经验上的差异。我们经常把对现实的记录称为非虚构，没有发生的"现实"看成虚构，把夸张一点的"现实"称为幻想，把匪夷所思的"现实"称为超现实。

而什么事情会作为现实而出现，以及什么事情不会作为现实出现，是没有什么规则和保证的，造物主并没有画过一条线，说一类必须是现实，会发生在身边，另一类必须是超现实，只能存在于想象之中，也没有规定看起来超现实的部分永远不能进入经验之中。现象本来就不应该这么分。

最简单朴素的办法，即把时间和空间稍微打乱一下，把经验之内的现象调度和拼接一下，所有的现实便会成为幻想和超现实。唐代人无法想象一个年轻人可以跟他卧床的小舅依靠一定赫兹的波，来发出一个😊。一个一生都在山里抱着猎枪等待猎物的老人，如今喜欢在国贸商城等着黄羊路过。

甚至如果不做任何调度和拼接，单独转换眼光，就可以把现实中的万事万物看成是超现实的。任意事物，在我们习惯的现实经验之外，都有无意识和不可知的部分，而且显然无意识和不可知的部分更大。这一部分难以捕捉，并且不可量化不可勾勒，不可言之凿凿地谈论，但绝对是不能忽略的。

假设人们本来就已习惯无意识和不可知的部分，则字典中就不会再出现超现实这三个字，不会再有这种概念分蘖。

当谈论这些话题的时候，能明显感觉到语言捉襟见肘，描述这些东西就如同想用射钉击中气味，追求清晰就意味着局限和谬误，想保持谨慎和忠实就意味着一坨糨糊。毕竟字词只是基本的记号工具，区区几千个的排列组合而已，还不能精确地描述无限绵延的不可描述之物。

　　再次分享一下布勒东《超现实主义宣言》中的段落。布勒东作为作者没有不得了的产出，但作为理论组织者，不能无视他的作用。

　　……诚然，倘若只是浮浅地考虑结果的话，那么许多诗人都会被人看成是超现实主义者，首先，但丁就是超现实主义者，在幸福的日子里，莎士比亚也是超现实主义者。我曾多次尝试着去还原那个被人称为天赋的东西，尽管这种称呼有背信弃义之嫌，在此过程当中，我并未发现有什么东西最终能划归于另一种过程。

　　爱德华·扬的《夜思》（ *Les Nuits* ）从头至尾都是超现实主义的，不幸的是，那是一个神甫在讲话，那大概是个拙劣的神甫，可他毕竟是个神甫。

斯威夫特在作恶方面是超现实主义者

萨德在施虐淫癖方面是超现实主义者

夏多布里昂在抒发异国情调方面是超现实主义者

康斯坦在政治方面是超现实主义者

雨果在脑子清醒时是超现实主义者

德博尔德-瓦尔莫在爱情方面是超现实主义者

贝特朗在过去的时代是超现实主义者

拉博在死亡之中是超现实主义者

坡在冒险中是超现实主义者

波德莱尔在道德方面是超现实主义者

兰波在生活实践中及其他方面是超现实主义者

马拉美在吐露隐情时是超现实主义者

雅里在喝苦艾酒时是超现实主义者

努沃在行亲吻礼时是超现实主义者

圣 - 波尔 - 鲁在象征方面是超现实主义者

法尔格在环境方面是超现实主义者

瓦谢在我心里是超现实主义者

勒韦尔迪在他家里是超现实主义者

圣 - 琼·佩斯从远距离看是超现实主义者

鲁塞尔在逸闻趣事方面是超现实主义者

……

（译文引自布勒东《超现实主义宣言》，袁俊生译本）

　　这些话说得有点玄，但我理解这都是互文的表述方式。实际上就是在说，现实对于超现实，互相之间没有量的差异，没有质的差异，互相没有统治性和依附性，没有一方主流另一方反主流，没有对抗和替代，没有继承和发展，没有新旧和前后，这两者互为彼此，可以在某些历史阶段中通过知识概念来被手动分开，也可以在另外一些历史阶段又混在一起。

　　如果厌倦了复述幻想，可以尝试向非虚构去寻找可能性，非虚构是一种更省力、肌理更丰富、更具实验性的素材采集方式，而且更容易捕捉超现实意味。现实和超现实的混合样本，通常不在人们编造的故事里，而是在现实之中。

非虚构的内容并不是要写什么报告文学和特稿，它最大的近义词是杜尚所定义的"现成品"，就像杜尚的"现成的自行车轮"那样，在作品中利用日常生活的原始切片。

005 反对象征和隐喻

插一个不重要的细节。

就是对象征的厌恶和反对。这个话题不属于任何一个章节，但事情太着急，就像积食和宿便，来不及放在下一段了。

象征这种方式，最令人难以忍受的部分在于其中的矫饰味道。以编码的方式，借助微弱的相似性，把一个东西和另外一个东西联系在一起，当你翻看它的时候，它忽然跳起来说：嘿你以为我是一个剃须刀吗，我是一个吹风机！

而象征这种陈述办法，大量地出现在诗歌当中，尤其是稍微早一点的诗。

在网上可以查到关于波德莱尔的一段介绍：

"诗人波德莱尔发展了瑞典神秘主义哲学家史登堡的'对应论'，把山水草木看作向人们发出信息的'象征的森林'，认为外界事物与人的内心世界能互相感应、契合。诗人可以运用有声有色的物象来暗示内心的微妙世界。正是这种强调用有物质感的形象通过暗示、烘托、对比、渲染和联想的渠道来表现的方法，后来就成为象征派诗歌以及整个现代派文学的基础方法。"

不能否认波德莱尔和另外一些伟大的名字，他们在现代文学的早期，起到了重要的敲门的作用。而且跟前人相比已属一声惊雷。然而他们所有工具中最重要的象征，却已经成为味道不好的陈旧方式。

我曾经非常努力地想喜欢波德莱尔和一些别的人，但最终还是放弃了。但也仅仅出于个人口味而嫌弃他们，就像因为刀工不好而不喜欢一盘菜，我对此其实感到有点内疚，但这一点不可改变了。

进入新的世纪，一方面仍然有大量的诗人和诗在走前人的路，依靠从此及彼的编码系统。但这个门类同时也远远比早期更加多元化，另外一些诗和诗人更加自然、通畅，不再是什么象征、隐喻和韵脚组成的公式，而是一种一气呵成的存在态。

反对象征不是反对相似性。万事万物都有原始的相似性，这一点很难推翻，也没有什么必要推翻。福柯在《词与物》中对相似性有过非常彻底的描述，一举揭示了总体知识的最古老的根源：

"直到16世纪末，相似性（la ressemblance）在西方文化知识中一直起着创建者的作用。正是相似性在很大程度上引导着对文本的注解与阐释；正是相似性才组织着符号的游戏，使人类认识种种可见的和不可见的事物，并引导着对这些事物进行表象的艺术……在16世纪，相似性的语义学网络是极其丰富的：友好、平等（契约、同意、夫妻、社交、和平和类似的事情）、协和、协调、连续、同等、相称、相似、连结、连系。还有其他许多概念在思想表面上相互交叉、相互重叠、相互支持或相互限制。眼下只需指出几个规定着它们与相似性知识之联系的主要形式。存在着四种肯定是基本的相似性形式。首先，是'适合'……第二种相似性形式是'仿效'……第三种相似性是'类推'……第四种相似性是由'交感'作用担保的。"

相似性这三个字的容量是极其惊人的，无处不在，超越所有学科和知识分类。用现在的话来讲，可以说是细思恐极。我们中国人从来没有研究过这个 la ressemblance，但我们习惯的相似性，从古至今在任何地方都俯拾皆是，中医里有朴素的以形补形，人们讲究物以类聚人以群分，当我们焦虑的时候会说胸口压着一块大石头，讨厌某人的时候会自然而然地说"你是猪吗"，经常看到一件东西就想起家乡，面对一篇文章有时会夸"行云流水"，在为人处世的时候讲究"道不同不相为谋"，还有五行八卦天干地支等等等等，而这仅仅是一些随手可得的、最表面的相似性陈述，最重要的一种，我们十几亿人赖以联系在一起的汉语言文字，本身全部来自相似性，我们的民族情结、乡愁、宗教归属、基因和血统意识，也都无一例外可以归为相似性。

相似性本身无所谓好坏，只是造物的基本规律，和对这种规律的本能化的陈述。在语言的各种组织方式之中，对相似性的处理办法有不少，而象征和它的孪生物隐喻，是其中口感不那么好的一种。这是一种私见。

006 破除文体

先看一段去年的活动介绍：

"为鼓励青年创作者在这个快速、喧嚣的时代进行新鲜、诚实、有深度的创作，2016 年 8 月 15 日，北京当代艺术基金会（BCAF）携手国内外多家机构，共同发起'破壳计划'，支持已经积累了一定作品量的青年创作者出版第一本书。

"项目第一期于 2016 年 8 月 15 日正式开放申请，10月 31 日截止。共设小说、诗歌、非虚构、漫画四种创作体裁，经过初选和终选，最终在每种体裁的投稿作品中各评选一部出版纸质书，其他达到出版水准的作品出版电子书。在作品出版后，'破壳计划'仍将继续关注获选作者的长期发展和成长，提供一系列机遇和资源，推动丰富的后续产出，包括英文国际出版及推广、作家导师专业分享、国际创作驻留奖学金、与艺术家的跨界合作、作者电影合作、公益合作等，为青年创作者带来不同角度的营养和启发。

"'破壳计划'评委阵容豪华，共有十二位创作前辈应邀担任终选评委，包括小说组：著名作家余华、金宇澄，著名学者、批评家张旭东；诗歌组：著名诗人欧阳江河、翟永明、胡续冬；非虚构组：著名作家梁鸿、李娟，新媒体非虚构平台《正午》主编谢丁；漫画组：艺术家陆扬、温凌、烟囱。初选评委则由资深文学期刊编辑、记者、青年作家等组成。"

看起来这个"破壳计划"在众多的类似活动中已经算是非常不错的，但仍然没法突破那种既定的模式：就是搭建了一个由经验、权力和社会关系构成的小圈子，来审核一些类型化作品。小到破壳计划，大到诺贝尔奖，都差不太多。

过度类型化是最大的问题，也是看起来最正常不过的事情。

其中的"小说组""诗歌组"等是最普遍的分类方式，无论是一所普通的学校发起的作文比赛，还是一个棉纺厂举办的职工征文大赛，或者是刊登在晚报副刊上面对市民的征稿，普遍都是这么分类，这在我们的语言环境中，是从来不会被讨论的。

即便是世界上各种大大小小的文学奖，评论界、学术界等的权威机构，也都从不怀疑这有什么问题，诗人、小说家这种典型称谓已经深入人心。

但这其实是一种非常简单粗暴的分类。至少有两个非常明显的后果。

一种后果是，很多忠于内心的、具备实验性的作者所生产的形态不规则的作品，普遍被边缘化。

"你这写的是什么东西？"

对于一些自由流动，难以归类的东西，从普通的中学课堂到最知名的学院机构，只要是处于系统中心的评价者，多数都会有类似的第一反应。

另一种后果是最严重的。

这种文体格局会持续塑造后来的人，写诗就必须要有个诗的样子，写小说就必须要有个小说的样子，离开了这些类型就觉得不对。

无数的小孩从生下来就被教育写说明文、议论文和记叙文，背诵一些名著片段，了解一些诗人、小说家和戏剧大师，然后沿着既定的道路往前走，即便是对语言有偏好、先天喜欢写的孩子，也不得不走很长很长的弯路，可能直到五十岁才能绕回来，有的人一辈子都绕不回来。太多自以为热爱文学的人，一不小心就掉进一堆书和牌位里。一辈子都在去寻求成为别人。

诗歌、小说、戏剧三座大山，早就已经权力化了。在我们的语言实践中，除了这些大的类型，还有一些土特产，比如散文，杂文，散文诗。这些陈腐的体裁之分，负面影响已经压过了积极影响。

本来人们写出来的文字形态应该是自由蔓延的，没有什么清晰的界限，和生物种类和方言一样是渐变的。但出于分类的需求，被强行划分成了几大块。这是一种懒惰的表现，只是因为这样划分会显得非常整洁，便于消费便于收纳，便于建立殿堂和产出经典。

回到出发点思考，文体在一个写作者应该关心的问题中，并不是那么主要，不应该被过度抬高。下笔之前首先在心里破除文体，远离一些看起来天经地义的腐朽规则，和一些非常死板的判断标准，想怎么写就怎么写，不用管结果是什么。

但破除文体并不意味着否定已有的那些出色的作品，只是怀疑有些人亦步亦趋的做法和作茧自缚的心态。破除文体并不是设置新的禁区，而是要打开所有禁区。

如果人们真能开始不那么重视文体，那就意味着是一种大规模的价值重估。文学界需要一场这样的深度重估。

007 不抱目的去写

在我们的语言环境中，"文以载道"已经被认为是真理。"文以载道"的训诫把汉语文学牢牢钉死在文学工具化的框架内。

言之有物、提炼中心思想、一句话讲明主旨的语言训练，还有学以致用的教育观念，一代又一代地塑造了所有的人。

"文以载道"的说法来自周敦颐，有必要顺便提一下儒家思想和宋明理学。从根源上看，儒家思想就是大型组织管理学，让庞大的族群保持现世安稳的同时，也屏蔽掉了更多的可能性。之后儒学又在理论上和其他思想打通，变成了理学。理学在哲学高度给自己找了更多的生存依据，但仍然摆脱不了过于现实的技术性特征，摆脱不了紧缩、反熵、求秩序的组织管理学本质。无论它怎么发展，最终都是画下一条线，而不是擦除一条线。

一盆水泼在地上是不可能留不下痕迹的。儒家思想慢慢变成统治思想，统治思想又被打散成为民俗，溶解在民间。我们以为来到了新的时代，但在主流文化圈，儒家仍然是被抓得最紧的文化稻草。即便是在以西化和潮流著称的文化创意类公司，也不可能摆脱儒家的影响。

在这种土壤中，文化会不可避免地偏技术，文学和艺术都带着难以摆脱的工具属性和有限性。所以必须要反对工具论，文学作品并不应该有什么社会作用，至少不应该特意去考虑这种作用。

在现在的阶段，每种有价值的文学作品都已经不同程度上变成了一种自我表现的形式。文学的形式本身已经醒来，形式本身具备实在属性，不再只用于表现具体思想或者事物。

除了"文以载道"这一类的目的之外，如今写东西的目的更为现实。在这个消费主义盛行的年代，什么事情都是功效至上，什么事情都要有现实回报，什么事情都要量化衡量，什么事情都是要谋求数字增长。我们已经感觉不到写作本来该有的状态是什么。

自媒体时代的作者很容易自我阉割，即便没人胁迫的时候，出于逐利的考虑，也会自己修剪自己。在整体阅读量中占比过半的自媒体内容，都是按照一些原则和目的产出的，而且这些原则和目的，目前普遍被认为是对的：

- 讨好读者。
- 引人注意。
- 有传播力。
- 符合流行的观点和主题。
- 反对流行的观点和主题。
- 炫耀技巧和修辞。

- 批量复制爆款作品。

- 应激性创新。

- 凑数量，早点成为一个出过书的人。

- 凑类型，成为全能型作者。

- 想涨粉或者害怕掉粉。

目的前置的做法本身就是阉割，比任何其他方面的限制都要严重。在下笔之前就让内容进入一种实用的固定模式，即便是躲避模式的，通常也是出于智力虚荣而进入另一种固定模式。这个时代标新立异的方式、批评的方式、抒情的方式、解释现象的方式、玩弄一些文字形式的方式，展示审美的方式，等等等等都越来越趋同，越来越功利。

这些目的会损害一个作者身上真正的使命和最初的动机。

每一个曾经有志于写点什么的人，在自媒体时代都会有一些不为人知的感慨，而感慨会变得越来越少。在这个时代，纯粹的写作是一件备受冷落的事情，所有的关注和回报都十分稀薄，更多的是一种叶公好龙式的关注，以及同情式的回报。长时间的青灯黄卷之后，作者的写作不可避免地会慢慢变成自己的回声，就像一个人向深潭中投石，对着树洞自言自语。

而写作仍然是一种非常重要的"自我技术"，它先于所有目的而存在，对一个人的作用不会因为冷清而有任何衰减。

008 业余比专业更有价值

文学史必然是和评价系统结合在一起的，已经座次森严拥挤不堪，而且充满了互惠和互谤，无论是在国内还是在西方，都已经是齐腰深的名利场。

在这个领域里，充满着根深蒂固的权力逻辑：前人决定后人，已有的决定未来的，有光环的决定没光环的，中心的决定边缘的。

每个时代，只有在当世被人们认为显赫的、影响力大的作品才会找到位置。只有中心的几个名声鼎盛的人物，才会被社会广泛接纳，然后成为大师。个别幸运的边缘人物往往在身后才能进入大众视野，太多太多的书稿从来没有见过天日。

文学比政治更加依赖民粹思维，是造神运动最多的领域。造神运动是一种很可怕的毁灭行为，不是建设，而是毁灭，毁掉其他的可能性。

凡是成功的，都会和专业和权威画上等号。很多人崇拜大师、崇拜专业不过是崇拜成功而已。

但其实文学领域没有什么理论是重要的和专业的。任何人都可以用任何方式，生产任何理论和任何作品，只要能自洽，并且是来自内心的真实声音。

在这个领域内，边缘的、琐碎的、不好归纳的、容易丢失的、没有什么名声的，才是本来面目。功成名就的，高度权威化、中心化的理论、风格、人和作品，并不是全部，文学绝不仅仅是那几个山头。

每个人脑子里都有很多很多没有来由的、琐碎的、看起来没有什么价值的碎片，本来都是富矿，但往往都被忽略掉，只是因为人们认为自己是"外行"。其实即便接受了很好的教育，了解了各路大师的经典，也不见得比自己脑子里莫名其妙的念头有价值，这些念头是每个人都有的天赋。

我们总是仰望一些大师如何挥洒天赋，却忘了自己也有，而且人人机会均等。差距仅仅是偏执程度、自觉意识和少许技巧。

对于作者来讲，业余就是最好的方式，业余意味着这件事不是那么重要，不重要的事情才会不扭曲，可以保持敏捷和新鲜。

在身份归属上，作者始终是很难选择的，不管是进入作协，大学，出版机构，还是什么文化圈子，都意味着进入一种权力系统。权力系统中首要的自然会是权力运作，而不是写作本身。对组织行为的关注必定会取代对纯粹热情的关注。

另外一种，如果作者不去投奔任何体制，就在家里全职生产，除非特别有钱，否则必定会被动商业化，很快进入投机状态，定制内容谋求回报。当今所有的出版流程，都是生意为先，所有的自媒体也都是流量至上，没有人可以逃离。

对于没有财力保证的作者来说，想专业化或者职业化，在投靠体制还是投靠市场之间，只能选择一种卖法，或者两边兼顾，变成一个跑场子的人。

在当下，凡是感觉写作没有出路的人，基本都是因为瞄准了两条大路，一条是奔着出书改电影赚钱。另一条是在圈子里出名，被翻译成外语，进入专业机构的视野。这两条路当然都是渺茫的，因为这是别人的路，充满了别人的游戏规则，作者得成为别人才行。

但实际上，写作本来是很简单和很自我的一件小事，只需要一个技能，就是母语。别的都用不着。甚至都不用去宜家费心挑选书桌。

业余就非常好，只有业余才能让这件事真正成为自己的事。保持私人化，保持次要，三天打鱼两天晒网是最好的状态。

009 时常搓洗一下文学史

历史就像一辆随意漫游的车，无论怎么走，身处车内的乘客都会默认为是往"前"开。历史还经常会给人一种连续的错觉，好像一切都是沿着时间依次发展的。

划分文学史，最好用的办法是用时间来区分，古典、现代等等，这其实更像是一种记忆法，有助于我们沿着本能把这些东西记住。这种文学史只是一种最能找到共识、最简便易懂的文学史模式。不代表唯一解。

而对于作者来说，这种断代方式毫无意义，一个忠于自己的作者，是不会考虑文学史的走向的，本来文学史也没有什么必然走向。

一个作家和另一个作家并不是什么承上启下的关系，

即便后来者受过影响，也不能说是接过前人的稿纸。每个真正独立的作者，心里都有着排他的、互不相干的完整世界观，都会试图用自己的理解方式去统一所有已发生和未发生的事情。这是一种重复的全局性的工作。而且这种认识是不依靠时间而存在的，并没有"历史"属性。但是在后人看来，往往把他们按照页码编进同一本理论书当中，默认他们合力拼成了一个绵延的文学史。

还有很多横空出世的人，很难解释为时间原因，只能说他们是突变型的作者。

以萨德为例，萨德横亘在西方知识界，一度让所有领域都无法绕开。而他似乎又与所有时代不相吻合，就像突然出现在装修奢华的大屋子里的一棵酸枣树，无处摆放。萨德不是时间产物，只是恰好出现在了18世纪，他也可能会出现在9世纪或者未来，也许9世纪本来就已经出现过萨德，但是没有留下什么痕迹。同样的人，相信还有很多很多，但井然有序的线性文学史显然是无法自然容纳这些人的。

而在中国，文学史的进程更加难以捉摸，我们没有自己的评价体系，我们的文学史是无法与欧洲自动匹配的。在读者和学生眼中，"现代"概念一直处于游移状态，有时候好像承载着西方意义上的"现代性"，有时候又仅仅变成一种指代民国时期的时间概念。

假如按照西方的现代概念来衡量，中国的现代文学似乎出现在更早的时候。至少魏晋时期就是非常早的文化觉醒运动，有着明显的现代性。鲁迅把魏晋时期称为

"中国文学的自觉时代",还提到了"人的觉醒"。后来当横贯封建时代的统治思想越来越纯熟,文学反而开始越来越充满着文玩和学究味道,有的走不出市井,有的走不出山林,有的走不出书斋。

以上所说的断代,是沿着时间来归类整理的方式,下文的流派则是横向分类的方式。这种分类比沿着时间分类更不合理。

在文学史上能留下记录的人,大都从一个有血有肉的作者变成了百度百科中的人瑞,他们的作品也都穿过变迁剧烈的文化和语境,被洗成了一种面目模糊的语言文物。后来人们看经典,大都是拿着看文物的思维去看的,时间越久、名气越大,附会就越多。尤其是荷马这样的早期作者。

我们对作品和作者的了解其实都十分草率和失真,一个跨时代作家的作品,经过时间与翻译的磨损,除了有个大概轮廓之外,动机、细节和真实的东西就像是锅汽,会随着语境变迁慢慢丢失。

后来的阅读,其实更像是重新创作,所有的作家,都已经被读者重新创作过一万次了。无数人的阅读、评论,让文学史变成了一部误读史。知识界和出版界又把这种误读大量地繁殖、印刷、流传下来,并用自己的权力和影响力,巩固和放大这种误读。

流派,往往就是在这种误读的基础上产生的。

其实有必要按照一种新的分类方式 —— 不是以成果为依据分类 —— 而是以动机分类。

原始驱动力，是一个重要的考察坐标。

如以下这十几种：

1. 无聊。

2. 竞争意识。

3. 钱。

4. 性欲。

5. 愤怒或者悲伤。

6. 自卑。

7. 虚荣。

8. 失败感。

9. 求真。

10. 恶作剧。

11. 攀比。

12. 讨好。

13. 角色扮演。

大部分以作家为第一身份的人，首先也都是"人"，都可以纳入这些原始动机当中来。

很多厉害的作家，他们后来侃侃而谈的事情，还有历史对他们的那些认识，都是在有了成就之后顺势而为。很少有人会在早期默默无闻的时候，就意识到后来自己仿佛真的信奉的事情。

电影《公民凯恩》里的线索是玫瑰花蕾，其实每一个作家都有一个自己的玫瑰花蕾。只是不足为外人道也。

太多知名的作家，除了早期作品，后来的工作都是在维护自己已经取得的成就和名声。在早期作品里最容易看到原始本能，就是在那些不太好的，不太完善的片段里。当终于弄了一部伟大的著作出来，编织这部作品的过程，往往也就是建立防御的过程。伟大往往就是失真。

0010 一小块寂静

人是无处可逃的，到处都是普通的一天。

没有另一个地方，也没有另一份更好的工作。没有改天没有来日，没有等一等再说。没有整块的时间，和阳光打在书桌上这种愉悦时刻。

没有灌好墨水的笔。

如果想写，就直接在胃里开始写，在脑子里也可以。在地铁上，会议室里，大中电器门口，交电费的时候，超市二层的膨化食品区，都没有什么妨碍。

除了母语，和自己头上的一小块寂静，别的什么都不需要。用不着什么群山和地平线，也用不着喝酒抽烟。

在这个社会上，用母语写字，是你唯一能完全由自己掌控的一小块事情，不大于一也不小于一。这一小块和人没有关系，和神也没有。不用在意夸赞，也不用在意贬低和批评。

不是为了出名赚钱，因为根本赚不了钱。只是自证存在，以及提供一种必要的自由幻觉。

想用之前在知乎上的一个回答作为结束。

如果你学的是冷门专业，不要担心，因为热门专业也不会更有用。

知识本来都是一样的，那些把知识和谋生绑在一起的做法，是我国教育的巨大失败。

我大学时的专业是横穿，横穿系 05 届毕业生，我的宿舍在五楼。

这个专业非常冷门，简直一点用都没有，四十二门专业课都极枯燥，都是绿色封面。

所以上课的时候，我经常从后窗翻出去买韭菜馅饼。老师也不在意，毕竟横穿马路有什么好讲的。

但他还是给了我至关重要的启蒙。

我的毕业论文是《如何横穿一个郊区》。老师伸出一个手指头说非常好，去研究，知识不一定要有用，不一定要有目的。

我就去研究了。沿着直线从铁西走到水泥厂，途中摔破了皮，但是有什么关系呢。

"不一定要有用，不一定要有目的。"后来我觉得他说得对，这句话是大学期间最大的收获。

我现在在一家广告公司上班，负责写所有 ppt 的最后一页：

"THANKS"

"Thank you"

"thanks a lot"

"以上"

"感谢聆听"

等等，我尊重我的工作，它是我用一只脚来参与社会的方式，也给了我钱，让我用另一只脚来完成自己。还养活了我的猫。

尽管工作和横穿专业一点关系都没有。但当时所学改变了我看待世界的方式，也是改变了宇宙，毕竟我就是一百多斤宇宙。

感谢这个专业和那位老师。

【2017 年 4 月整理】

01 12号楼

堡头，北京深处的一个孟买，街上弥漫着一种边民情绪。一个老太太拿着榨菜闯进超市，吵着要换一袋豆瓣酱，服务员拒绝了她。

结账的时候，外面下起了小雨，现在是春天，我往外看了一眼，突然发现金蝉南里的12号楼正在拷贝它自己。

两年前，久石让的秃头倒垂在欢乐谷上空，现在又发现一个楼在静悄悄地、飞快地拷贝它自己的本质，一个又一个，12号楼堆在12号楼里面，看起来就是12号楼，像什么都没发生。

我有点惊了。这种从本质到本质的复制，虽然在剧烈地进行着，但没有烟，没有辐射，没有用力的声音，也没有煳味。感官无效，只有一种自然的直接察觉。当我望向12号楼的时候，事情就忽然变成已知的了。

一个东西的本质会自行复制，这是常识，是自然法则，没什么大惊小怪的。小学课本上都已经学过了：道生一，一生二，二生三，三生万物，什么什么什么。

　　而且拷贝是原发性的，没什么影响，至少现在为止科学界没发现过什么后果。一般会认为，许多个完全一样的本质重叠在一起，不会更重，也不会更致密，一加一还是等于一。

　　其实拷贝的后果，就是如今我们的现实世界。

　　对于绝大多数人来说，事物的拷贝，和下雨时下雨一样正常，我们经验之中的所有事物，都是拷贝完成之后的。初始状态是什么样，无法知道也没有必要去知道。

　　也有一种看法，说本质拷贝的结果就是增加了解离的可能性。没有拷贝，就不会有解离。

　　网上也都在猜想，世上所有漫长的痛苦，和无法接受的意外，都源于拷贝带来的小概率情况，比如本质排异或者本质解离。比如湛江船厂的事故，塔斯马尼亚袋狼的消失，还有印度洋上消失的飞机。甚至李约的感冒，很可能都有同一类简单的原因，只是无法证实。

　　楼房这种东西人们很熟，它们很稳定，和其他所有东西一样，早就拷贝完毕了。都是沉重的一个，发出听不见的蜂鸣，有着渺茫的引力，不知道是由三个还是几千个它自己叠在一起。

　　让我吃惊的是，为什么到现在了，还会有正在复制中的居民楼。现在究竟是什么时间点，处于物质历史的什么位置。

　　我应该过去戳一戳复制之中的 12 号楼，敲击一下。

　　但不是很敢动它。算了。

　　过了一会，用书上的话来说就是十分钟后，拷贝就结束了，12号楼变成了沉重的一个，发出听不见的蜂鸣，有着渺茫的引力，不知道是由三个还是几千个它自己叠在一起。它已经是普通的居民楼了，在雨后的堡头，淡淡地矗立着。它灰扑扑的样子，就是生活本身的样子。

我错过了一个奇观，但能撞见过程已经很幸运了。不知道是不是偶然。

我从一种知觉缺失的状态里回到了现实，购物袋子勒得手指发凉，这是寻常的一天，还有很多事要忙，还要给李约买一个玻璃马。

这次之后，我意识到拷贝这种事，存在很多特例，12号楼只是特例之一。

大地影院，大地影院很可能是没有拷贝的，只有一个大地影院在那里。这样其实也算拷贝，就是乘以一而已。堡头的大地影院屏幕很小座位很脏，但我喜欢去那里看电影。一旦你知道它只是乘以一，就会感觉坐在里面非常放松。好像如果有什么不测，乘以一的大地影院是最不容易湮灭的那个。如果不是走进大地影院，我很难意识到平时自己是一直处于焦虑中的。是那种完全不可能消除的、根本上的焦虑。

许多风景好的景区，令人感动的山谷，都是乘以一的。

另一个特例，是一个宫，应该就是雍和宫。我从来没有去过雍和宫，长久不去，导致现在已经没法再去了。一想到要买雍和宫的门票，心里就有巨大的压力，像是社交压力。我害怕面对雍和宫。但我见过太多雍和宫的新闻图片，烧香的人拥挤不堪，在想象中，有时候觉得雍和宫是暗红的，有时候觉得雍和宫是深蓝的。但都非常寒冷。雍和宫是经历过多轮拷贝的事物，可能有一次是乘以二，又有一次是四五个，多的时候，也许一个早晨就原地拷贝了几十万次。

我还记得北京奥运会那年，加班打车路过雍和宫的时候，远远看到一个喇嘛坐在德胜门桥上，背对着我。按照常识，如果喇嘛背对着我，那么喇嘛就是没有正面的。只有一个暗红的背影，我看着这个背影，想起了克什米尔之子，还有喜马拉雅山脚下的歼击机，银灰色的涂装，在阳光下翻转。车开近了，在经过他的一瞬间，我突然意识到他屁股底下垫的不是报纸，也不是塑料袋棉垫子什么的，而是一个概念。

这件事我记得清楚无比，但无法描述。德胜门桥上的一个喇嘛，是如何坐在一个概念上乘凉的。不知道这个喇嘛是不是雍和宫的一部分，如果他也是多次拷贝的结果，就难免会有不寻常的地方。

还有景山，景山在原地进行了漫长的、极大量的拷贝，多到无法想象，所以有人会觉得，景山在气质上有所暗示，你带着火腿肠爬上去的时候，甚至能感到景山向你举下巴，但这都是玄学。

而人这种东西，却少有喇嘛那样的特例。

我很清楚自己是经过拷贝的，以此类推，日光之下并无新事，人类大概都是拷贝之后的产物，也是最容易出现解离的一种。人的结果都不太好，我的曾祖父，捻军的后代，就在朱庄被人在哲学上杀死。苏老师的儿子，死于渔船一软。还有大量的精神病人，徘徊在早春的夜里。

在这个世纪，仍然有两个如芒在背的问题：本质有没有可能吞食多余的本质而合并为新的唯一本质，本质与本质完全一样又何谈复制，更不用说排异和解离。

不清楚，我很忙。而且现在的科学，还不能直接观测语义。

想去研究的话，只能凝视，比如盯着墙，水杯，电视机，芹菜，等一些冗余的东西消散。

02 想起孔雀

地铁呼啸着进站的时候，呼家楼地铁站里的人们，忽然一起想起了孔雀。

就是一个瞬间，肥肥的无尾孔雀踱着步，在一棵什么树下面啄着塑料袋，什么树不太清楚。

非常具体，仿佛能闻到禽类在雨天的腥味。

我抓住了这个念头。在这么干燥的冬天，处处是乏味的象征：冬青象征着绿化，白线象征着秩序，发型象征着共识美，朝阳书屋象征着公共服务，虚浮的市井生活里到处都是可怕的、无意义的劳碌。忽然想起一只耸动的孔雀，就像闪电击中马克·吐温的一盒火柴。

这并不是回忆，我没有见过这只肥腻的无尾孔雀，很确定。

用排除法就可以了，我一生中见过的孔雀屈指可数，只有三次。

最近一次是在天津动物园，我带着李约，从美洲豹那边转过去，当时看到了孔雀，可看到孔雀的那一幕却怎么也想不起来，无论怎么用力回忆，每当快要想起孔雀，心里就会抢先浮现三个犀牛，三个大犀牛趴在烈日下，鼻息吹起浮土，像三个大果实的核在土里醒来。

另一次是在清迈动物园，我忘了看没看到孔雀，只记得火烈鸟和斑马。但我推断那里有孔雀，是金属绿的羽毛，走在泥地上。理性的推断远比记忆可靠，清迈动物园必定有孔雀，我也一定见过，不用讨论了。

还有一次，是在上海的一个酒店，花园里有白色的大孔雀，在早饭的时候出来捡桌底的饭渣。硕大的身躯有一种微微的威胁感，它们很无聊，如果它们咚咚咚地跑过来故意摔倒，扑通一下，十分淫靡地摔在你面前，热乎乎地压住你的脚，你根本不知道如何是好，几乎只能惊叫。

很清楚的三次，所以错不了。

呼家楼站里的所有人，也都和我一样在确认记忆，能看出来这一点。

站长穿着大衣，扫视着换乘的人群，做出殷切的样子，她假装在忙实际上百无聊赖。车一开，她就踩着地砖的缝隙从东走到西，一会又抬头看着顶棚，颌骨在动，她一边听着颌骨的震动，一边在想着什么，肯定是孔雀，孔雀在一棵什么树下面啄着塑料袋，否则还能是什么。

还有保洁，推着拖布徐徐走过，其实是拖布驾驶着她，她安详的样子有些恍惚，我没有那么确定，但感觉她的表情，分明就是一次又一次想到孔雀的表情。

对面的年轻人一副疲倦的样子，我看他一眼，他的眼神没有躲闪，他盯着我的头发，衣服，盯着我后面的墙壁，盯着我却没有在看我。毫无疑问，他在想孔雀。孔雀让他想起了童年吗，他曾经目睹父亲在雨中殴打一只孔雀吗。我不好意思凑过去问，"你想起孔雀没有？""你是否想起了孔雀？"这些都问不出口，现代社会的社交不是这样运行的。

有人陆陆续续下来排队，带着新鲜的擦脸油的气味，人们都想着孔雀，但也都没有太在意，可能只是觉得自己走神，就像随随便便一个走神一样。

集体想起孔雀，这并不算什么严重时刻，我猜这可能是一种刷新，一种不可分析的后台刷新。

我想在家人的群里说一声，但又一想，在满是灰尘的北京，上午十点，突然讨论孔雀干什么呢。

03 没有5

• **南普陀**

在地铁上，我心里总是浮现一个湿淋淋的大石头，一直想起南普陀南普陀，甚至忍不住想拽下邻座的耳机问他南普陀的事情。

那么是该去看一下南普陀了。

那天下雨了，下雨让人高兴，我们七手八脚把李约的童车抬上了山，在一个湿淋淋的大石头前面休息，大石头既熟悉又陌生。

李约也睡醒了，看到石头有点发呆。

"大石头。"

"好玩吗南普陀？"

她说不上来，不知道自己在哪里，但是下雨让人高兴。

我们带着她继续往山里走，穿过一些狭窄的台阶，台阶很旧，应该是宋代的台阶，因为我感觉我的脚步，基本就是宋代的脚步。

越往前越暗，偶尔能看到灯，在南普陀深处，一个人很少的地方，看到几个僧人坐在无苔的水池子里，淡漠地往外看着，下雨让人高兴，但他们见多了。

我忽然想起来一件事。

问李约还记不记得，在曼谷的一些郊区，也有这样寒冷的僧池。我们在酒店里喝的那种细罐的芬达，都是用僧人泡制的，全僧冷萃，静置一夜，然后贴上 0 卡路里。

但李约那时候太小，已经不记得了。

过一些年，她在火车上有点困的时候，会忽然一阵恍惚，想起下雨的味道和淡淡的橙意，她有点困惑，但是世事繁忙，来不及细想了。

• 洗脸盆

"我是洗脸盆。"李约严肃地说。

小天使在堡头上空喷出不少云朵。

"你是洗脸盆？"

我觉得她开始有修辞了，学会了一些文学性的东西，就像一个人说"我是一棵树"一样。

也可能她真的以为自己是洗脸盆。

李约，一个每天处于 2 到 7 岁之间的小孩，似乎也可以是洗脸盆，完全可以，虽然无法证实，但也无法证伪。

该如何否定她是洗脸盆这个说法？没法否定。

其实我连洗脸盆是什么都很难弄清楚。提到洗脸盆的时候，你心里会忽然浮现一个什么样的洗脸盆，是9块钱一个的红色塑料盆。每个人心里浮现出来的洗脸盆是一样的吗。洗脸盆缺乏公度。

而且洗脸盆的物质性，无边无际，令人混乱。

她是洗脸盆，我也试着这么看待她。1995年，我的初中同学就常常分不清自己和课桌的区别，他说出"我"的时候，很多时候都是指课桌。

一个人，这么小一个，拓展一下个体的边界，至少是一种有益的尝试。让自己大于一，打破第一人称的囚禁，很令人欣慰。李约才二十多斤，简直已经是人文主义的小树苗。

但是李约放下面包忽然又说，"我是狗狗雨伞。"

我有点吃力了，需要理一理。不过我又想到一个看法，感觉她本人可能是她的小我之一。

我想跟她说一说，正在组织语言，两只灰色的鸽子忽然闯了进来，只好起来把鸽子赶出去，鸽子突突突的走路方式吸引了我。

回来的时候，无论如何也想不起来要说什么了。

• 没有 5

这么清冷的春天，神在远处发蓝，大吴楠在教李约数数：

"李约数一遍。"

"1、2、3、4、6、7、8、9、10。"

"5 哪里去了？"

还是没有 5，半年以来都是这样。对于李约来说 5 是一个盲点。李约的意识中根本就没有 5。

4 个苹果是 4 个苹果，6 个苹果是 6 个苹果，但 5 个苹果就变成一片混沌。

如果去医院的话，拍一个 CT，也会发现确实没有 5。

大吴楠比较担心，现在的孩子攀比很严重，别的孩子都有 5，而李约没有，这会不会导致自卑。

在印度，一切缺口会由神来填充，在大海里，缺失的一块水会由别的水来填充。李约缺少的 5，会是什么来自动代偿，难道是一阵短暂的愉快心情。

没有 5，只是一个小小的缺憾，对于一个健康的孩子来说不影响什么，我这样劝自己。

甚至可能是好事。

比如她到了疲倦的 40 岁，觉得世界不行，但在一个上午，5 突然出现了！陡然感知到 5 的概念该多么惊喜，人生过半，重新发现了盘子里有 5 个苹果这种伟大的奇观。

而且我觉得，没有 5 也不一定会有缺口，如果有缺口，必然还是有 5。所以如果天生没 5，其实是什么都不缺的。先这样吧。

• 看马

我来到了后半生，正处于一场景物大爆炸中，昏昏欲睡，一会儿有个苹果飞过我，一会儿有个琉璃顶飞过我。

"爸爸来看马！"是李约喊我。

"在哪？"

"在公园。"

"什么马？"

"蓝马。"

然后李约拉着我往公园跑，面包渣掉了一地，我一边跑一边清醒过来。想起了邻居家的马，在结了冰的坡上折断了腿，令人惋惜。

我们一路上穿过马路，市场，旷野和车站，天快黑的时候，跑到了日坛公园。

一进门看见了红红绿绿的旋转木马。

"不是这个。"她拽着我一直往公园里面走。从游乐场的右边转过去，在柿子树下的一片空地站住了。

然后从墙根下拿来一个树枝，"在这儿，现在还不行，天还不够黑。"

我不着急，因为我一生中已经见过很多马了。

我们四处随意看看等着天黑，看看柏树，看看废弃的塑料狮子，空气里有化冻的泥土气味。

这时候天又黑了一些。

"好了！"

天色可以了，又黑又蓝。

她让我注意看着，然后在昏暗中抡起木棍猛击空气，空气里随即出现一个马头的影子，像淡蓝的煤气，瞬间就没有了。

"看到没有！"她兴高采烈地问我。

看到了！

她又试了一下，这次更清晰了。我试了一下，发现也可以。然后我们在昏暗的公园里，边走边到处打出一些马。

不过马头也太小了，又小又短暂，这样看马太累了。

但也还行，这样看马具有比较彻底的无前提性。

04 陈公堤

民国十六年，也就是熟悉的 1927 年，我的曾祖父，装有机械臂、半人半神的李景春，在离家十五公里的地方被人开枪打中了头。同时被杀的还有我爷爷的大哥，身材矮小但年轻气盛的红枪会头目，李文什么，不记得了。

土匪端着汉阳造从高处纷纷跳下来，红枪会的人没带什么武器，瞬间就倒下了。

我爷爷还年轻，趁着天黑把两个人的尸体运回了家。走过沙丘的时候，月亮出来了，历史在身后窃笑，这是第一次笑出声。

后来墓碑上写的"只身刺倒十余匪"只是周拔贡的想象，作为捐碑的带头人，陈公堤一带最后一个拔贡，他虚构了很多内容，主要有三个：

一、李景春仓促之间的反击在哲学上杀死了匪首，具体情况不太清楚，因为太快了。

二、个别匪徒是东汉黄巾军的后代。

三、关于红枪会的秘密资金在哪，在当晚的梦中，李景春告诉了我爷爷。

周拔贡太了解中国历史，历史完全是在以虚假的方式对后世的事情产生影响。所以虚构历史是一种非常正常的做法，类似于一种严肃创作。周拔贡的后人中，有一个女孩是中央人民广播电台少年广播合唱团的一个成员，我曾经在模糊的单曲封面上试图猜测到底是哪一个，音乐在播放，封面在旋转，但感觉每一个都像。

我的小学同学也姓周，他们必然是有些联系，陈公堤一带姓周的人很少。我和这个同学在同一个实验班，1998年去外地考试的时候，我们在宾馆里扭打起来，因为我把袜子放在了他的脸上。

民团、土匪和地方军队的摩擦由来已久，从明朝开始，一直持续到20世纪30年代。

李景春的拜把兄弟，不记得叫什么了，和滑县红枪会头目见面的时候，被庞炳勋的部队一起打死了。随后庞炳勋又剿灭了安阳红枪会，安阳的战斗之后，黄河沿岸所有地区的红枪会沿着陈公堤飞快瓦解，连声音都没有，只有一些小小的尘土弥漫起来，1930年正月，一切都结束了，残疾的武术教头捂着肝蹲在墙根。

十多年后，庞炳勋带着九个人躲在山洞里，被日军俘虏，他在军营里绝食的时候，想起了炒圆白菜的味道，戴笠传话来说，不要做无谓的牺牲。1963年，海面闪闪发亮，他和孙连仲在台北开了一家饭馆。

豫东鲁西残余的红枪会，有些人转头做了土匪，有些人加入了保安22旅，和齐子修的残部整编在一起，他们互相看不上，经常在一支队伍里拔刀相向。旅长是一个忧伤的人，总是脱下手套，背着手看着荒凉的盐碱地，他也想在夜里跨过黄河。

但在 1942 年大年初一的傍晚，他和他的 22 旅，被日军围在黄河故道中一直扫射到天黑，随后在所有历史中被干干净净地抹掉了。只在地方志当中留下四十多个字的记录："当你解答了生命的一切秘密，你就会渴望死亡，因为它不过是生命的另一个秘密，生和死是勇敢的两种最高贵的表现。"

这四十多个字必定会在文化局搬家的时候丢失，就像一个玻璃杯子，从出现的那刻起，接下来唯一确凿的命运就是被打碎。

这只是一轮扫荡中的一次局部战斗，岗村宁次端着他喜欢的小盆栽，平稳地降落在德州，正在盯着一万五千名日军在黄河以北的协同行动。

战斗结束后两天，仍然没人敢出门，只有个别人去战场上偷衣服，拿着斧头斩下马腿。初四开始下雪，尸体越来越硬，当地伪政府找人挖了七十多个坑，掩埋了所有的人，大概是五百多人，另一说是两千人。直到次年春天，人们还能看到狗叼回来的手骨。

我在中学的时候，有一次越野比赛，曾经路过那个战场，下午的荒地很安静，看不出来 22 旅埋在哪里。只感到一点微微的、令人愉悦的毛骨悚然。

22 旅中有人因病没有随大部队出发，后来他逃到泰安，定居在那里，经常免票去泰山景区大喊。另外一个伤员逃到了附近百姓家里，把女儿寄养在这里，然后离开了。2015年，在杂乱的新浪博客中，有一个人回忆起她那个吝啬的姑姑，一个在22旅中幸存下来的小女孩。

我后来的外公，在战场之外十多公里的地方，拿着砍刀躲在门后严阵以待，准备守住一点家产，幸运的是，日军像鹿一样轻快地走远了。我爷爷那会儿也在家里，紧闭着大门，没有点灯，听着西北方向潮水一样的枪声，告诫孩子们不要再习武了。我大爷长大后去了苏联，学会了喝酒，看了经典雕塑一百件，喜欢上了呢子大衣，回来不久被吊了起来。我爸开始自学中医，他经常盯着药典上王不留行这个名字走神，一看就不是一般的词。

据说开枪打死我曾祖父的人，后来也在22旅里面。也有人说我爷爷在打仗之前就已经雇人弄死了他，但我觉得这都是编的，一切都结束了，我爷爷没想过要报仇，在充满未来感的40年代，空气中弥漫着现代性，到处都在谈论进步，都在救国，报仇这种事太土了。

并且他已经不年轻了，开始咳嗽，然后忽然起身，挑上盐，消失在夜里，说是去做生意，但奶奶也不知道他到底去哪儿。

我想这就是传说中的无限贸易了，一种绵延不绝的以物易物，没有尽头，人们夜市里交换东西，再去另外一个夜市继续交换，不为了赚回什么，只是不停地流通。

夜市基本都沿着陈公堤铺开，有时候在颜真卿拴马的地方，有时候在齐晋会盟的土坡上，有时候也在一个饭馆旁边，饭馆叫"平原与它的山"。白天只能看到一小堆一小堆的灰烬。

无限贸易的账本，就是40年代的总体物品目，大部分是名词，也有一些语气词，非常密集而且简单，毫无语法，可惜已经找不到了，我只在旧房子里发现过一个胭脂虎图案的盘子。

后来地铁里有人让我扫码，农民工在桥上用铁锹挑着一个大旱龟，我有一种确凿无疑的感觉：无限贸易并没有中断。

1973年我爷爷缺氧而死，诊断为肺心病，但总起来说就是死于自己的一生。那天上午天气晴朗，坟头模糊的盐碱地亮得耀眼。历史在上空嘿嘿一笑，这是第二次笑出声。

书上有很多这种不重要的时刻，一笔带过，比如"洪武十四年，有风"。

我并没有见过我爷爷，对他的印象只有两张画像，两张画像完全不一样，一张有些荒蛮，画像的人画的不是他，而是把陈公堤沿线每一个悄悄跑过无限贸易的老头，都画成了同一个人。另一张有点老，眼角窄小，是想画出慈祥的感觉，却画成了在中国北方脱水的两脚羊。

我想了又想，陈公堤其实是一条负的河流，那些残存的宋代夯土，马上就要湮灭了。在晚上，经常感觉华北很空，尤其在冬天刮风的夜里，什么都没有，只有这两张画像低低地悬浮在地面上。

05 击垮

天快黑了，我又看到了坍塌的教堂，没怎么停下，基本上是掠过了它。废墟上还有油烟的痕迹，还能感觉到大天使口腔里的气息，但已经很微弱了。

在我八岁的时候，我妈带我来这参加聚会，他们一会儿窃窃私语，一会儿一起唱歌。后来停电了，大家点起了蜡烛，吃着西瓜说末日的事情。我睡着了，感觉教堂慢慢航行起来，大天使朝我头上吹气。

快散场的时候，我妈看起来心情极好，戳我的肩膀，戳我的头。

"别沉睡了。"

她戳醒了我。一边和别人客套，一边拉着我往外走，月光很清冷，我还没醒明白，走路的时候感觉不到自己的脚。

但她情绪很高，像是打开了什么窗口，我问她话，问她尘世之中的一些话，她都懒得多说。

从那往后几年，她情绪好多了，高兴起来也会给我做稀烂的炸酱面，带我去动物园，也有生气的时候，狠狠地指着我说我自私。

　　不过我都理解，因为她本质上是关心我的。有一次我在街上玩，拿着一只无痛的鹦鹉。鹦鹉绿油油的，但是不会说话。街上没有什么人，毛毛狗无声无息地落下来，我把鹦鹉反复扔起来又捉住，在高处捉住，在低处捉住，眯着眼冲着阳光捉住，或者只是猛地捉住。

　　鹦鹉突然咬住我的手，我吓坏了，大惊失色，心想这算不算反噬，这难道不算反噬吗。

　　就在这时候忽然人们拥了出来，六七个人像说好了一样笑着围过来，热心地伸手帮我拿住鹦鹉，鹦鹉被拿得很紧，叫不出来，绿绿的一团看着我。

　　我想让他们撒手，他们是老师，朋友，书记和邻居，都特别热心，紧紧扯住鹦鹉对着我笑，过了很久还不松开，我开始有些恼火，想喊但是没有理由。最终是我妈跑过来把我拽走，指着他们骂，告诉我要小心他们，小心这个世界。

　　几天以后的一个傍晚，她借来了一把猎枪，让我捂上耳朵往后站，她把猎枪对准大树，轰的一声开了枪。

　　我吓了一跳，被震撼了，没想到枪里真的有火药。

　　空气中弥漫着的淡淡的气，在昏暗中，明确无误地看见一道火光闪耀在1993年傍晚，树上结出了紧张的小红果子。

　　然后她傲慢地回头看我一眼，就像她常对我说的那句话，大意是相信吧。

　　枪并没有装钢珠，只有一道火光，不知道她是想击中什么。

我很清楚我妈，她是很脆弱的人，在她精神头最好的时候，一次最多只能击垮一样东西，或者三样较小的东西，不可能再多了。

她想击垮街上那些絮状的恐怖，已经去世的养母的耳语，闷热无雷的 1993 年，但这是力所不能及的。

可选的只能是其中之一，再加上一些细小的东西。比如击垮闷热无雷的 1993 年，再击碎怀疑一次，或者击碎闷热无雷的 1993 年两次。也可以试着全力击垮街上的恐怖，成群的飞虫被惊起，但胜算不大。

我不懂，前前后后的事都想不明白，只记得她穿着白衣服的样子，还有她看我时那种轻视的眼神。

毕业之后，我想也许可以问一问这世上的人。

趁着天气好，我在马路上拦住一个在乐购卸货的人，问他一个母亲为何在 1993 年的黄昏开枪，是想击垮什么吗。

那人的箱子很重，不耐烦地说，应该是黑暗吧，难道是谎言。

世上的人并不关心这个，这始终还是我自己的事情。

有时候看看四下没人，我就展开一幅画面，比如深蓝的天空，地上满是稻草卷，把她放在深蓝色的画面中看，看一下整个过程，她站在那果断举枪又果断举枪，火光闪过又火光闪过，然后轻蔑地回头。那么在这种深蓝的情况下，她一般会想击垮什么。或者我在海边，寒冷的礁石上，让她站成许多排，反复举枪齐射，直到大合唱缓缓起来，一种神圣的感觉浮现，如果是这样的话，她会想击垮什么。

许多年过去了，树被砍了，树缓缓倒下。

她老了以后，听力有点问题，牙也都换了，但仍然憎恨我爸，而对我始终有一种眼睛亮亮的戒备。只有极少事情是她真正放在心上的。她不再相信什么宗教，但仍然坚信末日会到来。我开始能明白我妈并不围绕我展开，她此行有她自己的使命，只是恰好成为了我妈。

去年她说想回家看看，我就送她去火车站。一路上她紧紧抓着包裹，包裹很重，我知道她在偷运一个大鹅卵石，还在背包里放了一堆没用的东西当掩护。我爸说她有时候会半夜爬起来仔细查看收集的石头，又悄悄回去睡觉。

其实连想回家都是借口，但我不太想戳穿她。

我们像没事一样在车站吃肯德基，她和我侃侃而谈，说起经济的问题。我想问她是不是还记得朝着大树开枪的事，想迂回着慢慢聊起来，她却一直镇定地躲闪，心里隐蔽地运转着另外的事。

过安检的时候，她紧张不安，但还是被查出来了。

这是什么，安检员打开袋子问她。

问题像惊雷一样，她回答不上来，紧张地在那里琢磨着，一会儿说是种花用的，一会儿又说是热敷用的，但到底是什么，我也无言以对，只能说是玄武岩。

这个问题也一直困扰着我。许多次在银行排号的时候，我坐在冰凉又有小孔的座椅上，陷入思索。

06 苏老师没有遗言

最近睡不安稳，晚上看电视的时候，我又想起了苏老师。

想起他的死，他露着腰爬树的样子。

苏老师是个老实人，虽然他喜欢偷偷爬树，但并不应该因此指责他，你还能怎么要求一个人呢。

在他儿子出事十多年后，苏老师跳进一条黑狗里自杀了。他爬到一棵喜欢的树上，等一条黑狗跑过的时候，又稳又准地跳了进去。

那是一条负的黑狗，派出所来人确认过，苏老师不可挽回了。

跳狗自杀，这么写是不敬的，派出所的人只能在本子上记上失踪。失踪就是不见了。

我没在现场，不知道是什么情形，所以多年来一直忍不住想象他死的样子，停不下来。

有时候觉得他是悄无声息地死了，狗像一块黑沼泽，载着他跑过夏天的原野，他往外看了一眼，然后没顶了。

有时候觉得是扑通一声，激烈的猝死。

有时候觉得应该就是像静电一样消失。

无论哪种，我都希望跳狗自杀是安详的，不疼也不窒息，因为苏老师是老实人，华北欠苏老师太多，华北给他的都是虚无。

断了腰的猫在尾随我爸，新鲜的羊头看着黄昏，苏老师肺里吸满纯黑，有些半睡半醒的时候，总忍不住一遍遍回放一些不祥的瞬间，我有点内疚，觉得这是在一次一次地重复处决他，可是停不下来。

那棵树还在，我有些害怕那棵树，骑车路过的时候总是越蹬越快，苏老师跳狗的那天有小雨，我甚至有一阵子害怕下雨的感觉。

本来家乡的一切事物都有微微的恐怖感。

苏老师没有遗言，除了让同事捎东西的纸条之外，没留什么话。

我知道他最后几年的心思，都在研究未发掘的蓝敦煌上面。不过甘肃根本就没有什么蓝敦煌，苏老师当然也知道没有，因为这是他编的。

但从 20 世纪 80 年代末开始，他像真的那样去研究蓝敦煌。

小时候不明白，这些年我远离家乡，从一种闭塞走入另一种闭塞，开始能明白他为什么这么做。

现在是八月份，年份未知，苏老师已经成了久远的记忆，我不像小时候那么怕死人了，但有时在路上看到黑狗跑过，还是会回头多看一眼。

07 了解神，了解华北之心

从小到大我都很烦华北，但最近几年，还是与这一片五百公里宽的综合用地和解了。

华北的事情分为两面来看：华北有神，华北没有神。

华北有神则需要了解神，华北没有神的话，则需要了解华北之心。

我们先说有神的事情。

这几年，我一直不知道化工路一带的风声是从哪里来，同时来自高处和低处，在远处也在近处。又没有风，所以实际上不是风声。像是这一带所有的居民同时爬上楼顶，一起对着汽水瓶子喊"行……"。

我想了很久，有时候晚上路过大铁桥，就在上面想一会儿。

物业的人说，"没事，是洪流。"

洪流，万物底噪，一切在缓缓奔流发出的声音，我想这可以理解为神的声音。

有时候觉得缺少一点实感，这种情况下，就先按照华北有神来生活，早上洗完脸，穿上鞋，按照有神的心态，穿上鞋走出小区，多留意总体性和普遍性，留意 1812。

但真正了解神不容易，需要时间，特别是还要生活。

我对北方的基督教非常熟悉，经历了张牧师的死之后，可以确定通过宗教了解神是不行的。

宗教总是想统一认识，但了解神是非常个人的事情，每个人都不一样。

711 的店员，就有他自己的方式，核心是反复提问题，"要袋子吗？"非常隐蔽但非常有效，否则你没有机会通过大规模提问来发现一些什么。

对我而言，了解神需要先了解旋转，这是上个月刚意识到的。

那天下午带着李约去古塔公园玩，四十多米的水泥大观音在那里微微地晃着，湖水里的盲莲长得越来越大。我们去荒凉的游乐场玩旋马和喷球，交完了钱，看着木马转来转去，树林里的沙土地上还留着上次下雨的痕迹，开旋转木马的老头子笑而不语，好像是在说"你好好想想吧"。

我突然就想到了，了解神需要先了解旋转。

而了解旋转需要先了解风吹树，了解风吹树需要先了解昏暗，了解昏暗需要先了解白墙，等等，从一件事去了解另一件事，慢慢来。

另一方面，是没有神的情况。

这种情况下，一切都有另外的中心，就称为华北之心。

2014 年的夏天，在收拾东西的时候，我在我爸的日记本子上看到了一页纸，右上角写着"华北之心"，圈了起来。他写日记是因为闲着无聊，一下雪就写，一看见墙上有蜘蛛就写。但他不记得写过这几个字。

这四个字让我印象深刻。地上突然露出一个窗口又迅速合上。

华北之心是什么很难说，难道是风俗吗，但我觉得华北之心是一辆热腾腾的卡车，车顶上盘旋着鸟群，带着刺耳的气刹的声音，从国道上开过去。有时候又觉得是些竖排小字。或者一种野生的民间宗教。一个有良心的老人，一丝不苟坐在椅子上。

但完全没法猜。了解华北之心比了解神更难。

我怀疑在我出生之前，就已经有人开始寻找了，比如一波频繁的书信往来，一些贫苦的民间知识分子，在信里讨论什么是华北之心。甚至有过一波神秘的游荡，有些人揣着那种微小拘谨的浪漫主义，在枯水的河沟里鱼贯而行，期待着能发现华北之心。

当然不会有什么结果。直到现在也没有。

长期以来，我都是同时按照有神和没有神两种前提来生活的。

六月底，天黑的时候，我去了厚金路的桥上，想看一看华北是否还在。就像人间的旁观者，这是一种去世后才有的视角。但我完全没有去世。

堡头按照沉睡这个词的全部意义那样沉睡着，狗在远远地叫，我扔出一个小石子，在寺里看大门的老人翻身惊醒，街头下象棋的人们在激烈地讨论，有人说华北又没有旷野，是什么支撑一个人走，有人说我们有我们的旷野，华北虽然卑琐，但也有旷野，旷野没有荆棘、火、石头和泉水，但一样低垂。如果想游荡的话，是一样可以游荡的。

华北不那么深，我稳了一稳，一次性做出四百记小跳跃，纷纷地潜入华北的整体。

目的是为了了解，试试在这样一个悠闲的晚上，能不能一次性了解两件事，了解神，了解华北之心。

08 心里的小事响了起来

聂耳姓李，只是在背完那篇聂耳拉小提琴的课文之后，偶然回头一看，我觉得他就是聂耳。

98 年的暑假，聂耳睡午觉的时候突然翻身起来，浑身是汗，觉得人间不太对，然后心里的小事就响了起来。

心里的小事一旦响起来，就不好了。

我们都听得见那种细小的鸣叫，试探着问他到底是什么在响，他说是静电，"是静电，怎么了！"

他可能是觉得羞耻，不愿意再说这事。

毕竟一个人在响，并不是一件容易评论的事。为什么别人不响，为什么响了却什么也没发生，响是原因还是结果，是神之天赋，还是微小的残疾。

或者本来就是一件不值一提的事，毕竟鸣叫就是普通的鸣叫。

但他越来越烦躁，时间久了会这样的，可以理解。

我们也试着劝他，可能是一群海豚齐声叫喊，碰巧回响在你的肝部，或者是大家耳朵有问题，总之命运即是幸运了。但这明显还不如不说。

后来，他很少和大家一起走路，偶尔碰见，总是抢先从一个很远的事聊起，坚决回避这个话题。

有时候甚至想藏起来。

有几次，大家看到聂耳在操场上弓着腰悄悄走路，满头是汗。

操场很空，太阳那么大，总是毫不费力就目击了他，打量，盯住，瞥他，甚至一种凝视的状态。

"别藏着了。"

于是一次广义上的潜行被打断了。聂耳总是满脸通红地直起腰，他很窘迫，"你们能看到我？"

"你这样肯定是可见的。"

就这样基本上直到中学毕业后，他才找到了属于自己的出口。

第一回是在大二还是大一的时候，他获了一个可以加学分的发明奖，站在台上的时候，忽然血糖一低，瞳孔一灰，觉得世事虚无，就临时起意把一个布罗茨基的句子塞进获奖感言，分两次念了出去，"破碎的鸡蛋使我悲伤……然而蛋卷又使我作呕。"

掌声稀稀拉拉地响起来，人们可能根本没有留意，反正语言自有它的合理性。

后来他有些上瘾，开始试着把更没用的话夹杂进更重要的场合。

"砖墙是褐色的，高一米半差不多，长四米，宽只有八寸，用砂浆勾了缝，对着七号病床的那一面很潮湿，有些粘腻，蜗牛有两只，还长了一些细小的瓦楞草。"

他把这句话分成三段，放进了毕业论文里，还加了一个没用而严肃的小图表，主任脑补了它的合理性，觉得天这么热，行吧。

平时在视频信号不好的时候，或者接到广告电话的时候，他会大声背诵一个电饭锅的说明书，像是抓紧往没有回声的水里扔杂物。

这些小把戏，像在路上突然停下来打破一块玻璃，让他觉得生活有根绳索，整体上松了一口气。

有一次他心情不错，悄悄问我，"这算不算露阴?"

"什么?"

"这算不算露阴癖的一种，意义的露阴。"

我还没听明白，他已经满意地笑着走了，明显不是在问问题。

那么就是不算了。

大概有四五年的时间，他乐此不疲，用一句话代替一些秘密，再用另一句话代替这一句话，如此编码下去，然后找个场合，把存储着秘密的句子，毫无防备地说出来。在那些话里，一瞬间能闻到潮湿的旧家具的气味，有一种说不上来的寒冷的感觉。

声音从没有停过片刻，这可能就是他给自己找平衡的办法。

我记得有一个说法，所有人都在响，只是时间久了，就被耳朵忽略了。有时候我坐在清早的电影院里，留意过自己的鼻息，还有骸骨滑动的声音。但总体上能确定，我是万籁俱寂的，没有鸣叫，那么就是没有鸣叫。

有一次同学聚会的时候，我记得他变得非常深沉，总是嘴角带笑，对世界报以谅解的样子，说到任何事都讳莫如深。

五一后他来北京出差，我们约好在旋转的页岩广场见面，远远看见他拿着一包好多鱼，坐着边吃边抖腿，大体上还是聂耳的样子，有一些狗在他面前不停地互相跑过，享受彼此之间的静电。

我们已经比较陌生了，努力地找话题，说到苏老师，还有家乡，这些年的经历，互相点着头。后来没什么话了，间断越来越长，空白中有空气流动的声音，还有那种熟悉的、细小的鸣叫，夹杂着凉飕飕的雾。

然后吃着好多鱼，漫无目的想象着刚才聊到的山坡，大片的树林子边上，白色马匹在坡上打滚，旁边还有另外一匹马，不知道是不是聂耳想象出来的。

09 父亲的红移

春天来了，慈云寺微微发热，玉兰树马上就要发芽，我颈椎有点疼，想站起来去阳台上透一口气，总觉得西北边有些不对，好像有什么怪怪的打过来。

感觉是昌平那边，昌平和香山中间，有一只大岩羊，正躲在石头后面打量我，打量我的雷蛇鼠标垫，我吃剩的桃李面包，还有我的眼药水。

一看那种似笑非笑的样子，就知道怎么回事了。

我给我爸发了个消息：我忙着呢别盯着我了！

随后就见他缓缓地从白茫茫的昌平站了起来：嘿嘿嘿，那你忙吧。

我意识到，他果然是一个任性的老头子了。

这种怪事以前就有迹象，最近问题越来越多了。

他先是越来越慢，几乎带着拖尾，然后边缘开始起晕，我妈不时地提醒他"你清晰一点！"但是没有用，让人心累。

晚上还常常会心率过缓，在装了起搏器之后好了一点，但他开始反复梦见一些大蓝光。然后感觉胸闷，醒过来心有余悸地喝一碗水。我曾经看到他偷偷在手机上查，"蓝色的意思"，"梦到蓝光是什么问题"，"蓝瀑布（空格）喘不上来气（空格）是何症状呢"。

之后，听说有几天他把紫外线灯当成台灯来用，半夜在蓝幽幽的光里偷玩手机，一直到脸上开始掉皮，角膜也受损了，才把灯收起来。我妈说他以为那是瓦数很小的台灯，他什么事也没有就是太蠢了。

不太对，我想了很多天。

有一天在办公楼下面，看着大楼的玻璃反射过来的阳光，嘴里全是氢离子味，可以确定事情没有那么简单，什么样的老头子，才会在 400nm 的微光中窃喜，我妈说的那种格外出神的样子，是一种感光的前兆，还是在吸食紫外线，或者是他获得什么高频的激荡了？

后来把灯扔了。他变得比较无聊，偶尔有些暴躁，一辈子中第一次和人动手，就是在七十岁的时候，和一个又贫穷又可笑的圣雄。

圣雄来自河北，总是骑着一辆小黄车在这一带转悠，一本正经，头顶上盘旋着鸟群，号称漂泊的神。

他们以前曾经聊得不错，惺惺相惜，坐在小区的葡萄架下面，在黄昏里几乎共同构成了华北老一代人的精神核心，一起沉浸在初春的气味中，看着天空变成霓虹色，回忆那些漆黑的大风天，还有电力短缺的年轻时光，因为家乡饿死人的往事而互相叹气，普通话都熟练了不少。

但不知道什么时候就开始翻脸了。

一开始还互相退让，含蓄地表示"你说的也有道理"，后来，不可避免地开始针锋相对，他们的分歧是一种红与蓝的分歧，关于一切的一切是红基还是蓝基的根本争议，所以难免会谈崩。

发展到一定程度了，我爸一瘸一拐，拿着一把芹菜暴击了漂泊的神，直到被人拉开。这也算是一种轻微的同胞反目，一起葡萄架下的混乱事件。

之后我爸就进入了长时间的倦怠。

反正漂泊的神愤而离开了，他也开始不怎么下楼，只是在屋子里画画。抬头看到什么就画什么，临摹 4 号楼，二月份的时候，破旧的 4 号楼一夜之间长出了豹纹斑，他两眼放光，说你们看到了吗看到没有。

豹纹斑是一种眼底病变，为什么会长在一栋楼上，许多事情都来不及解释。但毫无疑问，4 号楼是我爸的圣维克多山。

去医院检查的时候，他跟医生特别客气，"挺好，没事。什么事都不碍。"

医生不理他，跳过所有的步骤，直接查了他的 $\lambda 0$，也就是初始波。

肺气肿和心率过缓什么的都是表征。最核心的问题，是他本身的红移。

红移很难讲，是一种本体的低，用没电了来形容还是过于简单了，low fidelity 也只是症状之一。因为不是病，所以无法治疗，甚至不可能准确谈论，只需要保持血糖正常，维持着就可以了。

从情况来看，他已经偏向红端很久了，作为人的结构越来越潴，人们容易把这种涣散看成是安详，耳顺，或者漫不经心，其实是错觉。

本来老年人都是很危险的小型类人猿，心胸狭小，迅猛无比，肝脏里面时常奔腾，动不动就摔烂一个香瓜，并没有安详这种事情存在，安详一定是出了问题，可能是生命的蜂窝煤塌下去了。

我在想，问题最早出现在什么时候呢，他是怎样开始滑向红端的。

可能是有一年他去救火彻夜未归之后，也可能是和我妈吵架以后，或者是我不知道的一些时候，他在盐碱地里抽烟，看着黑鸟领着细小的旋风四处游荡，一时恍惚，情况就起了变化，他突然降到了 2000k 以下。

我爷爷的去世，可能也有不小的影响，还有 1958 年，1963 年，松林里火把通明，天上下雨的时候夹杂着小鱼，那些非常凶险的日子。

我问我爸，你自己记得是什么时候吗，什么时候觉得心里一沉，什么时候心里冒出"远去"这个词，他说不记得。

那你有特别惊人的记忆吗？

他不说。

不过按医生的说法，红移不是心理、精神或者器质问题，不好界定，所以也不好找原因。

你知道巴丹死亡行军吗，医生忽然这样问我。我很吃惊。

然后医生笑了起来，按住我爸的肩头，说别动，接着手持强光，稳稳地在他眼底打了一个耀眼的茶杯盖。

他吓了一大跳：你为什么要这么震撼我！

医生又笑了起来，为了治疗。

这个大光斑收费三万多，将会在十几年后逐渐消失，对于减缓情况有一定的作用。

这次震撼治疗的副作用，就是导致他突然在第一人称和第二人称之间卡住了，算是预后不良，但也没有什么办法。

他慢慢变得有些客观，不再沉浸在自己之中，还有一点莫名其妙的淡漠。

我想来想去，觉得这种卡住，让他有点像生疏的演员，一边在镜头面前吃饭，一边在心里看着自己在镜头面前吃饭。

这让他有些拘谨和做作，总是下意识地修正自己，过分注意以前那些蠢不自知的细节，总想做出一个优秀老年人的样子，或者调整肩膀，好在孩子们面前以一个安详的姿势看夕阳。

而且发微信也开始用电报书面语：

"反复掀看一本巧虎图书"

"狗来自手机画报图岁寒三友取自芥子园画传看着画的"

"今天下午我用热水袋敷了腰部和小腿疼痛大有好转了那么就接着敷上几天"

这种自我修正，让他有些不溶于生活，像是一个没有抠好的图层。再也没有那种沉浸在第一人称中的盲目感和愚蠢热情。

每次去看他的时候，我都觉得他是一个光标，一边徐徐经过自己的星期一，经过 4 号楼，经过葡萄架，一边不得不阅读这种经过，甚至读出声来。

精力好一些的时候，他一个用力，就升起一米多，从上面看着自己，搓着废纸球，回忆和漂泊的神的斗殴，念叨着：一击即中，再击再中……

我也不知道他心里想的是什么，不知道他新酝酿的是什么人设。不管怎么样，他看起来活力有了一些，健康是第一位的。

在以前，最饿的时候，街上经常有一排人在白墙下晒太阳。他们一句话也没有，在耳鸣一样的阳光里揣着手，和时间一起慢慢卷曲。

忽然有四只狗，像马一样跑过去，高抬着腿，跑得整整齐齐。狗的静电掠过他们，噼噼噼，人们忽然清醒了一些，感到某种不适，有人像做梦一样吭的一声笑出来。

我爸回忆说，那时候他还年轻，他看到了他们身上那种轻微的小激灵，像是一种奇怪的集体走神。

他琢磨了一辈子，可以确定，就是他们的膝盖骨忽然集体觉醒了。

但没有人说穿，因为说了也没有用，每个人都觉得别人不知道自己的情况。

从医院回来后，有一阵子他心情还行，所以说起了这些。

我想知道他当时是不是也在其中，他说没有。我想质问他，那你是怎么看出来的，是隐蔽地倒挂在枣树上注视着他们吗。

然后我感觉到我爸有点恼了，他不像以前那么满不在乎了。

从那之后，我开始观察他的膝盖，想偷偷把汤洒在他的膝盖上。但这些事情都不能太过，时至今日，我非常了解老年人的幼稚和脆弱。不能轻易打破他内心的一条细线。

疏导老人，一般要让他做回自己，未完成的自己。不管是想当一个科学家，还是想当一棵树，都不用管，要支持他，这是一个很简单的道理。

我也是这么做的，随他去吧。他以前喜欢发空白短信，现在则总在群里发一些乱码，不知道在说什么，最常发的是一句"李约真棒<:/"，然后就扔下手机，随风潜入夜了。

随他去吧，只能这样。

上班之余，我计划让他重新认识一下万事万物，了解一下世界上深不见底的相似性。

也没什么，就是走到高处，指指点点，看看风吹树，看看这壮丽和虚无的人间，一直到世界的水晶响亮地摔碎，街上的乐队陆续吹奏起来。

10 苏老师

苏老师在小学落成的时候，在花坛旁边栽下两棵小柳树，他和王老师总是徘徊在旁边，盼着柳树快快长大，好一跃而上，骑在上面感受辽阔，而又不至于压弯。

每周四体育课的时候，苏老师和王老师就在旁边玩，苏老师把耳朵贴在王老师的背上，准备好了没有，王老师长吸一口气，苏老师顿时听到了巨大的风暴，从一切的深处席卷而起。

差不多了，王老师催他，好了吗你。苏老师意犹未尽地起来，换个位置，然后王老师再把耳朵贴到苏老师背上。他们互相听来听去，特别迷恋两次寂静之间那种湍急的声音，又深又大。这是一种精神享受，在这个空旷寒冷、时青时红的小学里，这样的精神享受不多。

这种平静的教学生活没持续多久，苏老师的儿子出去打工的时候死在了海上。

是东海的渔船，那天海面很刺眼，上午十一点多，渔船突然一软，他失去平衡掉进了海里。船员在甲板上大喊，"他失去了平衡！"但是一切都晚了，如果在出海的时候赶上渔船一软，那就是你的命运了。

苏老师正在做饭，渔业公司的人带来了消息和赔偿金，苏老师不接受。他把收拾了一半的鱼扔在地上，放声大哭。渔船一软是什么意思，到底是什么原因，是失足落海，被推下去了，还是因为小时候打过他几次，但船上的摄像头记录了一切，确实是渔船一软。

这次打击让苏老师越来越像王老师，他开始逃避，想摆脱自己身为苏老师这一事实。而且脾气也越来越坏了。

大香，我最笨的女同学，总在教室的前面罚站。她已经九岁了，乌黑又模糊，什么也不会，苏老师无情地耻笑她，总是问她同一个问题，"乌鸦是怎样喝到水的？"大香一声不吭，她在三年级之后不知去向。

后来老教室拆了，但阳光强烈的时候，还能看到在大香罚站的地方，有一个淡淡的、发乌的印子站在那里，也许是大香在空气里留下的腔，也许不是。开小卖部的人说那是一个翳，明洪武至1993之翳，也可能是华北之翳，人们有些淤积，总会有翳，别管它了。

苏老师对我还是不错的，可能因为我成绩好。我一生中唯一的一次昏倒，是苏老师扶起来的。当时我在操场上跑着玩，几乎要迎风而起，突然被绊了一下，头撞在一个土堆上，那是一个羔形土堆，一只灰灰的、正在休眠的巨型羔类，仿佛要马上耸动起来。我注定要摔在上面经历一次昏倒。苏老师和几个同学把我抬进教室，看着我一边抽泣一边清醒过来，欣慰地说好了好了。

从那时开始，昏倒让我不一样了，我是学校里唯一一个昏倒过的小学生，后来也是唯一一个深刻感受过阴沉沉的小学生。

苏老师在教委来视察的时候，特意试讲了聂耳那篇课文，"有一天，他在河边练琴，天阴沉沉的，一会儿就下起小雨来。聂耳全神贯注地拉着小提琴，一点都没觉察。这句话，你从中理解到了什么？"苏老师问我，他灰白的脸皱起来，笑眯眯看着我。

"一点都没觉察，你从中理解到了什么？"

我想告诉他是阴沉沉这个词，但有点不敢说了，他让我坐下，这个问题从此漂浮起来，再也没有下文。

那时我还是太小，阴沉沉这个词明显重于我，这个词饱含水分，撞击了我，后来在整个小学时代，我在睡觉前总忍不住想象插图上那种阴沉沉的感觉，天又暗又低，聂耳像木头一样又小又笔直，小溪流过腐败的树枝，背后是无边无际的油印的森林。

这是我对昏暗最初的感受，这种昏暗停留在记忆的东南角，一直到后来看到范宽的《溪山行旅图》，有些恍惚，才意识到聂耳身后那片没有尽头的、油印的森林，一直通往《溪山行旅图》。

就这样一直想着阴沉沉，度过了漫长的小学时光。那时候总想翻过圆角大铁门，尾随着拥有雷管的神秘钻井工人慢慢走远，像苏老师说的那样，去感受辽阔。

但长大之后才发觉，这个世界就是围绕着我的小学修建的。

后来有时候拿出照片，再看一看那个又小又寒冷的殿堂，照片上的那些同学正四散奔走在地面上，再也没有见过。甚至觉得他们已经不在人世了，但按年龄推算，他们应该正在黑洞洞的厨房里坐着抽烟。

只有苏老师确实不在人世了，他某一年死于一条黑狗。

他出门前给王老师留下一张纸条：屋里酱油没有了。然后盘踞在华北一带最好、最华丽的树上，纵身一跃，准确地跳进一条匆匆跑过的黑狗之中，随即就没顶了。可以称为登时溺毙。

这是一种纯黑的自杀，真正的结束，没有后事可言。像是什么都没发生，风一吹，就真的没发生。

人们赶到的时候，已经不记得是要来做什么。苏老师就好像多年前的回忆，他的白衬衫在五月的阳光下格外耀眼。

稍一迟疑，人们就只记得白衬衫了，记得梦到过一件发光的白衬衫，在地平线上缓缓升起。

11 张牧师之死

我总是时不时想起张牧师的死，已经这么多年了。

有一天我在屋子里放空，看着房顶上的气球佩奇，觉得张牧师之死就是所有人之死。

所有人之死包含了一个饥民脸朝下趴在河水里，矿工在井底消失，热油浇进俘虏嘴里，骡子踹在小丸子的胸口，寒冷的手术台微微结霜，也能代表另一些琐碎的病逝、愉悦的善终，堆满了纸马的白喜事。

是一种总体之死，也是一种概括之死和平均之死。

这种总体之死发生在张牧师身上，像命运一样随机正中他的背部，噗的一声，不可挽回。

那年我在听到噗的一声之后，连夜买票赶过去看他。

其实所有人都听见了，但如果不是从小就准备好，谁会在嘈杂之中注意到那么小的一声噗。

他还是和以前一样，和我聊天总是不由自主地用书面语，他说：我可能要结束了。

他的后背里长了一个托尔斯泰的头，这种病很少见，在嗡嗡嗡的房间里拍完片子之后，医生没法写诊断，犹豫了一会儿，只好在单子上画了一个驼背小人。

张牧师很忧愁，这种后背热热的病并不疼，最大的问题是难以启齿，要是邻居热切地问你好点没有，你不能就这么在街上说起托尔斯泰。

文学、宗教、与众不同的病，还有喝醉酒、玩鸽子、衬衫太白，这些事在穷苦的林业大省，都是羞耻的事情。为什么不是肝硬化，肝硬化没有耻感，至少可以毫不犹豫地说出口，让话题流淌起来。

他厌倦了耻感，当牧师这件事，以及把衬衫塞进裤腰里，还有用普通话念主祷文，让他一生在说不出来的羞耻中度过，克服这种耻感让人疲劳不已，但他从来不敢说。

从医院回来后，他见了人就含糊其词，实在不行就说是肝硬化。

他向神祈求，让我按照普通的方式去世吧。神说行，最终，定好了一切将在六十一岁左右结束，他会心里一阵发蓝，死在被子下面，人称溘然长逝，结局还可以。

时间不多了，我将会看到这个过程，就像围观命运慢慢地行刑。

我不需要给他掖被角，但可以陪他缓缓走过树林子，后来也确实陪他缓缓走过了树林子。我们聊天，交换奇观，说起不可告人的私家记忆。

90年代的时候，张牧师在这个四十个乡的大教区任职，信徒们那么多，却没有一个集中的聚会地点，张牧师组织人们捐建了唯一一所教堂，有钱捐钱没钱捐粮，还有人捐了自己种的蒜。

黑黑的信徒带着东西从四面八方赶来，挤在院子里，自从土改以来，他们还没有这么聚过。然后一个一个向前，眼睛看着张牧师，客气地笑着，把十块钱慢慢地、确凿无疑地放进募捐箱里，意思是：神欠我拾元整。

张牧师认真登记，巨细无遗，说不清自己名字的老人，就写上"上帝那穿蓝色中山装的、幼年曾发高烧而致耳聋的儿子"。

人们边走边回头看着募捐箱，确保钱确实是放进去了，自己也登记在册，才慢慢地离开。

教堂在冬天建成，没有钟声，这个地方四千年以来就从来没有过钟声。

天气太冷，水泥上迅速起了碱。屋子里还没有什么摆设，四十个乡里那些不为人们接纳的弱者载着凳子赶来，坐在一起，这一天他们备受鼓舞，叽叽喳喳地说着四个字，"拔地而起"。

这一天他们想起了小时候，一起排成一条直线，在饥荒过后的大地上慢慢向前，不管翻过多少遍，只要肯找总能发现吃的，每当发现一个圆蘑菇，都会有那种振奋的感觉。就是后来这种"拔地而起"的感觉。

很多年之后，他们各奔东西，骑着自行车路过一些地方，每当看到墙上的"以马内利"，甚至"恭贺新禧""幸福家庭"这种字眼，心里想起的都是"拔地而起"。

从景教开始流行到现在，修建教堂算是这一带最荣耀的事情。这种荣耀很快就用完了。

账目不清给张牧师带来了麻烦，实际上他挪用了一千多块钱。张牧师无法面对这件事，即便在最后的日子，他也拒绝谈论。在被清除出教会的许多年里，一直用各种各样的小故事代替这段回忆，他避免谈钱，一旦感到话题在远远地朝钱靠拢，就会突然讲起耶律大石。

教区最终分崩离析，这是注定的事情，教堂被改为厂房，人们分头投奔几十个新鲜的教派。也有人抛弃家产，像使徒保罗那样带着干粮四处流落，在河沟里生火等待末日，但最终又在下雪天回到荒废的家里。

张牧师想通了这种局面，这才是一个宗教该有的样子，宗教从来就不存在兴盛一说。

当初那个向宗教局举报张牧师的人，每天都经过新华书店旁边的路口去上班，张牧师十几年以来一直躲着他。我们找了合适的一天，吃完了馄饨，准备去掠过他一次，掠过一次以求平静。

我们从西往东，那人从东往西，用力地、缓缓地擦肩而过，在路的两边发出不易察觉的冷笑，张牧师很紧张，但他肯定在告诉自己不要紧张。

关于自责，我觉得张牧师是教堂的一部分，甚至是教堂本身，钱始终没有用错，也不用再责怪自己了。他默认了这个看法。

时候到了的时候，他念着早已记不清的《约伯记》：为何生我，为何有膝接收我。

这劳碌卑微的一生要完成了，他没有被陨石打中过，但 1. 在大雨之中拖不动一辆三轮车。2. 在挪用公款后反复梦到因为没穿裤子而焦虑地蜷缩在公交车后排。3. 想救活一只光屁股的雏鸟却不小心把它热熟了。这三件小事击垮了他。

长期以来他想要休息，需要一个放弃的理由，于是后来噗的一声得到了一个放弃的理由。从那开始，活着是一种绝症，一旦体内长了托尔斯泰的头，就确定不会再好了，这种确定终于兑现了。

我见过很多人去世，但最终，张牧师之死就是所有人之死，代表了所有的平淡、怀疑、害怕、轻松。也是我、我大爷、我爸、张牧师、摇摇晃晃的校长和李树增之死的总和，或者任意一部分。我几乎可以感同身受。

张牧师去世后的这几年我很忙，很多事情开始慢慢记不清了，只有他说的那件小事越来越清晰。

是在修教堂那一年，他和书记去办手续的时候，摩托车坏在了路上，他们在被挖空的坡底下躲雨，一伙湿淋淋的村民忽然围过来，嘴里发出咻咻的声音，在心里射出密集的小箭，他猝不及防，在心里中了许多箭，一度有一种濒死的感觉，但书记在心里闪展腾挪，躲了过去，村民起了劲，他们像孩子一样对峙了很久，直到天黑的时候才散。

这是他一生中最奇异的时刻。这件事在我的想象中越来越具体，甚至能记起声音，光线，那种潮湿的采石场气味，越来越觉得，当时我也在场。

12 **1812**

　　我是在沙滩上发现 1812 的，李约忽然蹲下去，抠一个奔跑大笑的小螃蟹，意外发现了一个 1812。不好描述，没法展开思路，我只能指着说，那是 1812，只能重点强调说，那就是 1812。

　　海浪来来回回，1812 凭空出现，但确凿无疑。

　　我有点不安，一个路人给了我一棵树，让我镇定下来，试着说一说那些比较惊人的事，洪水漫过浅滩一样的叙述，他用手比画了一下说：一个叙述，推起来。

　　但也没有什么好说的，我真正知道的事情只有记忆。

　　我的记忆其实是从恐惧开始的，在六岁那年，我偶然把糊墙的报纸撕出一只羊的形状，那只羊两脚着地，关节巨大，带着腥味远远地在云里站起来，让我陷入了不可示人的恐惧。不知道是我撕出来的，还是墙上本来就有一只巨羊。

　　我在睡前给自己打气，告诉自己要强大，面朝左边，面对着这只羊睡觉，背对着它只会更危险。然后从凉席上揪下一根带着青味的细草棍，塞在牙缝里。再侧过去把手扣上，在炎热的中午汗津津地睡过去。

中午的寂静比夜里还要大，即便在白天，我还是会害怕手心朝上睡着，也怕睡着之后不知不觉让手心朝上，手心朝上有一种当众哭出来的感觉。从那往后，手心朝下成了我毕生的防御姿势，已经决定好了，到时候不能让自己的尸体手心向上摆在那里。

而且我也害怕离家五公里以上，害怕高大的树在夜里低头盯着我，害怕一个人走在路中间。把一只折了脚的翠鸟埋在墙角，却总是害怕它腐烂，反复想象它腐烂的样子，又黑又咸。

后来想，也许我真正害怕的不是树，也不是那只羊，而是另外的东西，它注入了羊，但不能确定。

这些年我带着许多茧状的恐惧走路，吃饭，横穿马路，直到李约意外撞见1812，给了我无声的一击，在血糖回升的时候，一鼓作气直面了这个事实：我在记忆中真正害怕的，其实是1812。

1812打乱了我，或者说整理了我。许多悬而未决的回忆，开始纷纷指向1812。

在六岁之前的一个晚上，我第一次见到了火，就是他们经常说的熊熊燃烧，天空西南角被烧得通红，大人们都去救火了，我躺在被窝里，一直看着粉红的窗口，屋子里有一种末日到来的愉悦。

我爸回来的时候我已经睡着了，没有看到他满头是灰的样子，错过了他来不及说但我早已知道的事，火势太大救不了，只能三三两两聊天，火光太亮，看不到是什么在黑暗中远远围观。到了后半夜，他们眼神互相躲避着慢慢靠近，假装不经意地连成一圈，然后忍不住走起来，带着微微的耻感越转越快，尘土飞扬但没人说话。

第二天他的脏衣服挂在门上，我闻到了一种气味，说不上来，长大后在很多地方都闻到过同样的气味，只要天气晴朗，四周寂静，这种气味就会夹杂在柴草和马粪的气息中，从地面深处悄悄上升，有时候我觉得那就是地球味，行星飞速运行时的忙碌气息，普通又神秘，有时候又觉得不是。这种气味和记忆中的恐惧感一样，在生活不断剥落之后，越来越清晰。

直到念头一闪：那就是 1812 之味。

还有我第一次在火车车厢里跑的时候，是谁在喊我。这件事不重要，但一直困扰着我。阳光斜着打在高大的绿座椅上，车厢里满是浮尘，我穿着条绒的裤子，一个座椅一个座椅看过去，那是一种好玩的感觉，后面有人在喊我，确实是我妈的嗓音，但究竟是谁在喊。

而且为什么我养的红色大鱼会被咬断脊背，窗台上那本防化手册插图里的士兵头也不回，他要去哪里。

毫无根据，但不可避免，都是 1812。

12 月，我带了一个盆栽回家，在夜里看电视的时候，厨房里的奶油蛋糕掉在地上，然后我意外发现了这株盆栽的清冷和可疑，它暗暗地在那里，像一个洞口。世上关于盆栽的事情不多，我只记得我爸和一些人坐在车后面，穿着军大衣，在冬天出远门。他们坐在车上一动不动的样子，就像一排寒冷的盆栽。

但是现在再看盆栽，忽然分不清它是正的浓密还是负的浓密。它清冷的样子，让我想到了1812。

先是盆栽，然后是楼道，再是停车场。从海边回来后，许多日常之物开始松动。不知道是一种结束，还是一种开始。

有时候我看着李约，她在阳光里专心地玩着盒子，偶尔摇一摇，十三个月了，她还没有完全变实，脑袋上方还有神的余晖，跟跟跄跄走起来的时候，还能看到身后淡淡的拖尾。

时间不多了，李约正在逐渐成为人，她吃着小蝴蝶面，吃着虾仁和粥，水晶球里的碎屑缓缓落下，神的窗口日渐关闭，她已经度过了短暂透明的天才时光，接下来要成为命运钝器，当她能感受1812的时候，她不能说，以后当她能说的时候，她已经成了我。我知道1812，但我不明白，李约明白1812，但她不知道。

我想抓住最后的时机，从李约头上窥探神的余晖，和她聊一聊1812，一个叙述推起来。

我们像两个大人一样坐在桌子的两端，我想和她从头介绍一下自己，再介绍一下万事万物：我三十四岁，擅长横穿马路，曾经目击了四个巨大的秃头从天上倒垂下来。在我出生的时候，城墙尚未完全倒塌，万物的阴影偏浓，以前我喜欢拉着吸铁石走过大街，现在喜欢空手慢慢穿过树林子。最伟大的景观是风吹树，最原始的力量是寂静。我的故乡分散在许多时间和地点，只能以气味判定它们。我曾有一条鱼，然后有了一个女儿，我们在海滩上意外发现了1812，后来1812到处都是，无边无际，缓缓升起。

她说，"哇喔。"

我已经知道这段话注定会以 1812 结束。我的一生都在向 1812 迂回靠近，所说的一切，也不可避免地要来到1812。

1812 是语言的盲区。如果你谈论它，只能从别的东西开始说起，从记忆，盆栽什么的。但我厌烦了言辞闪烁，想径直切中它。

而想了很久，却仍然只能说："1812。"

或者不停重复说那些过去的事：我是在沙滩上发现 1812 的，李约忽然蹲下去，抠一个奔跑大笑的小螃蟹，意外发现了一个 1812。不好描述，没法展开思路，我只能指着说，那是 1812……

我记得有些人会用红色圆圈置换掉那些不好的回忆，当想起吃到发霉的花生这种瞬间，心里就只有一个大圆圈突然浮现，再也不会想起那种酸苦。这是一种大规模的涂改。但 1812 对我来说并不是用来涂改什么，它自在永在。

是我迎来了真正的史诗吗，我应该感到精神一振吗。

年底了，我想在大雪天用新买的钢笔理一理这些事，从回忆中的恐惧开始，到 1812，和我不可避免抵达 1812 的方式。

却意外察觉，我正在被 1812 讲述。

在寒冷的夜空下，就像洪水漫过浅滩一样，1812 一步一步讲述了我。

13 如何横穿马路

横穿之艰难，几乎是一种宿命。

横穿不是什么闲聊波尔卡，横穿一言难尽。但我义不容辞，必须继续投身于横穿马路这件事。如果我不做，又有谁来做呢。

下雪之前，我带着他来到金蝉西路的斑马线，清晨的马路平静如钢。

我们漫无边际聊着，从无话可说开始，说到大叶子树，还有我们之间的一些异同，我们是不同的海洋，但很可能是相同的陆地。

一边暗暗地向横穿马路这件事靠拢，直到迫近这个话题，他开始深呼吸。然后我一个闪烁，就谈到了横穿马路。

虽然知道答案，但还是想问他，生而为人，为什么不想穿过马路。

他说他害怕撞到孔雀，不知道在清晨的斑马线上撞到孔雀该怎么办，比如扑地一头撞到肥胖又腥臊的孔雀胸口。

　　这明显是找理由，他一辈子逃课、迟到、请病假、偷喝酒，都用孔雀做借口，之前从来没被识破过。

　　我戳穿了他。本质上他和我大爷一样，后半生突然丧失了过马路的动机。然而他不愿承认。我说也许我们可以上网查一下，如何横穿马路，他说他暗地里查过许多次了。

　　然后他连续反问我，穿过马路这件事的边界是什么？穿过马路具体是指一件什么样的事？

　　我有点被问住了，但能明白过马路令人忧伤，在宇宙中微微地横贯一下，会让人想起曾经走过的所有道路，想起等待，选择，一些关头，比如青木瓜从树上掉下来，钟声响起，或者月光下的大海。毫无疑问，过马路是一个人能拥有的最小史诗。

　　他点点头，把写着十六个须知问题的稿纸反复翻看，不知道哪一个应该放最上面，他正在说服自己放弃很多疑问。

　　他要重新开始过马路了。

　　正好那天有风，造物从低空打下来一束比较青葱的东西，仔细一看是一个十六岁的服务员，她拘谨地小步跑过斑马线，人类过马路的经验事实小小地流动了一次。他被深深触动了。

　　我站在金蝉西路的一侧，在欢乐谷的蒿草气味中，眼看着他像幼儿一样，小心翼翼地迈出去。

　　然后听到他心里远远地有雷声响起，突然觉得有些羡慕，我某一天也会如此严肃地过一次马路吗，也会为过马路而热泪盈眶吗，也会有重生一样的惶恐吗。

　　黄昏里，质子和金色的小虫子一起飞舞着，他要完成他自己的史诗了，他就要重新完成他自己的史诗了。

14 所有的树

　　我不怎么能喝酒，每当喝了啤酒，在挂满厚窗帘的屋子里枯坐几个小时之后，17 楼的水泥梁上就会砰的一声出现一只漆黑的鸽子。

　　这声砰是整个热带所有的树对着我响起的，我对着所有的树坐了那么久，所有的树以一只漆黑的鸽子回应了我。

　　这不是一个漆黑的答案，因为我没有给出漆黑的问题。没有问过什么将来临，也没有问过此时此地是何时何地。这也不是一个纯真念头，更不是一个预兆。仅仅是一个又深又重的大陆察觉到有人在注视而忽然起意。

　　一只孔雀打了一个冷颤。面对所有的树，我还有什么不解吗？

　　几乎没有了。想了想，我已经没有任何关于自己和自己生活的疑问，我几乎知道所有的答案，明白并接受了所有事情。

　　我知道如何横穿一条马路，知道如何把脚踏在大地上，我曾完整地经历过 1993 年，见过大雪纷飞的样子，并且在下雨的时候能理解那就是下雨。我可以准确无误地把水递给李约，明白煮熟一个鸡蛋需要更热而不是更冷。而且我学会了如何分辨橘子和骆驼，知道人是必死的，一只叫作欢欢的鹿也是必死的。我清楚什么是猫，而猫鼻子是湿润的，当屋子外面响起啾啾啾啾的声音，不用探头去看就知道那是一只鸟在叫。

我甚至掌握了看待金蝉南里的办法，从左边看，从上面看，从中间穿过去看，看它的这里和那里，尤其是可以远离金蝉南里，拎着乐购的袋子头也不回地走出很远，再毫无准备地突然回头，径直看向金蝉南里的深处和底部。

而且我也很清楚曼谷是什么，曼谷看起来像一个枯水期的热带深潭，在黄昏时分有一种熟悉的柴草气味，曼谷就在京张高速的傍晚之后，中学校园的清晨旁边，紧靠着暑假里废弃的房子，结霜的羊群走过它。如果像以时间为轴那样，以气味为轴去重新安排所有的时间和地方，就会发现曼谷和一生中的其他经历一样，是同一种柴草气息里的琐碎景观，这种气味代表了全部黎明和全部黄昏中的安静。我们其实哪里也没去过，时间不曾流动，围绕着那种大地上的柴草气味，一生像水里的墨滴一样展开。

还有亚洲，我明白亚洲是河水的产物，河水产生的一切琐碎事物本身，是炊烟，腐朽、洗破了的衣服，发酵、苦难与节俭、跪拜等小事情，是家庭生活的无限重叠，宗教和战争也是家庭式的，亚洲的历史就是人们徐徐倒出酱油的历史，除此之外没有别的，没有多于事物本身的东西，理性不重要。

　　总起来看，在我的半生中，只剩下一些绝对具体的疑惑，但这些问题并不是关于我的，我只是一个旁观者。

　　那一年在坐火车的时候，看到一个大陆上所有劳碌的农民忽然直起身，看向同一个方向，他们究竟看到了什么。

　　还有我从711出来的时候，抱着给李约买的小黄鸭，看到一个匆忙的僧人在他自己的雨里融化，身后流了一地橙色的汁水，他能否在融化之前追上他的堂兄？

　　湄南河里一个荡漾的塑料瓶子能顺利靠岸吗。

　　除了这样的事，我已经没什么要说给所有的树。

15 摇摇晃晃的校长

　　我迎面撞见了摇摇晃晃的校长。他已经很老了，有点脱相，但还是摇摇晃晃的，像是来回诊断我的耳朵。

　　"干吗呢苏老师。"我像小时候那样打招呼。

　　他没有说话，街上很安静，我心里明白，那一刻到来了。

　　二十多年前，一个鲸跃出水面却没有落下来，我和他之间有一次对话没有结束。那是一个中午，他在小卖部门外开心地爬一棵小树，压弯了它，被我意外发现，七八个我仰头看着他，他愣在树上，中山装露出了腰。

　　我知道他是在玩，但实际上这有点不好看，你想一个矮矮的校长，曾经在春天的上午坐在教室后面督导我们齐声朗读"整体认读音节的 zhi"，极要面子的中年人，一个人玩的时候被我发现了。

　　他卡在树上看我，我学着大人的样子打招呼：干吗呢苏老师。

　　他没有说话，他的场明显不对，明显起了巨大的情绪。

然后我走了，对话没有对上，没有结束的对话不会自己消失，逃避不了，只会越积越大，没有结束的对话会指引我们重新见面。

所以我迎面撞见了摇摇晃晃的校长，再见面的时候，我想重新打招呼，让校长顺着回忆自然而然说点什么，校长就是校长，可以慈慈祥祥地结束那场小小的对话。

但这么多年过去，他还是没有释怀。

但我已经不是小孩了，想告诉他不用这样，这本来是一件多么不重要的事，是什么让这件小事成了唯一的礁石？是某个早晨生活退潮了吗？但还不能和校长这样说话。

我想谈谈人间，分享一些事，冬天的湖边，有流浪汉用双手围住白鹅的头取暖，在下雪前的夜里，鹅头就像黑暗中的小橘灯，出差的人们坐在高铁的商务座上，整个人上面带着浅浅的大引号，整个人都是一阵阵客观讲述，街上偶尔吹起的大风会把方便面袋子吹进六楼的窗口，我在长椿街地铁站买了敲鼓的维尼熊，在柜子里放了六年之后李约出生了，最近几年时不时会梦见家乡，绿色的石油勘探队在学校西面的荒地里爆破，最近我想明白了家乡其实只有一个瞬间，不是地理概念，不是什么亲朋好友炊烟小胡同，是我五岁时一个人在正午走过这条大街的瞬间，我的一生就围绕这个寂静的瞬间缓缓展开，其余一切事物都是别的事物。而那个瞬间中最神秘的景象，就是树叶子在土里被扫起来的样子，还有匆匆跑过的黑狗，一切东西扔进黑狗当中都会消失不见。

后来很多年，在等车的时候，开会的路上，我总会有意无意地在一些墙角和树下寻找这样的浮土。我还想告诉他两个次要的秘密，整个石家庄的底部是绿色 PVC 做的，在北京有一些天桥格外清晰，那都不是真实的天桥，不知道是不是一种威胁和一种预兆。

还有很多，都是一个人未经装订的私家史诗，它们不显眼，只是会在下雨的晚上悄悄浮现，我想一瞬间都讲给他，就在我迎面撞见校长的几秒钟里，来不及娓娓道来，时间不重要，叙事不重要，就让四万个字一起奏响，发出一个"ong"的音。

校长很忧伤，心里有大潮远远起来，他就像一个老浆果，正在从外向内缓缓爆炸。但还是什么都没有说，只是摇摇晃晃，我知道他想成为一个孩子，但人们却拿他当一个老人。他最看好的学生被塔吊砸死在工地上，他的老伙伴李树增在一只羊死去之后也死去了，他从来没有出过远门，他是自己的一座监狱，正好装满了自己，不多不少，七十多年一动不动地站在自己里面，这是一种不可逃脱的、站笼的刑罚。他也看电视，炒完菜喝点酒看电视，也去黄河大堤旅游，但越向外窥探，自己的茧就越厚。

我想告诉他我何尝不是呢，人们都深陷在自己之中，深陷在日常生活当中，只好拼命装修它。一个登月的人，登月是他的日常生活，一个屠城的人，屠城是他的日常生活。人们是不可能逃脱的。而且这是宿命，宿命不可反抗，决定论不可反抗，当我住在垡头时，垡头无比确凿不容置疑，堡头几乎指定了我穿过它的方式，但我可以发起一次不明的游荡，至少让堡头明白我在怀疑。堡头愚弄不了我。

街上没有人，路边有槐花被扫起来的痕迹，一只母鸡缓缓走过，我在自己的历史底部，在最初开始有意识的地方，就这样迎面撞见我摇摇晃晃的校长，他一时语塞，我们对视了几秒钟，都明白没有结束的对话就不要试图结束了，我们已经交换了这些年的历史，交换了自己的依据，可以擦肩而过了。校长很快就会去世，而我稍晚一些，我们不会再见面了，但我们之间有真实的联系。

重要的是我突然能理解他的摇晃了，摇晃可能是一种捕捉，从土改到 80 年代，从义务教育全面实施到退休，他忙碌了七十多年，但每经过一条街的时候，都忘不了来来回回地吃迎面飞来的糖果和彩色小星星。当然也有可能是想把自己摇匀，保持一种均匀和流动。最有可能的是，他心里有个塑料小绿球，他一辈子摇摇晃晃，其实是在把小绿球倒来倒去，听深处传来清脆的嗒嗒嗒。

我相信最后一个，我喜欢绿色的小球，绿色小球更简洁，更适合一个人作为自己一生的唯一依据。

16　大徘徊村

中午很晒，我在大徘徊村的路边问一个人，去泊头县城怎么走，他看着我不说话，过了好大一会，能确认这基本就是一次沉默了，这一次沉默很不祥，被称为大徘徊村的沉默。

但我已经等了好大一会，不能就这么走了，所以就面对面站定，毫不手软回了他一记沉默。

天气很热，玉米地里有不易发觉的叫声，是一种铺天盖地的、名叫叶赛宁的小鸣虫，其实也不是虫，叶赛宁本身就是一粒一粒小小的鸣叫。除此之外没有别的声音，也没有别的人，局面不好打破，他站在玉米地边上，几乎可以称为伫立，一种攻击性的伫立，背景慢慢暗下去，整个人像被腌制了一样，一种缓缓放大的凝滞逼人而来。

我想早点赶路，但又不能认输，不能让他盯得我后背发紧，也不能就这么和解，忽然一松然后过去聊聊天气这算怎么回事。

还是要铆住他，对上他的强度。时间一点点过去，我在心里给自己放着歌，放着夏天的叶子那首歌，直到太阳偏西。

我以前没来过泊头，但感觉很熟悉这个地方，潮水一样的虫鸣，密密麻麻满是坟地的平原，墓里的祖先乘着地下水沿着又细又高的杨树涓涓而上，中午像夜里一样寂静，一个人赶路免不了遇见这种一动不动的村民，这都是生活的一部分，想必他们也会这样谈论路人，说一些陌生人直直地穿过泊头而去，不升火也不做饭，不交谈也不看风景，不由分说就穿过去，非常让人不快，但这也都是生活的一部分。

起了一点微风，我想看看他会不会借机咳嗽一声，然后挪动一下，他没有，我能理解。

我们僵持着，都陷入了一些什么，这种沉默很容易让人走神，我在想一生中的一些关键时刻，一条没人的街道，绿色小鸟死去的下午，在大风天冒出泉水的蚂蚁洞。想起了在一个夏天，偶然发现我大爷每次开门都是同一次，他一辈子每次开门都在偷偷使用同一个瞬间，但我没有戳穿他。想起了昨晚梦见坐着倾斜的船去重庆，天空的西南角烧着大火。最近晚上积食多梦，不管梦见哪里，西南角总是烧着大火，就像胶卷漏光那样。不过这样也好，可以防止自己篡改记忆，凡是西南角有火光的事，都是梦到的，不用当真。

他应该也是在想一些什么，不能说思绪如潮但也差不多，能看到他的表情涣散，整个人陷入了一种纷纷奏鸣的状态，然后忽然缩小了一下。我告诉自己差不多了，不要再和这个村民较劲，不要再和闷热的大徘徊村和整个华北较劲。先这样吧。

我想继续赶路。但有点凉了，开始有点觉得没什么意思，赶路去干什么？去看月光下的大海吗，是不是还有必要穿过泊头，一旦有了这种念头，就更不想走了。

我了解这种障碍。我大爷在他六十七岁之后，就再也不过马路。那条破旧的、在夜里静悄悄浮着的马路，他已经来来回回走了四十年。但忽然之间情况不一样了，就在一个阴天的早晨，春回大地，风里带着沙土的味道，他放下筷子，不再过马路，迈不出那一步。

他看到马路感到陌生，没有任何过马路的意志，他觉得自己和马路无关，过马路是一种没有必要，没有动机，没有理由的事，正常情况下是不会过马路的，就像不会突然爬到楼顶用红油漆写一个"的"字一样。

这是一种原发性的障碍，我分析过，应该是出于对确定性的一种恐惧，如此确凿的一条路，如果过去了，就再也不能是没过去。还有可能是出于一种后怕，一想到之前竟然毫无意识地在这条路上往返了四十年，就觉得胃部一阵不适，怎么会干出这种事来。但这些分析是靠不住的，就不要细看了。

我那会还劝过他，不要多想，先过一次试试，就像以前那样，想想7号要去报销医保，四百七十块钱，一个念想就走过去，什么事都没有。但他说你打住吧。后来就不勉强他了。

所有人都可能遭遇这些，忽然搞不清楚什么才是必然和自然的。这种症状不亚于器质性病变，而且不可逆转。

肯定不能滞留在这里，尤其不能再继续往下想了。要冷静一下，不要再管来路和去路，也不能再想此行的目的。在闷热的下午，努力给自己起一个新的念头吧，反复感受心里那些细微的小涌动，就像趴在地上听远处的大象心跳。

最管用的是试着想自己突然已经在一件事当中，比如在路上去看月光下的大海，去见年迈的张老师，在服务站伸懒腰，比如兴致勃勃去吃臭鳜鱼。总之反复找那种跃跃欲试的感觉就对了，就像数着节奏跳过去加入一次跳绳。总有一个念头可以运行起来，运行起来就好办了。

17 白墙

　　我们从洛阳站出来之后打了一辆车，出租车司机不急不忙地把后座上的四只惨叫鸡收起来，一路上说他在洛阳长大，但昨晚却头一回像一个生人那样，梦到了整个洛阳，整夜都陷在宗教一般的乡愁里，然后早上起来有一种哭过的愉悦。

　　李约在穿过洛河的时候，像一个蛙一样鼓起了腮。

　　然后看到绿灯亮起，小绿人在大步走路，司机说这些小人让他有了进一步善待这个世界的冲动，觉得童年的不愉快都过去了。而我是觉得，绿灯上的小人姿势越蠢，城市就越友好，饭也就越咸。

　　那几天我们在洛阳看到了乌桕树，黄河象，许多憋住笑的陶俑，细细地逛了因为天气热而微微浮起的博物馆。但确切来说，只有邙山的白墙击中了我。当时并不觉得，后来才越来越觉得白墙给了我完整的一击。几乎是砰的一声。

　　那是在古墓博物馆，稀稀拉拉的月季小园子里，忽然有几堵白墙，什么也不围住，什么也不隔开，微微发

乌，同时带着一种白墙出现了、白墙一直在、白墙仍然
在的感觉。

周围那么寂静，空气很好，那一刻几乎能闻到大气
底部的氢离子味，光线很强烈，仰头时会看到甘地的脸，
一排一排慈祥又漆黑的甘地，在蓝色的天空中挨挨挤挤。

站在邙山层层叠叠的墓穴上面，在干旱的月季园子
里看到这些莫名的白墙，非常容易陷入空想，想起暑假
的鬼压床，想起自己端着饭盒穿过罗马一样的高中，想
起小时候家里那把旧菜刀的样子，和一句不知道从哪里
看来的话："我的共青，我的深渊，我彗核上的盐，我的
灰烬，我的约伯，我的大小莱茵"。想起了那个住在济南
曲水亭街的老人，一辈子就坐在白墙对面，那年我们拿
着烤猪蹄迷路在巷子里的时候，他用含混的口音和激烈
的手势，跟我们说起一个深圳的记者带着大相机来曲水
亭街寻找龙的事情。想起了那个在我记忆中没有脸的表
哥，他在一个大风天的早上，说梦见一个女人朝他头上
扔了一颗青枣，傍晚时候他就离家出走了，四十多年杳
无音讯，而这只是厄运的开始。他爸放弃了寻找，放弃
了生存意志，带着肝病坐在墙脚直到去世。大卫·林
奇说：我的家忽然变成了一棵痛苦的树。我在来洛阳
之前偶然看到这句话，而在那一刻觉得这句话就是在
说他们。

后来我觉得不能再继续站在那了，得走了。

旁边是景陵，那边墙上也有下雨的痕迹，墙虽然是
黄的，但我知道它始终还是白墙。墙上缺了一些瓦，大

概能想到无头的石翁仲怎样在大风天轻快地翻墙而去，碰掉了那些瓦。

墙边上有即将干枯的竹子，闻起来有极稀薄的青味，起风的时候听起来也算有竹林的声音。几个老头坐在阴影深处，被柏树的小针从四面八方严厉地指住，一动不动地看着我，每当风吹过竹子的时候，他们嘴里一起低声念着"沙……"。

我觉得他们是邙山之子，正在缓慢地被邙山吸收，五千多年了，大地之于生命，生命之于大地，都是一种嗑。

转身过去，看着暴晒中的邙山，感觉到它有些低矮，几乎是瘫倒在地，又被太多的尸骨，石马，陶罐，画像砖塞满，像一只积食的黄狗。

晚上回到宾馆，把路上买的一把艾蒿放在桌子上，闻着微微刺鼻的气味，回想着白天那些发呆的时刻。白墙让我感到有点后怕，万物致幻，尤其是白墙。

18 巨塔有没有升起

这个问题不是一天两天了。我的家乡很小，只有一平米多，而且比较穷，有时候人们把饭盛得太满会有负罪感，路过市场看到大鲤鱼的黑色脊背也会有一种神秘的喜悦，一切外地的东西都会引起好奇，我喜欢闻松木的味道，喜欢和邻居家的孩子围在一起用打火机点燃桦树皮，看着带油的浓烟，在我们烧过的东西当中，只有桦树皮可以一直烧下去，而蘸蜡的粉笔烧起来有一种奶味。

在我上学的路上，冬天经常起大雾，高压线挂满了雾凇，有时会发出类似于煎茄盒的簌簌声。我的舅爷爷，从我记事以来，每次看见他都是在大雾里笑眯眯地出现，一边极慢地骑着车过去，一边问我，"上学呢。"

我感到很困难的是，回答"嗯"的话，总是张不开嘴，声音太小显得很怠慢，这样不好，毕竟我爸借了他的钱。

所以后来我总是先整理好措辞，在浓雾升起的路段，调整表情小心慢行。看到一个人要在雾中出现了，就抢先喊出去。

"干吗去呢舅爷爷。"

他会卡一下，然后说，"我转悠转悠。"

如果你在天上看，也许会看到我们在宇宙中无声无息地擦肩而过，一点都不热情，但在我们的内心，自我的深处，一种善意在擦肩而过之后还会拖尾很久，就像你挂电话之前要抢着说最后几声嗯嗯嗯。我舅爷爷是一个好人。

后来他出事了，因为车祸纠纷，头顶被人跳起来猛击了。

医生把掉下来的一块颅骨取出冻了起来，准备以后装回去，但实际上没什么必要了。他头顶塌了一个小坑，半身不遂，穿着棉袄坐在暖气前面，整天失神地看着对面卖电动车的小店。直到有一天对面卖烟花的门脸爆炸，他才感到精神一振，就像回到小时候一样，在心里暗喊"COOL！"

有一年我带了一只烤鸭去看他，屋子里全是热烘烘的尿味，他说不出话，但可以写字，有一个小本子和拴绳的铅笔，是专门用来和亲戚聊天的，他非常慢地在纸上写了一句话给我。写到一半的时候，我就知道会是那句。

"巨塔有没有升起?"

我的感觉是不会错的，他果然写了这一句，这不是头一回了，在我的前半生里，交谈时的一些关头上，总是会有人问我这句话。

我没有慌，还是像以前上学遇到他那样，调整一下表情，非常周全地告诉他"升起来了舅爷爷"。肯定要这么回答的，老人就图一个圆满。

其实我始终不知道这句话是什么意思，为什么总会有人问我。我也没有跟任何人说起过这件事，就像飞蚊症，一直都在但你从来不会说。

而且我很忙，不想问为什么。为什么雷击起火的树会明显烧得慢一些，为什么燕子会径直穿过坐在门前的奶奶，为什么苦难总是降到约伯身上，那么多为什么，已经习以为常了，很重要吗。

记忆中最早听到这句话，应该是在 1989 年，或者更以前。

我隐隐约约记得，我爸在一天夜里忽然回家来，牵着一匹暴躁的骡子，要拴在一棵臭椿上。那天夜里月亮很大，他手忙脚乱，怎么拴都不满意。有时候是像拉骆驼那样拉着骡子进来，仿佛长途跋涉之后到了一个陌生的地方，有时候是抓住鬃毛和嚼子趔趄着进来，好像一个戍边的人，有时候把缰绳搭在骡子背上让它自己迟疑地走进来，他背着手看着，好像是一个抽烟喝酒吃炒肝尖过得还行的人。

那个夜晚无边无际地漫长，我记不清我是在门前看着，还是在窗前看着，只记得我爸穿着军大衣，一遍一遍走进来，在寒冷的夜里满身是汗，非要拴成他想要的样子，大概是要那种神秘的感觉，无人的夜里，月光下静静地站着一匹漆黑的骡子，如同巴别尔的小说一样。

但黑骡子其实是红色的，只是在月光下看起来是黑的，而且根本无法驯服，就像暴龙一般，眼睛让年幼的我不敢直视，或者它根本就没有眼睛，骡子里面是空的，深不见底，像是一种比较小的深渊或者什么的，在起风的路上走快了会发出嗡哨声。这头骡子是我对成年感到恐惧的事物之一，另外几样事物是白酒、算盘和把衬衫扎进裤腰带。我也曾经害怕独自走在路上，背后是空无一人的大街，槐花无声地落下来，这让我忍不住回头越走越快。

那天夜里，过了很久，我好像快睡着了，但还能记得我爸走进来，从大衣兜里掏出一包锅巴，然后对我说了一句，"巨塔有没有升起?"

应该没有记错，这是我第一次吃锅巴这种带纹路的小食，味道令人惊奇，没有哪个穷人家的孩子不喜欢味精和椒盐的味道。第二天我穿着带亚运会标志的新衣服，站在门前，那个青色的早晨，隐约还能想起头天夜里他问我的话，巨塔有没有升起。就像做梦一样。

这么多年我一直在分析，是不是我爸问了别的话，只是在我听到的时候，被这句话替掉了。这句话凭空而起，不可阻挡，而且自有永有。

如果是这样，那他本来问的是什么？后来我无数次地盘问他，但他像别的老年人一样散漫，对什么都不认真，全然不记得。

这是头一回，《圣经》中称为"起初"，民谣中称为"开始的开始"。

还有一次，是 1993 年的时候，我给我远在成都的大爷写信，写得乱七八糟，一共凑了三页纸，其实目的就是想再要几支毛笔，在他回信的最后一页上，似乎是不经意地问了一句：巨塔有没有升起。顺祝，阖家欢乐。

我吃了一惊，但我毕竟不到十岁，读不出什么语气什么意图，就按照大人的样子把信放起来，接着写作业。

到了前年，我大爷预感自己时间不多了，就让大家去成都见一面。见面的时候聊起来，他觉得我思路清晰，戴着眼镜，还是可以的。其实这算什么，我想告诉他我已经洞悉了世界的秘密，但当着长辈的面并不能这么说，这基本等于在病重的老人面前表演背着手吃面条。片刻走神之后，看到我大爷的神情，我感觉他想问点什么，毫无疑问，他还是想问巨塔有没有升起，只是不知道该如何当着家人的面说出这句话。

大家漫无边际地聊着，说到他从苏联回来，被投进笼子里，在点着煤油灯的屋子里被人吊起来拷打。我大爷语气不急不慢，他心里面正起着尘埃，发生着一生中最后一次小小的斗争，藏得极深，但瞒不过我。

今年五月份他去世了，很不错活了八十六岁，也算没有遗憾，我们提前两三年已经告过别了。他在1993年寄给我的青色钢笔还在，我很小心地留着它，即便是在大风天遇到龙的时候都没有丢。我从开始就知道有一天这支钢笔会成为遗物，甚至一直在等着，现在这一天终于到了。

他并没有回家乡下葬，最终还是埋在了成都，一个墓碑潮湿的地方，我想还是给他写一个碑文，八千字左右，内容主要是一些事情，就是被他错过的人世间的一些事情，说是生活史诗也行。

碑文可能没有条理，开头想从一个冰激凌说起：DQ的黏稠程度和天气没有关系，买完可以把杯子倒过来，表示完全挂杯，这是世上的一小件事，但也意味着很多了。等等。这里就不细说了。

而我到了现在的年纪，也就是我大爷被抓住投入笼子、我爸掏出一包锅巴的年纪，能体会到活着是一件比较疲劳的事情。但始终还是想不明白，他们在问我巨塔有没有升起的时候，原本是想问什么。

有时候睡不着，脑袋里的咖啡还有余烬，会觉得这一生已经基本可以揭晓，想起一些从没有见过的场面，四个大寂静，一个低垂的青，白色的汉字横亘在陌生的楼道里，在窗口能感觉到海水的飞沫，好像已经能看到自己躺在病床上，和我大爷还有我爷爷一样，因为血氧过低而二氧化碳中毒，无意识地死去。基因流过我又去往下游，这是一种家族病，是不可能幸免的。

希望李约把我撒在我以前经常去玩的地方，不管以后那里变成油田还是天坑，我要给她画个地图，标明几个地点，包括但不限于以下几个地方：长出一个无根的圆蘑菇的河边，我看到蚂蚁洞冒出水的地方，总能梦到捡到硬币的小学校园，以及曾经梦见邻居的尸体躺着的地方，我希望和那个令人害怕的墙角和解。

总体上看来，我的一生不太会有什么暗角，敲一敲的话，没有什么地方会发出空空的声响。就还剩下这一个疑问，巨塔有没有升起，以及这句话究竟替代了什么。但我已经学会和这个想不明白的事情平静地共存，当我走在路上，能看到我左上方总有一个噪点，不用介意了因为生活就是这样的。

19 俄国之子

我感觉状况不是很好，深陷在人间，煎鱼煎煳了，意志也有些消沉，我逐渐明白自己是一个算法，一个七十多公斤的肉函数，这是不可改变的，哪里有什么自由意志，其他人状况比我好不了多少，只是他们酒量好，不上头，爱唱歌。

没什么重要的，没有什么线索，把最近的琐事说一说，能有什么线索？

一个事情是大奶油丢了，不知道它从哪里纵身一跃，在雪地里按下爪印子还是什么，总之是不见了，有几天我拎着卤鸡翅尖在大柳树一带到处找，但不可能找到的。大奶油极可能是变成了一个事件，风吹草动这种小事。

事情不溶于水，不反光，无迹可寻，不带把手，你不能一声惊呼，在下午的街上拎起一个多毛的事情。

也可能是它变成它丢了这件事。也就是说大奶油彻底丢了，为零了，大奶油是一只猫。从大奶油的走丢，到那天从火车站回来被一滴巨大的雨点无情击中，都有些无常。

而且有一阵子，我总是觉得睡觉不踏实，需要通风，总觉得口渴。并且越来越喜欢看风吹树，看风吹树就像喝水一样，可以缓解口渴的感觉。风吹过去的几秒钟，让我感觉到活着的终极意义，透明高墙之下的流动感。但风吹树不常有。

后来我能逐渐识别出压力从何而来，应该是有一个透明的大寂静，就像一个直径一公里的久石让的秃头，朝下低垂在欢乐谷上空。有一半人能感到这种重压，有些人不会，凡是感到重压的人，不得不抓紧多睡觉，早上喝一碗咖啡，集中注意力，才能完成这种西西弗式的角力。

这也让我为李约感到担心，因为我看到她基因里有一丝忧愁，就像青色的虾线一样，这种忧愁直到吃糖的年纪才能缓解，但永远不会消失，甜食是一种药物。

该怎么跟她解释这个倒挂的巨大秃头，该给她养一只什么样的宠物，一个橙色的大杆菌，不死的小番茄，还是一群鱼。什么宠物死的时候只是飞快缩小，并不需要挖坑？或者冒险饲养那块长出头发旋的地板砖，李约每天拿着小绿壶浇上去，然后棵棵一笑。

周末白天从窗户往下看，能看到那条断头路，天气还好，远处有点空旷，一不小心就有一种风吹过众生的感觉，突然意识到很快就会有一个人走过来问我是不是俄国之子，事情正在这么发展。

果然，有个人忽然远远回头，书里称为蓦然回首，他径直看过来，发现了我，然后掏着兜开始往这边走。

十分钟之后敲门声就响起来了，是一个本地的村民，看着我说先不进去了，有个事要问我，很简单。

但问什么我都是知道的。

"你是不是俄国之子？"

我说不是，但他让我好好想想。

"俄国之子，在荒地里禁食，再想想，有没有想起来？"

我毫无印象，但瞬间联想了很多东西，木柴的气息，陀思妥耶夫斯基，日瓦戈医生，第一次忽然感受到风吹树就是在日瓦戈医生电影里，冻土化开的味道，酸黄瓜，红肠，土豆块，甚至开始饿了，但什么是俄国之子？我是一个准备煎鸡蛋的山东人。

他没有办法，就转身走了，明显是一个精神有些问题的人。他边走边说他想到处奔走，大声说话，用木柴抽打太湖石，提振一下自己，打破一条街的忧郁和寂静。或者闻一闻风里的味道，细细地看一块砖，找点实感。还想分清楚神怎么过马路，神是左青右红呼啸而过，是数着数过去，还是一帧一帧过去。

我想告诉他我思考已久的答案：神是所有此刻的接力。不严谨，不要跟我辩论，只能说这么多。我得吃饭了。

20 烦人

看到一个朋友圈，想起来了。

我最烦的事，是吃火锅的时候，有人骑着羊在旁边乱跑。

驾！然后又兜回来，余光看我一眼，反复做出一种绝尘而去的样子。

很烦人，我仔细看了，这人不是 Jason，Jason 没有羊，有羊也不会干这种莫名其妙的事。而且去年春节之后他就非常平和了。他深刻地觉得自己是冬青，到处求证，然后去潜心学习如何做一排冬青了。

我还是理解他的。

但这人不行，这人飞扬跋扈，鲜衣怒马，穿着灯芯绒，蹄声阵阵。

我想质问他，三连击：你怎么不去马路上骑，你怎么不乘风而去，你怎么不穿过星辰大海，但出于一种顾虑，很难开口，而且他眼神从来不正视我，不好直接交流。

我只好冷冷地把筷子一放，啪的一声。

见效了，我能感觉到他微微侧目了。

但我基本上还是很内向的，不能再进一步喊出来，那样太唐突了，嗓子发干。

如果你对着一个骑羊乱跑的人发火，那你岂不是也就变成了一个骑羊乱跑的人。你凝视深渊，深渊也凝视你。

深夜时分，什么植物会在屋子里缓缓行走？经常唱的那首儿歌的最后一句是不是"抱小狗的往后站抱小孩的往前坐"？这两行不算，我走神了，老走神。

接着说这个讨厌的人。他后背微微发汗，兴致盎然地来来去去，羊的胯都压歪了。

要不就先吃吧，吃鸭血，忽视他了。

但是又想起来了，我最烦的事，是吃火锅的时候，有人骑着羊在旁边乱跑。驾！然后又兜回来，余光看我一眼，反复做出一种绝尘而去的样子。

不可思议，没法说，不能逃避。

核心问题是他还要看我一眼，为什么要看我一眼，期待我羡慕地看过去吗？我才不会，我三十四岁了，是三个孩子的父亲。

行吧其实是一个孩子。但这种穿灯芯绒的中年男人也太烦人了。

后来他应该是进一步觉察到我的情绪了，暗中跟我较上劲了。

一边踢踢踢踢踢踢踢地跑过去，一边背对着我向空中自言自语：电子羊，电子羊你管得着吗。

话说到这儿，局面基本打开，锋芒渐渐对上，可以摊牌了。

那就待会再吃吧，先解决这个问题。

我目不斜视，默念着《圣殿骑士》的结尾部分，想找一个八公斤的句子，等着他兜回来，要给他最后一击。一举击垮他的电子羊、灯芯绒和西城户口。

21 想把马翻过来

想把马翻过来，想把马翻过来，想把马翻过来，想把马翻过来。

什么马什么马，说的是一些什么之类的马。

把马翻过来翻过来，你稍等先把马翻过来。

没有马，也没有马躺着，你在你舅家你没有马。

得把马翻过来翻过来，翻过来就可以了那匹马。

哪匹马哪匹马哪匹马哪匹马，马在哪你没有马。

把马翻过来，把马翻过来，想把马翻过来一下不行吗。

你没有马，你没有马，没有马的意思就是基本没有任何马。

只想把马翻过来翻过来，翻过来翻过来一下不就完了。

你没有马没有马，啊你明明没有马没有马没有马。

意思就是想把马翻过来，咔一下把马翻过来把马翻过来。

你并没有马，没有黑马，没有红马，没有蓝马没有马。

想把马翻过来，想把马翻过来，想把马翻过来哪里不对了。

这里完全不含马，不管什么马，马为零没有马。

那也得翻过来那匹马，翻过来翻过来得把马翻过来啊。

你有什么马，你想你哪来的马，你哪来的马哪来的马。

把马翻过来，翻过来翻过来，很着急了为什么不能翻过来。

查了完全没有马，有1918有1928，直说吧就没有马。

可以把马翻过来吗，可以吗是时候了吗，能翻过来吗那匹马。

并没有马，而且怎么会有马，根本没有马，你想一想是不是没有马。

先把马翻过来，把马翻过来，差不多了把马翻过来一小下。

到底什么马，到底什么马，外面在下雨不要再说马，另外你不可能有马。

谁不想把马翻过来，谁不想把马翻过来，所以慢慢把马翻过来。

22 朝阳医院

朝阳医院是最强烈的医院，也可以说最茂密、最难走穿、功率最大。说不上来一个医院功率大是什么感受，如此之大又是什么感受，大概是熵，也可能是入夜之后医院一带的肾上腺素水平，也能理解为医生之忙碌护士之迷乱脚步之喧哗，病床编号之复杂静电之剧烈。

一大排穿驼绒的老太太在轮椅上齐刷刷地被推进来，都是骄傲的退休老教师，脖子上戴着珍珠项链，排成一字形，微笑着缓缓向前，架势就是要逼退所有人，你们，还有你。而侧门却突然推进来一个腹部沼气爆炸的急诊病人，肚子上带着小小的一团蘑菇云，被迅猛的护士推着，在水磨石地板上飞奔过去。

这是李约出生的那天，也就是有人在西部试射中程弹道导弹的那天，那天雾霾渐渐升起，地铁扶梯边上的石头墙面逐渐变成了马皮，灰色的细毛摸上去是温的。

我带了钱和不少巧克力，急急忙忙来到医院的 D 楼，刚想问些什么就被医生按在地上，拖到满是纸堆的屋子里，他们在一台发黄的奔腾 2 电脑旁边，轮流朝我大声喊，血窦！手动剥离！ICU！植入！权利义务！问我明白不明白风险，明白不明白！我说明白。他们用圆珠笔抵住我的额头再次质问：真明白吗？我吸了一口气大喊：明白！他们稍稍满意了些，勒令我签字然后带着双手镀铬的助理席卷而去。

我在手术室门口等着，偶尔扒着小窗往里窥探，里面庭院深深灯光明亮，十分空旷，看起来像发掘完的殷墟。两个小时之后，概率站在了我这一边，人生闯过一个未知的关口，李约带着淡淡的冷笑被端出来了，像一个尺寸较小的佛。那天我总是飞快地想着一些事情，有时能感觉到一个极小的目光在我背上游过，回头看李约一眼，她闭着眼睡着，但是也不一定，嘴角仍然带着冷笑。

这是基因大规模向下分蘖的一年，在长河之中仿佛一个耀斑。病房不够用，屋子里挤进来七个微微发酸的婴儿，七个被剖开的女人，还有七个极度困倦的家属，到了后半夜，忙碌平息之后，每当椅子发出吱嘎声，就能感觉到七个人一起用刀口盯着我。

这种压力让我不得不出去待在楼道里，穿着秋衣走来走去，默念着七匹狼男人不止一面，蓝田日暖玉生烟，一遍一遍读着墙上的锦旗和母婴健康招贴，读完左边读右边。

然后穿过热水房，外面一片寂静，灯光像日光一样亮，偶尔有一两个睡不够觉的中年人，眼睛像是被沸水烫过，端着吉野家的盒饭，走路摇摇晃晃。楼道尽头有三个白袍的阿拉伯人走过去，外面还有远道而来的家属在停车场露营，烧完的篝火还有余烬，他们的马拴在树上，不远处有晚睡的老太太经过，在冷风中一边遛狗一边练习收腹提肛。

走到病房楼的地下一层，是保洁和护工的宿舍，顶上的管道又大又低，每个屋子都拉着花色不一的布帘子。四五个职工坐在一起微微地晃着，说着什么。我听不见，他们似乎也听不清对面说什么，但还是热切地聊着。

医院里每个缺觉的人心里都响着一段强烈的鼓点，他们每天晚上值夜班的时候坐在一起，抽一口烟，看着彼此的眼睛，下巴开始打拍子，等到内心的鼓点渐次对齐，音乐就起来了，古老的舞曲卡库塔，一种淡淡的欣快感，整个医院载着病床、药物、脏器和绿植开始缓缓航行。他们边摇摆边聊，最困的时候也是最亢奋的时候，说起 1962 年打猎的往事，月色中的黑骡子，流星一样逃跑的交通灯，独自在河边大笑却不小心栽进水里淹死的邻居，还有在失控的工程电梯里下坠的侄子。

还有不少人在宿舍里打点滴，静默着坐在床边上，挂着一种非处方药，用来软化血管的霓虹色药水。一个安徽来的老头也坐在那里，家里的病人刚刚去世，他松了一口气，吃着孩子带来的彩虹糖，一个人好好地逛了逛朝阳医院，像一种年轻时代的游历，观摩纵横交错的病房，药房，病房，药房，病房，药房，病房，药房，病房，药房，病房，药房，病房，药房，然后在这里休息一下，找人聊聊，他说之前每天到凌晨的时候，就会有一种洪水没到脖子的感觉，下巴这里能摸到一条带着浮沫和泥土的水位线，但现在洪水开始退了。

等我回到病房的时候天已经快亮了，李约还在睡着，一百四的心率，飞快而安静的脉搏，像透明的飞蛾幼虫体内那种律动。换班的护士带着包子进来，新的一天要来了，我用奶瓶接了 15 毫升热水，带着这 15 毫升热水穿过长长的楼道，感觉到一种平静，空气中弥漫着鼓点，有点不想停下来，想一直这么穿过楼道六十年。

医院像一个雨林，一个蓬勃潮湿的飞船，一个弥漫着强劲鼓点的大教堂，我每天在这里买稀饭，接热水，在人们睡着的时候穿着秋衣游荡，几乎已经有了一种乡愁。但后来还是到了要走的时候，我带着东西在医院大门有点不知道如何走出去，就像一开始不知道该如何走进来。

到家的时候，屋子里有猫的腥味，甚至能看到它来回狂奔留下的彗尾。厨房门口有一块地砖颜色变深了一些，开始长出细细的头发，甚至渐渐有了一个微弱的头旋，除此之外没有什么异常。李约还在睡着，一百四的心率。

23 淡绿色的河北人

一个淡绿色的河北人，自学成才的精确滴灌技术员，两个孩子的父亲，来黎明医院复查了。

我们在医院旁边见的面，吃黄焖鸡，喝一些酒（其实我不能喝酒）。

太惨了，说起矿难的事，当时他参与了救援，他说："一个安庆来的，升井的时候有点淌了，我们把他提上来，但他大叫一声又滴下去了。中午的时候我们在工地旁边的摊子上吃板面，看到带刀的蒙古人，他们说我们矿工是两脚羊。"

后来又说起被欺负的事情，工头确实是不怎么样的一个人。那天去买火车票的时候，经过宿舍，工头在床上躺着抽烟，喊住他非要让他把黑猫扔过来。他看了看周围，都是水泥路，摩托车的油门线断了，但没有什么黑猫。

他探着头跟里面说没有猫。工头就骂，说你不会等一等吗。

他等了一个中午，实际上足足等了四年，最终还是没有猫，矿上怎么可能有猫。后来他有点忐忑地跑了。

从矿上回家之后，他身体一直不太好，害怕过大的东西，路过一个假山手心会出汗，一只比较肥的绿孔雀笃笃笃地走向他的时候，他也会耳鸣。

太疲劳了，他说，活着不容易。

尤其是入冬以来有点多梦。他做过的最害怕的梦，是眼睁睁看着一个四十吨重的黑色铁锚，在海水里慢慢拉起，那种量感是可怕的，吓人。他边睡边告诉自己，左脚赶紧蹬一下蹬一下就好了，然后才能醒过来。

现在基本上，看一棵树已经是他能承受的最强烈的事，树本身不强烈，但树就这么在坡上了，这忽然又忽然的一下，是强烈的。风吹过来，灰绿色的叶子互相轻轻地打着耳光，树枝陆陆续续分杈，往往看到这里就可以了，不能更多了。

总之生活还是要淡一些，淡淡的，他最喜欢闻淤泥气味，在下雨之前，空气里有渺茫的土味，不下雨也有，但要少一些，即便少一些也可以想起某个上午，阳光强烈，黑狗匆匆跑过一棵槐树，就像一个洞口在跑。

当然也喜欢那样一个傍晚，俄式的傍晚，有酸酸的味道，寒冷尖锐的小柏树枝子纷纷地戳向路人，就像心里发出啾啾啾啾啾的声音一样戳向路人，森林里忽然涌出七十多个契诃夫，也可以说是排出来的。

这种没有实感的状况，主要是缺少一些具体的生活，一些热乎乎的、有真菌的蜂鸣声的东西。确实是这样的。

差不多了，我又要了一个玉米吃。

　　然后我们出去溜达，走到桥上，看着京哈高速上的汽车，烧着炭红红地奔向远方。

　　他站在栏杆旁边，喊住我，问后面是不是有一束光打下来，是不是正打在肩头上。我说是的，他点点头，出了一口气。

　　这也是他想要的一种瞬间。在一个不太熟悉的地方，没有什么重要的东西，没有多少人，可以有一些不连续的缓坡，环顾四周，能听到虚弱的人声，空气里有烧荒的气味，上面有光打在肩头，地面深处运行着一些轰鸣，就像马勒在地下穿行，他站在这样的时刻中，看起来十分贪图这种恍惚。

　　但是晚上七点左右的时候，他一张嘴空气中就会响起管风琴的声音。能看到他的嘴在动，却听不到他说话，我一时没有办法，只好多点头，嗯嗯嗯。

24 我所认识的 Jason

　　Jason 的低落来自他的病，一次下大雨的时候，他跑着追一辆公交车，因为跑得太急而突然恍惚了，去医院拍了片子，显示颅骨上有个重影。医生说他跑脱了，这是一种自我的拉伤，不是肌肉的那种拉伤，是整个 Jason 从他自己里面跑出来了一点，医生写下诊断："一种自我之疝"，嘱咐他多喝水不要急，这种问题只能慢慢休养，平时多平躺。

　　这几年 Jason 非常安静，坐着的时候有一种不易察觉的微微摇晃，病不好不坏，他已经接受了这种情况，不过就是余生有点对不齐而已。但长时间不活动改变了他，他有点不太均匀，性格也有些发潮，一些小麻烦也多起来，先是眼睛不太舒服，迎风流泪，看着这个世界的时候有一种要哭的样子。然后是他的猫从九月开始慢慢褪色，变成了黑白的，找不出原因，拿出去晒也没有用。

　　但生活还过得去，他还是我所认识的 Jason，他是特别的，我觉得他像是那种被无数人的念头塑造出来的人，海水一样的话语和念头凝结在一起，他在其中呼之欲出，然后在一个寻常的清早，一群老太太嘎嘎大笑，Jason 忽然就出现在十字路口上，穿着涤纶白衬衣，身上挂着只言片语，非常惊慌地想要不要过马路。

但这都是瞎说了，他其实是甘肃人，甘肃人眼睛都有点发肿，不知道为什么。他取了一个常见的英文名字，是看上了这个名字的塑料感，就像买了一个十块钱的玩具塑料马。这是一种自我暗示，Jason 这个名字有一种戴着耳机买苏打水的感觉。

工作不忙，Jason 有大把的空闲时间，几乎都用在了回忆上。他说自己几乎是一条线，用来串起来一些事物，在交谈的时候供人阅读，人生意义基本就在于此了，不会有更多。我不是很明白他说的线是什么意思。Jason 解释说，人其实都没有什么自己的人生，一辈子就是陆续穿过一些见闻，去掉这些就不剩什么了。尤其是他自己，他是一个蹑手蹑脚的人，一个旁观者，不想动这个世界上的任何东西，不想留下任何痕迹，就是来看看，在熟人面前说一说。事情不多，很快就可以说完。一生概括起来就是两三面白墙，有点陈旧的、在雨季微微发乌的那种白墙，所有的生活都围绕着这几面白墙展开，所有远离这些白墙的，都不是那么重要，以后也不会梦见。

白墙就是姑妈家的白墙。Jason 是被她姑妈养大的，一个不苟言笑的老太太，带着不锈钢的股骨头，人生沉甸甸的，脸上有严厉的灰白棱角。她做完了饭就穿着那件黑白斑点的长裙坐在靠墙的椅子上，像一幅画一样看着 Jason 吃完，然后给他一个苹果一瓶水，打发他去上学，然后自己去上班。她在武威市的空地管委会找了一份临时工，给穿过空地的人做向导，一个月七百块钱。每天带着暖水壶，打开一把折叠椅坐在边上等人路过，发一些传单，告诉人们要按照指示走路，不要随便乱穿空地，否则走着走着会徘徊起来，陷入可怕的妄想。

夏天，天比较长的时候，Jason 放学会绕路去找他姑妈。他忘不了从背后看她坐着的样子，在光线还不那么暗的时候，能看到她微微有点歪，在缓缓挥发。所有的老人，癌症病人，都会挥发，就像炉子里的热气汩汩向上。Jason 说我们这些人早晚也会慢慢挥发的。

他姑妈临去世之前，也还是那个样子，总穿那件斑点长裙，坐在椅子上放空。他还记得姑妈去世那个中午，能感觉到旧屋子在慢慢缩小。他盯着家里那些每隔三五年粉刷一遍的墙壁，有些熟悉的坑洼纹路，像一只站起来的羊，他看着那只羊走神，想象它两脚走路的吃力的样子。

许多年之后，在另外一个城市的动物园里，Jason 看到一只年老的鸸鹋，踱着步走过阴天的下午，转身进了黑洞洞的屋子，他觉得那只迟缓的鸸鹋是他姑妈，肯定是的，但不知道该怎么喊她。

Jason 在一次篝火晚会上说起来这些，我们对着火堆，被烤得有些弯曲，脸慢慢向耳后翻卷，但后背还是冰凉的，后面有一些山和树，至少在回头看的时候是有的。

　　长大之后的经历，就没有那种白墙的感觉了，没有两脚的羊。他经过长时间的沉思，认为一个城市的事物之间有大规模的相似性，却普遍缺少真正的联系，容易陷入一种集体沉默，事物之间的面面相觑是诡异的，有时候会发生常识的突变，这种状况称为醒来。比如一个超市的收银员忽然逃走一直向西流浪到吉尔吉斯斯坦，比如有七个人认为他们是同一个人。

　　这种过度的思虑让他更加心事重重，有时候我刚要说什么，他会突然让我别动，说他能感觉到地球在呼啸运行，"那种岩石的声音听到没有。"

　　基本上他认定自己也会有醒来的一天，这是宿命。

　　Jason 的醒来是在今年夏天，我们在一起吃烤肉，他喝着喝着啤酒，忽然停下来，眼睛瞪大了看着周围，有些惊慌，鼻孔有些张大，就是那种我想象中他忽然出现在人行道上的样子。我知道这就是他说的那一天。他说他突然对生活有强烈的陌生感，必须要重新审视周围了，这些烟雾，酒瓶子，烤肉，眼前的人，还有一切常识，计划，出门穿过天桥，在路灯下打车，心里想着明天的工作，回到家上厕所，所有这些，是怎么陆续出现在下一秒的，是谁让一切就这样向下流淌，我们为何聚在一起食尸，究竟是搭上了什么船。

　　我告诉他，其实我也能想到那种醒过来的感觉，Jason，我只是不愿意醒来。

　　从那天之后，Jason 经常用右侧脸凝视这个世界，不管在哪，总是恰好在一个青黑色的背景前面，这是一种巧合，或者其他，但我们都认为这是巧合，也习惯了看他在鱼脊色的夜幕中，用发亮的、感慨的眼神看着我们。

　　我一直想问他，为什么不站在蓝天或者灯光的前面，为什么不站在一棵石榴树的前面，或者恰好站在一个繁忙的广场前面也行，后面是人来人往，可以有点微风，就像电影里一样。他说他没有那种际遇，没有那种聊天的时候背后恰好是一棵树的机会，这不能强求，每个时空都有四分之一的青黑色，这些青黑色的背景属于他。但这不重要，Jason说，很多事情你发现了就有，不发现的话就没有，青黑色这件事，不留意的话就像不存在一样。

　　活着是很累的。他家的窗口正对着一条马路，他每天都能看到一个很老的清洁工，带着白色的塑料水桶打扫卫生，Jason觉得那个人就像都灵之马，我觉得他其实不必为别人忧虑，每个人的痛苦都是等量的。他不认同。

　　但他仍然是我认识的最真诚的人，他已经醒来，并且卸下了表情，用有点迎风流泪的脸直面一切。他最喜欢的话是："我已准备好走向可以拥有更多天空的地方／但这明亮的渴望现在已不能／将我从尚且年轻的沃罗涅日山坡／释放到明亮的、全人类的托斯卡纳拱顶。"我不确定这几句话是什么意思，但他经常用这几句话来校正自己。

25 但是

　　我的同事列宾，偶尔会卡住。

　　就是他在白天说不出"但是"这个词，死活说不出口，晚上还好一些。

　　每次我都想笑，但他明显是有点急的。

　　他三十九了，一个穿衬衫的人，还有这种毛病。

　　毛病严重一些反倒好了，可以全身心去面对，但这又不是什么大事。怎么说呢，这种事就像塞牙，闲着的时候，会带来很大压力。

　　刚开始我是不信的，后来发觉是真的。

　　一起吃饭时，听他打电话能感觉出来。

　　虽然谈笑风生，不疾不徐地腾挪一些句子，熟练地躲过了这个词，但总还是有点异样，就是放下电话那种微微松一口气的样子，有点破绽了。

　　就像在一个安静的会议上抬起半边屁股，不动声色地缓释一个屁，你心想耶完成了，但就是这时候，腰肌一松神色就闪烁了。

　　就当没发现，我专心在芹菜里找腐竹吃。

后来大家熟了以后，他就不回避了，说也没什么大问题，就是一想到要说这个词，就觉得尴尬，脸上轰的一声，受不了。

"说出来会怎样?"

"不知道，没有说过。"

他整理了七十多种绕过这个词的办法，在脑袋里有个黄皮小本，可是，不过，不过也，可也还是，也还是，然而，然而也，but，等等，毕竟他三十九了，这些年基本所有语境都能应对了。

但木糖醇始终是代替不了糖的。

关键是态度，这是一种逃避，女朋友对他也有些失望。你想竟然会有一个三十九岁的男人逃避一个转折连词。

网上的心理医生给他开出了十个紧急关头，比如说，一些什么什么的。意思是一旦急眼了张嘴也就说了。

但我觉得事情没有那么简单，办法也不用那么麻烦。

我告诉他勇敢一些正面冲过去，去北京站，去麦当劳，在人群里大声冲过这个词。下雨天鞋子一旦进了水，反而会走得更快是不是。

或者把这个词夹在一些句子里，比如说诗，马就在五月的海边 / 但是骑兵还躺在海参崴。

最主要是得脱敏，得多说，直面自己，牙膏不挤不出来。

这个坎必须要过，他也赞同。

大概有两三个月之后，一个周一，他换上了高领毛衣，在朋友圈里发了一个词: DONE。我知道他心里有一口气，应该是准备好了。

在 26 楼，桌上摆好矿泉水的一个会，他准备在会上正式地说，大大方方的，带手势的那种。

会比较长，他喝了不少水，快 11 点的时候，我看他开始变换坐姿，然后开始长出气，咳嗽，就知道可以了，差不多了要来了。

26 农村图像学

没有来由、没有目的、没有背景的对象是很难说清楚的。

农村这种形态，没有什么来由，没有什么目的，也没有什么背景，它本身就是背景。没有什么不可以成为的样子，也没有什么必须要成为的样子。

农村更像是一种自然残留，卡在词与物的中间。

观摩这种东西的办法是穿刺和切片，从上中下左右各穿刺一次，然后看看标本。

流域

黄河的末梢是一个老李，他坐在北方的白墙下，驼峰差点擦过他。

黄河远上白云间，一片孤城万仞山，而下游最后一块流域，则是他热热的胆囊，河水到这里悄悄停住，一些钙和镁慢慢沉积。

这些老头和多数人一样，这些年被渭河流过，被黄河流过，被淮河流过。当回顾一生，要说些什么的时候，他摸摸胆囊里的结石，认为自己是一个无风的渡口，一个滩头。

基本上，除了可见的河道和平原，广阔的农村是一个非常巨大的隐秘流域，是一场规模无限的内循环的一部分。

水流过河道、流进海洋称为河，流进果园、流进花盆称为灌溉，流过牛肉、流过老刘、流进一个土豆，称为多汁，流过颧骨、流过动脉则称为其他一些浮夸的东西。本质上讲，太行山一带傍晚群起的蜻蜓是一片席卷而过的水雾，同样，燕子是迅疾的一小滴水，鸡和猪则是温吞的一大滴。

详细追溯这种流域是不可能的。我的地理老师在初二的时候告诉我，一切河流的名字，都是一种临时称谓，有船的河只是河的一种，河并不是自西向东流进大海，而是在更广阔的地方缓缓上升和下降。仅仅以地理概念中的河为抓手来看待农耕文明是懒的表现。

河不可能是线性的，他说，河是无穷弥散并且不分彼此的。生物的死亡是河流断流和改道的一种形式，或者就是断流本身。

一切埋葬其实都是水葬，被含水的大地慢慢消化，而后来兴起的火葬或者焚烧其他的东西，是一种脱水仪式，加速降解，向大地归还借来的尘土。

从龙山文化往后，甚至更早开始，农村都是一幅持续缓缓流动的图景，液体流向是农村在八千年中唯一的轴。从水视角来看，所有循环生长又降解的有机体，不过都是一种河里的卵石和泥沙。

土的界线

土就是碎了又碎的星。

八九千年以来，农民在这种细小的星屑里小心地又抓又梳。

然后有机物在循环，土里长出庄稼这种事普遍是一种喷发，一种有节律的大规模涌动。农业可以看成是每年四拍子的潮汐，在这种潮汐中，农民和作物互为神，又反复互相食用，而土则是他们互相食用的介质。土因为这种介质作用而变得神圣，社稷坛里还保留着青、红、黄、白、黑的五色土。

关于土地有两种界线。

一种界线与农民的生存空间有关。生存空间的界线极其严肃，是身体的延伸，和生死绑定在一起，不可蚕食，不可用镰刀试探。如果把农村当中存在过的所有界线有形化，其密集无法想象，这种浮动的线条在几千年里飞速地闪烁，所有的农民都是为此而生为此而死。

最小的界线是坟地，坟是一些密密麻麻的尸茧，是不容侵犯的最小单元。比坟更大的，是屋子，窑洞，院子，寨门，城墙，园囿，封地，国界。这些界线的再平衡过程，几乎包含了全部历史，甚至更多。

另一种界线是地表与地层，地表的变化像是不停抖动的床单，而上一秒的地表便是地层。在所有的平坦地带，熟土地层的增加是大体匀速的，每个时间点都有相对应的地层堆积。

许多祖先和他们的马，在土地上以新的基因序列反复路过，留下新的地层堆积，做出一种很多人来过这个世界的样子。我们就是祖先本人。

这些地层是无穷的信息库，极其翔实的总体史书。现有的考古工作像是点状穿刺，并不能读取其中的万分之一。在我们的年代，在大部分地方只要原地向下二十米，都有八千年左右的事物痕迹。

有人类痕迹的熟土地层本身是一种最大的存储形式。地下远比地上更加喧嚣，每一立方米的土里有两千万个土壤小动物，不明数量的灰烬、陶片、骨头、铁锈，还有一两个公主的头。四十万年之内，所有存在过的生物的 DNA 碎片也都在地表之中。

所以一次准确的雷击之下，大地的觉醒不是没有可能。一个傍晚，当你站在人迹不多的北方，等到脚麻的时候，就能感觉到整个河套平原是一个沉默的巨型智慧生物，你正在想它到底是不是，它说嗯哼。

星纹

站在高一些的地方看，整个农村是一种复合的密纹。

中国的农民是最精细的匠人。农民不会批量看待一块田里的作物，他们几乎认识每一棵植物。他们把毫无规律的地貌逐渐改造成阡陌纵横的样子，上面均匀分布着巨量的生物锚点。碳基生命会如此大规模、有规律地排列，元素会如此整齐划一地蒸腾流动，这是整个星系里最奇特的人工景观。

纺织是另一种人们熟视无睹的密纹，1975年，河姆渡人的织布机被发现，从河姆渡时期开始，几千年来人们不厌其烦地把纵和横交叉在一起，从而制造一个密纹界面，这是一种像空气一般基本而重要的图像实践。

砖瓦是第三种密纹。砖其实是一种方陶，是火对土的简单重塑。在近代以前，砖瓦土坯的尺寸在同一个时代基本是一样的，这些在火中升起的像素，陆续产生了一种惊人的堆积。有时候你在火车上看着窗外的时候，会忽然睡意全消：眼前这片土地，为什么会重复出现这么多等大的立方体。

这三种熟视无睹的密纹，是以人力梳理一颗星星的痕迹，可以称为星纹，也是巨型岩画的一种。这些密纹的无穷重复，是一切的底图，衍生出了传统农村的基础生活，基础生活是历史的第一个"1"。其中物就是物，物什么都没有说，式样、风格和意义并没有压倒物的本身。

然后才可以说到被称为文化的事物：

像立体画框一样的院落，老字号点心，手艺人的招牌，四书五经，对称的石头狮子，涂着黑漆的雕花家具，两耳陶罐，纹路粗疏的磨盘，铁器，五铢钱，画像石，红色的喜服与白色的丧服，笨拙的年画，祭祀馒头上的红点，皮影戏，秦腔，蜡染等等。

但这些不是那么重要了。

青色事件

所有的自杀都是冰凉的青色事件。现当代农村的高自杀率由来已久。

自杀可以视为迅速过完一生。不是粗暴的中断，而是一种提速，把余生在几分钟之内完成。自杀的人一生同样是完整的。如果一个人注定会看到一只黑狗在雪地里盯着他，那么他在自杀的时候也必定会看到。

因为帧率太高，强度太大，自杀会被看成一种痛苦的结局。而没有选择自杀的人，也只是小心慢行地走向终结，所谓一生善终，不过是一种高度缓释的、和时间等速的自杀。

在苦闷的环境中，平静地缓释死亡是很疲劳的，这超出了体力劳动和生活压力本身。人们在稀薄的生活中很容易一眼看到谜底，也就是意义本身，过早看到谜底是危险的，相比之下，城市居民集体迷失在虚构的现实中是一种幸运。

1957 年，在北方一个较早生长葡萄的地方，有个老太太在纺线，线头连续断了几次，在过去的四十多年里，她总是耐心地接上线头继续干活，日复一日，但这一天她不想再继续了，就平静地上吊了。

生存范围的缩小，会让事关生死的大命题押在一些极小的事情上，一只熟悉的鹅死去，会引发强烈的虚无感，然后会想到死，一阵害怕之后会有一种愉悦和兴奋的感觉，人会开始期待那个时刻。

在民国之前的漫长历史中，上吊和投河是最流行的自杀方式，意味着真正的平静，并没有什么愤怒和悲伤。上吊是静默和隐忍的，而大量喝下有机磷是一种戏剧化的方式，经常在纠纷、疾病和债务之后出现，意味着强烈的申诉。服毒在 90 年代兴起，更快捷更不可挽回。

有机磷是一种里程碑式的高毒农药，在化工不够发达的时候，曾经悄无声息地侵蚀过整个农业链条上下的十亿人。这种褐色的液体有一种森凉的药味，在柴草、马粪和烟火气息的底层，成为整个农村嗅觉的基调，多年之后，在一些布满蛛网和灰尘的偏房里仍然能闻到。

在夜里服毒的人不多，大部分病人在下午被发现，在没有机动车的年代，牲口太慢，只好让邻居和家人拉着板车拼命跑向医院，车上的被窝卷里是一个淡青色的、意识模糊的病人，在颠簸的路上慢慢矿化。他第一次以置身事外的姿势看着熟视无睹的天空和树林，磷中毒带来一种陌生的高峰体验，有的人会瞬间想通，感觉到地瓜的甜味，想看电视，觉得日子还行，但已经晚了。

用肥皂水洗胃是基层医院最常见的急救项目，阿托品是最畅销的药。自杀未遂往往意味着向死而生，事情缓和下来，亲友纷纷带着甜食来劝解，短暂的明星效应出现了。一个人获得了空前的关注，回想着可怕的洗胃经历，生活重新燃起希望，有点心、热米汤和蜂王浆，猫也跑过来，肾上腺素又开始分泌。

但大部分人还是死了，并不是真的想死，只是毕其一生把一种强烈的怨恨摔在活人的脸上，让他们背上幸存者和施暴者的内疚。

外来的自杀干预工作，一些学校的项目，在一些试点地区曾经展开过，效果明显但人力有限，后来真正解决自杀问题的其实是教育、扶贫、减税、照明和媒体。一些磕磕绊绊的帮助在非议中展开，太多人因为自私的道德洁癖而质疑程序，但每一滴水抵达之后都有它的作用。十年以前，从春秋时期开始延续了两千多年的农业税被完全取消，大规模的城镇化开始，农村加速风化，而巧合的是，就在同一年，自杀率大幅降低。

整个中国农村就像同一个单细胞产物，大而扁平，在行政上只需一个开关就可以控制，有同一种绝望，同一种希望，同一种淤青，同一种电视节目，同一种被褥和塑料水壶，解体和蒸发也几乎是同时的。

卵形的空洞

四千多年以来，从横断山区一直到华北，低低地悬浮着一些不可见的卵形空洞。

这些空洞是一些坏死的时空，来自家庭成员之间的长时间淡漠，里面没有声音，连尘埃都没有，就像不存在一样。

在成年分家之后，许多父亲和儿子的关系便没有来由地陷入敌对状态，这也导致了大量的自杀事件。有的父子就住隔壁，却在十四年的时间里没有说过一句话，连春节和中秋节都没有往来，旷日持久的沉默就像巨石和巨石之间的角力。

和国家之间的外交一样，互相之间的冷漠有一个严格的算法，精神报复也有一个默认的等价机制。毒死对方的狗，等价于剥掉一排树皮。孙子大喊一声老不死的，等价于在大年初一迎面遇到却不说话。看着邻居给老头挑水却无动于衷，等价于在对方生病的时候放鞭炮。等等等等。

农村封闭的环境催生了许多巨婴，会因为五块钱而提刀杀人或者老死不相往来。每个关系破裂的家庭，双方大都是巨婴，憎恨儿子的老人，曾经也是憎恨父亲的儿子。财产和赡养的问题都只是表面原因，一代一代的巨婴之间的怨念主要来自强烈的依赖，潜意识里对彼此有绝对的依赖和苛求，自己却毫无同理心。

这些怨念有着惊人的张力。一个从东晋时期形成的村子，在一千五百年中始终只有几十户人家，一小股微弱的生命流，历经战争饥荒风沙暴雨却没有湮灭，有一半是靠这种怨念，这是生命力的一种。

也就是说，生生不息这种事，很可能是因为这块大陆上的农民更自私，更冷漠，更憎恨别人，最近的几百年里，在他们逐渐成为城市居民之后也没有变过。

被子与暖瓶

偏瘫是古老的病，是青色的砖，灶台，油灯与粗布棉被。这种病的抽象作用非常强烈，几乎是一种至上主义的病，一个人在几年之后就只剩下几帧，几个动作，几个词，和一个哭的表情。

病人最终会回到人类的清晨，他们沿着几十万年的进化道路快速倒带，一辈子的社群习惯不可逆转地退潮，最终变成一个病猿，一个单细胞动物，一个简单的藻类。除了极深的本能和最底层的潜意识，什么都不剩了。

每天他们扶着床沿，擦擦擦地小步学走路，用简单的音符表示冷，和婴儿一样以哭来表达所有的喜怒哀乐，自家的院子变成了陌生的丛林。

在病情稳定之后，他们就离开了被子，一年有三季都穿着黑色的棉裤坐在树下面，长时间地看着对面的墙，周围像珊瑚一样滋生了大堆大堆的空念头，他们在空念头里逐渐没顶。

而癌症是一种工业病，在80年代之后多起来，癌症是彩色的尼龙枕巾，花被子，红色的塑料暖瓶，方便面，黑芝麻糊，六个核桃。

癌症带来的消瘦是另一个经典意象，这种瘦都是挥发式的，病人慢慢弥散，慢慢小于一，最后消失在一条棉涤被罩里面。其实在去世之前，病人就已经差不多挥发殆尽，亲戚提着六个核桃和旺旺仙贝去看望的时候，看到的只是一生的彗尾，已经非常稀薄了。

但亲戚还是大声地喊着，"叔好了没有！"病人在被子底下使劲地喊回来，"好多了！"

生病的时候，保温是重要传统，无论什么季节什么病，都会盖上厚厚的被子，被子和头顶上的暖水瓶是很有分量的仪式用品。风俗和礼节要求人们做点什么，掖被角和倒热水就成了两种核心的仪式语言。但疾病带来的衰弱气场极强，改变了知觉，掖一次被角和倒一碗开水的工夫，在病人看来往往会长达七年。

而对于一些失智的疾病，就完全没有掖被角的待遇。

精神病在农村是另外一种像底色一样的疾病，大都写在基因当中，然后被贫困、幽闭和失调的人际关系所触发。也有的人毫无征兆就发病，一夜之间绑了一千多个面带微笑的稻草人，装了一些在车上，天一亮就拉着车走了，再也没有回来过。

有人说精神疾病是另外一种理性，但现实生活中从来没有人会这么想。同情心只适用于同类，失智人群一旦变成了纯粹的他者，便会引起强烈的排异。

精神病患者在歧视链的最底层，即便是家人和以包容为教义的基督教群体，也不会接纳精神病患者，总会有石头落在他们身上，有狗追过去。

方便面与尼龙

在 80 年代后期，杂志上登出了一种黑白改彩电的设备，造价一两百元，而这种发明很快就有了廉价的替代方式，就是把一张蓝黄绿三色塑料膜，直接覆在电视机上。

这种神秘的好办法，瞬间在全国流行起来，人们在集市上和地摊上花两块钱买一张，回家去看三色的西游记。屋子里感觉亮堂了一点，"确实是好看。""可不是。"然而几天的新鲜劲过去之后，便扯下来扔掉了。

这是后来庞大的手机贴膜和手机壳产业的鼻祖。这种小农发明来自一种独特的智慧，已经精确地预示了未来中国制造的气质，还有义乌的崛起。

从那时候开始，价廉质劣的轻工业品开始大规模向下倾销，之后方便面开始广泛出现，这种可食用的波，和古代的糖一样成了一种食物鸦片。

一个晚年落寞的老党员，在一生的最后几年，赶上了两种用塑料袋包装的食品，就是方便面和袋装鸡爪子。没事的时候他喜欢主动去党员活动室值班，边打瞌睡边等，夜里必定会有年轻干部来打牌下象棋，分烟分鸡爪子，最后还会喊他一起吃方便面，"吃方便面了叔！"这是一天当中最好的时光。

那个年代，对于一些孩子和生病的老人来说，方便面不是主食，而是和桃酥、罐头一样的副食。儿媳妇去买东西之前总是俯下去大声问，"想吃点啥你说。"老太太被压在尿味浓郁的被子下面动弹不得，有气无力地说："喝方便面。"孩子也叽歪着："我也要喝。"

方便面之外的另一种图腾，是锦纶，聚酰胺，也就是尼龙，一种一言难尽的廉价纺织品，是七亿农民自己的丝绸和牛仔布，而且还广泛应用在软水管和化肥袋子上。大多数中老年人在脱下蓝布中山装之后，都穿上了十二块钱一件的尼龙短袖，这种雪白的面料由于完全不吸汗而一直贴在背上。

不经训练的普通人，在 6 月末穿越华北平原如同穿越非洲，是无法分辨一些穿尼龙背心的老人和另一些穿尼龙背心的老人的，就像无法分辨一个穿 AC 米兰球衣的非洲小孩和另一个穿 AC 米兰球衣的非洲小孩。这些尼龙老头都蹲在树下拿着香瓜，都扎着布条腰带，都弯着腰一路小跑喝住一头骡子，他们几乎就是同一个人，是横跨中国大地的量子纠缠。

在方便面和尼龙之后，铺天盖地的廉价牛奶、散装饼干、辣条、火腿肠、雷碧饮料、喜羊羊书包、绿色的打火机逐渐蔓延开来，从豫皖苏江浙沪的乡下一直到青海的偏远地区。

疯狂的杨树

干预进化是农村的大规模生物事件，是许多件事也是一件事，有一种科幻意味。

改造猪，改造鸡，改造鱼，改造茄子，改造大米，改造花卉，这大概是从神的手中下放的一种造物自治权，如同在战俘营中以战俘管理战俘。

一种代表是猪，关于三元猪的解释如下：

三元猪分为内三元猪、外三元猪。三元杂交猪是指用第三品种的公猪与二元杂交所选留的一代杂交母猪交配，得到的二代杂种猪。如以杜洛克公猪为父本，长白公猪和大白母猪杂交选留的杂交母猪为母本进行交配，得到的杜长大二代杂种猪就是三元猪。调配猪的基因已经和厨艺连接在一起，养殖户像调节音量键一样调节肉质的口感、脂肪的比例，可以说猪的杂交是一种做菜的过程，养猪场是厨房的一端。

代表之二是速生丰产杨，这是一种品种模糊的杨树，只能以代号命名，美洲黑杨69、72，中汉杨17、578、592，南抗1号南抗2号。在路边、河坡、院子、地头，任何有土的地方，像是青色的喷泉一样出来，速度之快像一种禾本科植物。由于农民的精细和贪婪，株距被压缩到极限，这些疯狂的杨树像集体溺水一样互相踩踏着向上透气，并齐刷刷地向南弯曲，树林里的密集线条容不下一只麻雀直线穿过，更容不下什么林中女巫和林中野餐。在秋冬时节，地平线上的杨树是三北农村最显著的户外景观。速生杨在二十年之间的泛滥已经成为问题，榆树，一种有唐代气质的迟钝树种，少言寡语的小叶乔木，慢慢被杨树驱逐了。

代表之三是转基因棉花。早期大规模的农药滥用很大程度上是因为棉花。而当转基因棉花出现之后，最主要的病虫害像断电一样消失了，棉田里由三百多种虫类构成的复杂生态网突然失衡。这几乎是一种一击致命的生物战争，由一个环节的突变蔓延开来，后果没有什么办法能够预测。随后化工产业、劳动形式、贸易政策、科学伦理的骚动都陆续开始了。

基因已经不能自然演变，有些物种开始脱离时间和气候，按照数学语言快速跳跃。生物谱系在短时间内出现了有规律的强烈异动，类似于房颤。科学让农民的生产变成了火中取栗。

基督教与地塞米松

一个老头，对约伯抱有极大的热情，可以说约伯是他的偶像。他有一只羊，但从来不把羊拴在院子里，说都托付给主吧。几天之后羊丢了，他说羊是主给的，要拿走就拿走吧。

90 年代往前，在农村有一半病痛都由地塞米松来解决，地塞米松、安乃近、阿托品、青链霉素的滥用和有机磷的滥用一样普遍。

另一半都交由宗教来解决。不同于在城市兴起的佛教，基督教在农村是穷人的地塞米松。

基督说，"凡劳苦担重担的人，可以到我这里来。"

于是很多无助的人，直接把义务推给基督。这是一种功利的信仰，交出自己对自己的管辖权，并开始等待回报，对回报的期望各有不同，有的人想要平静，有的人想要痊愈，有的人想要个男孩，也有的人想寄托在家庭里没处安放的感情。功利性是农村基督教的主要驱动力，这主要取决于信徒，即便没有基督教，人们也会投奔别处寻求庇护。

在形态上，人们把一切结果的唯一原因看作神，又在一神论之下，派生出各种组织行为学，称为教派。有传言说基督教在中国有一千多个教派，就像一千多个应用程序，人们在"同一个父"的共识之下，按照自己的需求挑选合适的程序。

以前的基督教会，大多数没有固定的仪式地点，都是依靠邻里关系搭建的家庭教会，像画舫一样到处流动。不管在沿海还是在西部，无论什么民族，张贴的画像都高度一致，有着非常坎普的塑料印刷风格。内容往往是头上有光环的长胡子的基督，蓝天白云绿草地和羊群，"以马内利"四个大字，中式对联和圣经语录的混合体，或者以上四者的排列组合。在没有电视的年代，许多老人一生中见过的唯一一个外国人形象就是基督画像。

那一代老年基督徒之后，现在的信徒主张"一个微信群也是一个牧区"。微信里的基督教表情包和佛教表情包几乎是雷同的，在另一群人看来，这是一种亚文化。

无论如何，这些幼稚的图像语言，都算是中国本土的基督教艺术萌芽。在当代，基督教在农村是一种弱势的存在，因为信徒多数是老弱病残和内心有困扰的人，这些图像也看起来像是笑柄，而一千年之后，它们将作为风格强烈的艺术品进入卢浮宫。

未完和不清楚的事

大柳树一带，因为拆迁，人们把整个村子搬进了社区。

　　我已经很熟悉这里了，但有一件事不太清楚，为什么人们要结伴去看一棵树。

　　一开始是一个人，长久地注视着一棵非常普通的树，后来一个去欢乐谷的台湾游客加入进来，他轻轻地放下背包。

　　然后这件事变得不可收拾。十月份，天气已经冷了，有三十多个老人在社区的组织之下，来这里看风吹树。

　　场面肃穆而平和，他们目光坚定，心满意足。表示在晚年细细地看了风吹树这种一生不曾留意的景象，虽然晚了一点，但仍然是幸运的。

27 城市图像学

　　我问过市长，北京是什么。他笑了笑伸出一个手指，"一本册子。"

　　他还说北京极小，大约有一个乡那么大。看起来大是因为时间的淤积，人们容易把时间的淤积看成是地理的庞大。这是一种误解。

　　说北京极小这件事，我还在领悟当中。但看起来是真的，因为他管理起来很轻松，主要是边喝茶边手动调节一种疏密规律，晨昏明昧，春去秋来，整个城市就是水母一样一疏一密一疏一密的过程，其余的事情不用管，生命会自己寻找出路。

　　但我很确信，他说的一本画册是什么意思。画册是指所有人的目击之和。每次目击为 1 个 Page，所有人的目击加在一起，就是一个城市的终极形态。画册极大，无法形塑和检索，但它就在那里。

　　一些容易鉴别、负载了大量符号功能的图像，有必要说一说了。

【文字】

汉字是一种约定俗成的线条关系，来自共同想象，只存在于虚空之中。现实可见的只有图形化文字，即文字的宿主，并没有单纯的文字本身。

人们在这种图形化文字上煞费苦心，出于一种原始的装饰需要，发展了大量的字体，并用油墨纸张、LED、像素、纺织物、亚克力、光线、石碑、塑料贴纸、人体等材料来表现它们，对这种延伸审美的研究，被称为设计或者书法。

文字图形的审美在以二十年为周期循环往复，单数年喜粗，双数年喜细，逢一三五七九的年份流行夸张的衬线，逢二四六八的年份流行极其节制的禁欲字体。

在北京这本册子里，文字图形占据了最大的数量，三分之一的篇幅。人们喜好数字化阅读，除了抓取文字图形背后的信息之外，还喜欢不厌其烦地调节一些莫须有的字体，计较一些像素格子的排列，四号宋宋宋楷楷楷六号简艺黑粗黑粗黑粗黑细细细楷楷楷楷，在激素水平较高的日子里，会改成绿色小暴龙卡通体和一些逐浪创意粗行体。

数字化的字体中，便宜的 LED 字形其实最为特殊，可以看成是像素字体的巨型化，用寥寥的点状原色光斑提示文字信息的存在，这和一个猿类用石块拼出一个表义形状类似。便宜的 LED 字是极少主义的，便宜的 LED 字是严肃的，也是最接近纯文字的一种形式，应该在便宜的 LED 字面前肃然起敬，多停留一会。

也得提一下书法、签名和文身。

传统书法是失去了造血功能的门类，拒不发展当代风格的书法，都和穿汉服一样沦为文化恋尸癖的一种，当书斋式的书法家都郁郁而终，书法艺术在民间最终只能沦落到全民健身领域，一些麻衣老头，用蘸水的毛笔，在清早的潘家园写下"四大皆空"，写到兴起，感到中气隐隐升腾。

而签名设计是字形矫饰的极端代表，这件事情，用一个多油的词来形容，就是腊鸡。签名看不清是可耻的。文身中的一些文字图形，已经完全脱离表义功能，成为了纯图形，这种东西几乎可以归为一种精神亚健康，一些人喜欢在烟疤旁边文上"忍"，还有一些外国人，经常在肝部文上一个神秘而持重的"牲"。

北京根本就没有字，只有字状的图像，关于文字图形的话，说起来太多了。

【广告】

如果每次目击广告都是一记耳光，那行走在傍晚的北京，就是一种鼻青脸肿。广告图像作为资本身上的槲寄生，密度之大已经非常不堪，简单来说，就是够够的了。

非要下一个定义的话，广告是一种菌团，一切主动谋求复制扩张的信息都是广告。广告的种类多到无法列举，试图列举广告种类是不自量力。

以下仅以招牌为例。

招牌是经典广告的一种。目前为止，文字图形化的招牌占据主流，但时代在改变。关于招牌有件小事。

一件事是在 2011 年，石景山有一个熟食店，以月薪3400 元招聘门头工，门头工就是人体招牌，老板不喜欢灯箱和亚克力字，一般门头的塑料感令他忧郁。于是他下决心花点钱，找四个员工站在门口，用手指在空中比画出"李记酱肉"四个字，每分钟重复十次，每天三班倒。

到了九月份的时候，门头工晒得很黑，每天下班时脖子上都是盐渍，但这项成就极大，是世界上第一个完全没有图形化的纯文字招牌。这让所有的高端百货商场的招牌都感到汗颜。

另一件事发生在西红门。

一个协警，在宜家对面的马路牙子上坐着，非常焦虑。我迟疑了一会儿才敢问他是怎么了。"它压迫我。"他说宜家的大字压迫他。我想了一会儿才明白他的意思，"被猛击了是吗?"他说是，说自己身体不太好，本来夜间就有些盗汗，辖区又被分派到这里，面对这些量感惊人的招牌压力很大。每天来上班都要先深吸一口气，数一二三，才敢承受第一次冲击，"!"的一下。

这件事代表了招牌的侵略性，实际上，在街头漫步就是不断被招牌捶击的过程。

【建筑】

人们是需要腔体的，从腔里来到腔里去，建筑就是造腔。

穴居、竹楼、长城脚下的院子都是腔。一个腔两个腔三个腔四个腔。有人把土木砖石的结构体看成建筑，但其中的空腔才是建筑。

通常人们会在腔里模拟一个自然环境，用空调和灯来改造日照周期，放一盆滴水观音，养一只猫，铺上切过的木地板和大理石，打开加湿器，泡一杯明前茶，基本上每个腔里都是一个被工业驯服过的、极稀薄的微观丛林。

人很难看到腔的全貌，导致一种安稳的幻觉，许多人睡在九十米高的悬崖，头顶离峭壁只有一步，但不觉得异样。

腔在外面看起来是一种对地貌的改造，这种改造是一种昂贵的、大规模的玩沙子。地貌的改变在视觉上最为显著，是人们说到城市的时候首先想起来的东西，几乎可以称为城市的肖像。腔的图像加在一起，在册子中占据另外三分之一的篇幅。

腔未必是百分之百完成的，有一个环卫工试图盖一个大房子，他在西四环放了一块砖，然后指着砖说这就是大房子。腔未完成，但未完成的腔也是腔，而且极大，每次他打扫完卫生，坐在砖的旁边，感到心满意足，一种不易察觉的庇护，慢慢垂下来，这块砖就是他无边无际的罗马。

理论上看，所有的腔都能翻过来，就像海蚕一样（并没有海蚕这种东西，但海蚕这个词容易让人想到翻过来的样子），翻过来的腔，外墙和绿化带都在内壁，而铁床，书架，红沙发，空调，橱柜和地板都长在外面，还有一个吸顶灯在房顶上亮起来。这种翻过来的建筑已经有人在尝试了。

通常建筑都是不动的腔体，和地面在一起互相滋生，互为参照物。但还有一些流动的腔，也都是建筑的一种，比如一辆奥迪是腔，一个口罩是腔，一个墨镜是腔，下雨天的雨伞是腔，下雨天头顶上的芭蕉叶是腔，在一场尴尬会议上的抱臂和托腮是腔，一条牛仔裤是腔，一件穆斯林的罩袍也是一个森严的腔，作为殿堂、闺房、神庙而出现。

建筑行业本质上非常原始，把建筑视做艺术是这个时代热量过剩的表现之一，热量过剩会带来大量的游戏和仪式性动作，建筑的艺术化趋势本身就是这种游戏和仪式性动作。

【食物】

食物美术本身是拙劣的。无论价格如何，都是一些蒙昧审美。

北京最近二十年的食物照片加在一起，总共有五千亿张，大概可以分为以下几种。

一种是自然崇拜，直接端上一块重达七十公斤的农

163

田，从里面捉出鼠仔、幼虫和花生来吃，或者沐浴之后，在木桌上用青瓷盘子吃云。一种是对农耕时代的怀念，迷恋古法，坚持用木头舂米，用木桶、铁板、石锅做饭。一种和丧葬仪式一样，对装饰美术有特殊偏好，饭团子旁边放一块黑鹅卵石，鳕鱼块旁边洒一道波洛克风格的酱汁，干冰缭绕中露出一排龇牙咧嘴的虾，为烤全羊系上红布或者花环。一种是流亡文人的阳痿趣味，端上来一棵枯树和石头的盆景，里面有一颗绿茶虾仁。一种是与时间有关的玄学，食客相信发酵了九十年的黑猪肉具有特殊功效，古代棺木上的菌类入汤可致幻通灵，寒食日出之前由处女采摘的茶叶是民族文化极品，用体温完成的寿司是神秘的超自然作品。一种是尸堆美学，海鲜拼盘一片海、铁锅炖大鱼、全羊百鸡宴。一种是以牺牲大量辅材来激发食欲和消费，比如用五公斤油浸泡一柄咸鱼，杀掉一只鲨鱼取出少量鱼鳍，用一整坛粗盐焗一只年幼的鹌鹑，在七百公斤的牛身上取出四公斤霜肉。一种是工艺原教旨，点一道红烧肉之后，大厨开始着手去内蒙古繁育天然黑猪，所有的配菜陆续在广西、山东、青海等地开始种植，一顿饭需要四百多天。

在种种饭桌美术中，最为耀眼的两个图腾，是紫色的石斛兰和绿色的荷兰芹，虽然在所有饭桌上，这两样东西几乎是透明的，从来没有人关注过它们。但在五千亿张食物图像中，石斛兰和荷兰芹出现了三千亿次。有人说最近三十年中餐的精髓其实是味精、石斛兰和荷兰芹，不是没有道理。

后来有人意识到，石斛兰和荷兰芹完全是一种编码和归纳系统，当代中国的市民饮食，说起来是非常复杂的，集合了自然崇拜、狩猎和采集的习性、物种间的杀戮本能、丰收的喜悦、饱腹狂欢、民俗仪式、营养和工艺玄学、流行消费、阶级虚荣、生活方式好奇心、商务社交等各种混乱的因素，但经过仔细研究，其实用两页纸就可以概括了，一页是石斛兰，一页是荷兰芹。其他的都是细节，可以撕掉撕掉。

至今仍然保留着原始样式的食物，反倒是一些高度工业化的必需品，主要是方便面和火腿肠，关于它们的事情，只有一件，就是吃，在火车上，在灾后救援中和在工地上，就像没有在吃一样吃着。但关于方便面和火腿肠的食物图像，明显不多。

【人体堆头】

城市有人，人有群落，群落的样式是有意思的。或者说人体堆头更加准确。

两千万人，分为四十种主要的堆头，这里只介绍其中几种。

人们普遍喜欢的人体堆头是国旗班、仪仗队以及阅兵式，代表了人体进化模板，禁欲式的制服审美，秩序满足感，武力和权力暗示下的斯德哥尔摩心理。民间对这种人体堆头的效仿非常深远，中学生的课间操，奥运会的开幕式，监狱的汇报演出，武校的集体训练，理发店服务员在清晨的操练等等。这种堆头的效果是让一群人耦合在一起，成为一个八拍子的单细胞巨人。

餐桌座次、会议座次和丧葬位置，是另一种影响较大的人体堆头，即便把会议桌和饭桌改成圆形，仍然摆脱不了座次的纠结，这种方式由来已久，不分古今中外，一次普通的商务会议，一个大家庭的团圆饭，韩熙载夜宴图，最后的晚餐，G20 的宴会都是一样的，即便是在家族的墓地里，尸体摆放的次序之严苛比活人堆头更甚。

还有一种堆头，不讲究顺序，但在相对关系上更考究，嘻哈少年的留影，美拍里的合照，90 年代的摇滚乐队标准照，一些有人物的电影海报，杂技和舞蹈演员的舞台造型，春晚最后的演员大合影，这一类的堆头都通过摄影摄像的设备，在二维媒介上呈现，堆头只需要照顾一个方向上的视觉感受，他们时刻都留意着去轰击这个平面。

单个人的姿势和造型，也是堆头的一种。一个二十五岁的人，在生活中很少有不是堆头的时候，在夕阳中高高跳起来，或者在船头上张开双臂，在陌生的地方两手插兜，走过人群的时候通常会更凛冽一些，拍照的时候通常会更茫然一些，只有在独处的时候，才会回到自然的状态。一个自认为身高不足的人，也会像普京一样在走路时单膀摇晃，以显示出一种不懔和剽悍。

当你站在商场的二楼，面向一楼大厅顺手抓拍任意一张有人的照片，里面总会有一个以上的人体堆头，堆头会自然适应社会和审美规则，而规则也会随着堆头的样子而逐渐演变。

在北京的两千万人，以各式各样的堆头的形式存在着，除了尸体，人是无法简单地散落在地面之上的，带有各种动机的人体堆头会自然出现。

堆头在这里至少取代了三个词，队列、姿态、造型。

【屏幕】

屏幕的数量，已经超过了人的数量。在清早的北京，数千万块屏幕几乎同时明明灭灭。

但绝大部分的屏幕都是方形的。这个现象什么都没有困扰，但是也不明所以。

很多人从实用的角度给出了解释，像素也是方形的，方形的屏幕和信号源形状一致，让像素排列更简单；方形的屏幕和书籍和画框保持一致，符合进化而来的头眼运动习惯；方形的屏幕的平与直，和主流空间感相符。

但这些都是结果，而不是原因。没有人知道原因是什么。也许是重力给出了垂直方向，人视角的大地给出了水平方向，从此这两个方向便标定了一切信息框的形状。

除了手表之外，圆形屏幕也并不是没有，早就有人想把工笔画中的扇面引入电子设备，开发一款没有边角的屏幕，但并没有流行开来，在信息源制式不改变的情况下，只改变屏幕是没有意义的。

但在天意小商品市场，一个富有创造力的地方，已经有雄心勃勃的国有品牌，试图按照太极中的八个方位来构造屏幕，样品已经生产出来，大约是一款糖油饼形状的屏幕。像素不再是规则的方形颗粒而变成梯形，呈同心形状向外展开。

并且，之后相应的环状摄像头将出现，电影的场景调度方式和构图方式将发生剧变。新的写作方式也正在路上，文字的排列将是放射状的，第一本电子书的情节和逻辑，将不再有线性特征，而是以爆炸的方式同时向外弥散，轴形时间被取消，代以纬形时间。而空间方位取代时间成为最重要的叙事标尺。品牌商说，这和宇宙大爆炸的路径是一致的，书中的第一件事，就是一个奇点。

而关于人眼是否能适应这种信息分布，有人说，工具适应人是一个伪命题，人最终会适应工具的，进化会给每个人一对靶形瞳。

【植物】

植物是冷酷的。植物远远比动物更有侵略性，但植物从来不说。

从图像来看，城市中的植物，普遍是人类的附属品，明显分为六种：最常见的是公园和绿化带，园丁用简单的装饰思维把它们修成一些好看的样子，剪掉多余的冬青，并且沿着直线来种树。还有一种是公共文化植物，松竹梅和景山公园的牡丹。第三种是办公室里的文竹、发财树和多肉。第四种是你完全不在意的杂草，悄悄爬上窗台的野生藤类，角落里暗自发芽的果核。还有一种是下雨之后无处不在的神秘苔类。最后一种是蔬菜，带着十字切口的香菇和被剁碎的葱，是人们食用太阳能的关键介质。这六种植物在城市景观中随处可见，他们和人们保持着距离和平衡关系，相安无事。

但不易察觉的是，这种平衡关系非常强烈，就像两个神在角力。

这是一种剑拔弩张的角力，就像你踹了一棵凶恶的芭蕉，凶恶的芭蕉马上会打你一个耳光。在这场对峙中，所有的农民都是人类的士兵。

当人大举烧荒，铲除杂草，把所有的地面都盖上水泥，植物就后退一步，但仅仅在一个阴雨连绵的月份之后，青苔和藤类便开始入侵写字楼，触须在玻璃幕墙上无声地敲击，寻找缝隙。还有当你站在青草地上拍照的时候，只是觉得假期美好，夕阳如水，却完全感受不到草地散发出的威胁，那种好闻的杀机。

几万年中，人类学会了强力驯服植物，并用基因工程在庄稼和花卉当中埋下懂事的 DNA，但这并不能阻止野生植物前仆后继的进击，在卫星地图上，北京不过是暂时休眠的丛林，像徐徐绽放又消失的水泥烟花。

一个三十岁的男人，最终将无法战胜他的盆栽。

【废弃物】

一个城市中的所有物件，超过九成是废弃物。人们常用到的东西，不超过百分之一。

故宫和长城是废弃物，三百万老年人是废弃物，一半左右的当代建筑是废弃物，一个女孩的衣柜里一大半是废弃物。

北京周边的四千个垃圾场是掩人耳目的，最主要的垃圾场和北京恰好重合，嵌在一起不分彼此，就像水倒进水里。

一栋新盖的大楼，总有一半是永远荒废的，一本刚买的书有三分之二的章节永远都不会看，一瓶矿泉水喝了一半就随手扔掉，一个人在四十岁的某个下午忽然放任自流，而你本身也可能在周末的某些时段，变成一个废弃物。废弃物的图像隐藏在所有的图像之中，司空见惯，几乎无法分辨。

数量是惊人的，所以必须要有一个掌管废弃物的平行城市，实际上已经有了，所有不起眼的垃圾，都有自己的系统，你扔掉的袜子和纸盒子，秋天的落叶，演出过后满地的水瓶子，批量卖掉的废报纸，都将进入一个严格编码的库。

为废弃物编码是一个大工程，难度之一在于废弃物的数量在飞速浮动，当一块玻璃碎在地上的时候，编码数量同时剧增。难度之二在于物件个体很难界定，当有一个人认为自己是七个人的时候，你必须给他七个编码。数字和字母远远不够用，即便算上其他的抽象字符，也仍然有被穷尽的可能，元素和光谱不得不加入进来，导致编码的难度几乎是无穷的，编码的过程也是一个制造大量谬误的过程，但谬误就是生活的一部分。

不同门类的编码工作有专人负责，比如堡头的李尔王专司流浪猫，在暗地里为它们建立秩序、逻辑和生存目标。而大柳树的表哥则掌管六边形，所有的砖，还有咸鸭蛋坛子里盐的结晶，都归他统筹。

那些巨量的数据和编码，终于有一天会到达终点，这件事情会结束的。所以废弃物的世界里常有一些强烈的宿命感，李尔王在无人的下午叹息，那个必然到来的最终时刻在远远逼近，但眼前的废物编码仍然像星河一样闪闪烁烁，看不到边界，不能停下来。毕竟没有废弃物，就没有北京，北京不能脱离废弃物而存在，就像刀刃不能脱离刀。

【未完和不清楚的事】

还是以北京为例，在这样一本城市图册里，有灯 4 亿盏，不知道准确不准确。有 1600 万个门窗，南向的窗口居多。有腔体 2 亿个。有可分辨的颜色 9000 种，但黑暗只有一种。所有事物的表面积，大约是 2.7 个 U，而没人知道 U 又是一个什么单位。可见的北京是平面的，一切立体的东西，都是来自经验、想象与逻辑。所有的平面图像就存储在那里，只是我们的阅读能力又太差。

未完和不清楚的事，在以下还将有数万字，只是不知道是什么。

28 事情有点麻烦了

我爸，一个看书会读出声音来的人，现在装了一个心脏起搏器。

严格来讲，他是一个机器人了。然而是机器人多一些还是人多一些，是一个问题。

医生说 total 来讲是 human 多一些，但往后不好说。不管怎样，他都是电气的了。我问他会下围棋吗，他说不会。

不会下棋说明不了什么，可能只是时间不到，对于我爸来说，这很可能是一个演化的开始，马上会面临命运的十字路口，向左还是向右，余生还是新生，都取决于自由意志，然而自由意志来自哪一部分、他还是不是具备完全民事行为能力的人，都不一定。

事情有点麻烦了。有这么几种可能：

一种是，他可以自己选，但正处于迷茫当中，to be or not to be，陷入沉思又不能抽烟，只能在窗前走来走去。

这样的话，我其实想帮他做个选择，甚至在去病房之前，已经在文件传输助手里打好了草稿，几个关键词：自由，人的主体，选择，跟随自己的心，等等，已经大概想好怎么说了，主要是告诉他要勇敢。

但我也预料到了，见面之后还是很难张嘴的，捅破窗户纸不是一件容易的事情，万一我说完之后，他盯着我发出嘀的一声，我能不能接受那种局面，这还是在下雪的夜里回到家掏出一包锅巴的那个人吗，我会吓得跑出病房，还是接住这嘀的一声夸他说声音还可以，或者是当没听到若无其事继续聊天，我的心情又会是怎么样的。事情没有到来的时候，根本没法设想。

还有一种情况，是他已经暗地里决定好了。继续做人安度晚年，这种都不算什么决定，决定是指揪住命运的马鬃，在人生的岔路口猛扳道岔，嘀的一声成为一个机器人，微微发热地扫描这个世界，重新看待那些不能理解的事物。不能小瞧一个人的勇气和好奇心，这是有可能的，我爸是一个尿的人，但尿的人也是会杀鸡的。

如果是这样，我也就不用给什么建议了。只需要考虑一些可能的后果，比如他的自我认同是怎样的，需要遵守什么法律，是三定律还是反洗钱法，还有一些小事，他的星座是不是已经变了，他是三防的吗，他会逐渐丧失包饺子的技能吗。

后来又觉得自己可能想多了。装个小设备而已，不至于那样，人类社会中没有什么神迹。

但有些问题没法回避，这跟起搏器大小没关系，重点在于，我爸他是设备基于机体还是机体基于设备？斑马是黑底白道还是白底黑道？

医生说不清，自己想也是没用的，我觉得应该再确认一下他的状况、程度或者说值。

科技这方面我了解不多，通过看电影的经验，感觉应该能从一些蛛丝马迹上看出点什么，像扭头的速率和阻尼有没有电影里那种特效的样子，说话有没有变磁，看杂志的时候有没有一些运算的沙沙声，还有就是身上有没有大学机房里的那种硅味儿，也就是这些了。

但是一周下来，没看出什么来。

护士建议我装个老年监护摄像头，四块钱一个。但我有顾虑，万一发现他在没人的时候大喊，"I, Robot！"该怎么面对。

不行的话就算了，顺其自然，就当什么都没发生，可能本来就什么都没发生，生活就是这样的。但我仍然觉得有必要问他一个问题，那天看他在收拾桌子，就若无其事问了一句，"你觉得人类怎么样？"

屋里出现了一个极短暂的寂静。

问完了我有点慌，只有当问题问出的时候，你才能真正知道自己是不是想要答案。趁他没回话，我赶紧说行你吃个梨吧。

失败了，感觉他已经看穿我了，他什么都没说，但这恰恰可能是一种智慧的表现。不能着急，得慢慢来。

后来又想到一个好办法，就是让他扫地。找那么一天，出门之前把瓜子打翻在地，然后告诉他扫一下地吧。

但问题是，万一回来一推门，撞见他正匀速运行在地板上，那时候该作何感想。

29 清晨遇到五个字母

我有一只兔子埋在京哈高速旁边的公园里，那里有一块大鹅卵石。在清早举着鹅卵石穿过树林子，可以缓解头疼。

每次散步都是没事的，要是我说看见一只迟钝的电子鸡过马路，不要信，那是说着玩的。

但一天早上，却遇到一个微弱的，怎么说呢，一个being。

仿佛空中有四个戴白手套的手臂，一起把它轻轻搁在长椅上。夹杂在一些波中间，稍微有点粼粼的感觉。

但仔细一看它不绵延，不是来的样子，也不是去的样子，总是一直密集地出现出现出现出现出现出现，出现在所有此刻。所以要在晚间新闻上说它从清早持续到黄昏是不对的。

而且它毫无动机，不是什么物，也不是什么事，因为不能是。

我有些搞不清了，花了四个多小时，用余光看它。后来感觉像是一些没用的字母，jjjjj，这样的。

想到这里，越来越感觉应该就是 jjjjj，因为没法再往别处想了。

可以确定了，就是 jjjjj。

当然不是 j，不是什么刷上去或者打出来的字母，就是五个字母本身，jjjjj。不能再解释了。

我想试探一下。

"asdfasdf11111。"我说。

没有什么反应。

"jjjjj。"

"shift。"

"关闭。"

"咔咔咔。"

……

都没有什么反应。

左右看看，在清早的公园里对着五个字母说话，是有些尴尬的。

我停在旁边，感觉很难办。莫名遇到五个字母出现，就是这样的，非常难办，说不上来的感觉。就是很难办。

30 空地向导

租车的时候，老头让我多加十块钱，说还得有一个向导。

向导很瘦，站着就有点晃，晃大了会有点不好意思，凛的一下收起来。我问他是不是喝酒了，他说大地是船。

车是牛车，木头加肉的一种橇，在寒风里缓缓牵过来，轮胎早就没了，只剩下铁的轮毂。天慢慢黑下来，我们坐上去裹紧了衣服，准备穿过这片空地。

空地不多，这种从南到北、从东到西的大空地更少。很多地方修建了广场和园子，清空桌子，在画上留白，目光扫过远方却不说话，就是为了模仿空地那种了无一物的慑人气氛。

向导有点紧张，他说我们属于异物，异物穿过空地不是想当然的事。

上路了，牛在大地上的阻尼非常好，那种疾徐恰到好处，走不是普通的走，可以跟行星的往来归到一起，称为运行。正常情况下，当你提到运行两个字的时候，旁边应当出现一头牛。

　　空地是切过的，能察觉到牛车跨过看不见的网格，发出忽的一下。向导晃得更厉害了，他在一些要紧的路段下来，小声说"上面有星"，然后保持静默，蹑手蹑脚，拉着牛之字前行，尽量找星与星之间的空隙。

　　我们也屏住了呼吸，一想到头顶有那种高温旋转的石头，脖子就忍不住缩起来。

　　然而地下还有许多层层堆积的城墙和陶罐，一个半坡公主在青泥深处躺着，面朝路的背面，目光乌黑。车从上面过去的时候，难免心里一紧。

31 烟尘学

新皈依的天主教徒，穿衬衫的气象站李观测员，坐在门前吃豆。

他在正午的太阳底下里侧耳，说能听到一种吞咽的声音，是地鼠在草原里面成群路过。

他的本职是气象观测，每天抄表。从 2003 年开始，出于一个思考，开始进行烟尘观测。这件事既大张旗鼓也偷偷摸摸，不过在无人的草原上，所有偷偷摸摸的事都是大张旗鼓的。

是一个没风的上午，四月，一股滚滚的尘土从地平线上过来，土里是一辆超载的蓝色货车，车厢堆着两千多个面带微笑的稻草人。

三个人熄了火，下来在观测站旁边抽烟。他们把发动机里沸腾的循环水放出来，浇在几只蓝色的鸟蛋上，然后剥开吃。李观测员拿来了茶，问他们从哪里来到哪里去，有没有见过鲸鱼，他们语焉不详。聊了一会，货车慢慢冷却下来，热腾腾的机器味散了，他们起来继续赶路。

柴油机一响，巨大的烟尘腾空而起，匪夷所思，像世上所有的马群一起跑过去。李观测员知道这种遮天蔽日的烟尘是不寻常的。

这种声势浩大的感觉，可以称为奔腾，或者席卷。这种席卷足足有800，800是一种非常强烈的量感，说不上来有多强烈，只有在众生迁徙的时候才会发生。平日里只有最喧闹的神过去，烟尘才会达到800。

李观测员的核心思路是这样的：当万物运行在地面上，或者神的灵运行在地面上，烟尘是一种重要表征，可以判定所有的事情。

"烟尘是万物运行的彗尾。"他把这句话贴在了墙上。

那个上午，是他着手编纂《烟尘学》的开始，他是实验和理论的共同发起人，是研究者也是旁观者，是支持者也是质疑者。他翻开本子的第一页，久久不能平静。

牧区半年多没有下雨，过度放牧的部分还没有缓过来，谷雨之前，有些地方已经泛绿，有些地方冬天留下来的冻土还没有化开，大地上布满冰冷的奶牛斑。退耕之后，草原就不均匀了，回鹘时期的草原质地细腻，像刀切的奶酪，但现在已经没有回鹘人了。

时间不快不慢，烟尘学的研究一直在继续。基础数据已经有了一些。

记录如下：

还是以干旱的草原为例，科学来讲，神掠过地面时，烟尘有一个量，为800。

以此为基准，推算得出：

蜘蛛过后烟尘为 2。

洛神过后烟尘为 1。

类人猿过后烟尘为 23。

多毛类人猿过后烟尘为 26。

黄羊过后烟尘为 17。

猫过后烟尘为 8，但猫基本不过草原。

牧民过后烟尘为 33。

牧师过后烟尘为 30。

农民过后烟尘为 29。

猎人过后烟尘为 31。

水手过后烟尘为 20。

小倩倩过后烟尘为 28。

驾鹰的人过后烟尘为 35，其中鹰没有。

白袍子的闲人过后烟尘为 37。

一匹肥马过后烟尘为 90。

神骑着肥马过后，神的烟尘为 600，而马为 170。

神牵着肥马过后，神的烟尘恢复到 800，而马为 80。

普通羊过后烟尘为 11。

大尾寒羊过后烟尘为 14。

鱼过后烟尘为 4，但鱼完全不过草原。

戈多过后烟尘为 9。

桑丘过后烟尘为 40。

风过后烟尘为 700。

神在风里过去之后烟尘仍然为 800，神基本就是风。

约柜的车过后烟尘为 270。

始皇尸体的车过后烟尘为 300。

一个大型杆菌过后的烟尘不到 1，微弱的一个烟尘。

记录归记录，记录不能用于任何事情。你不能在一匹肥马跑过时指着它大喊一声 90！

而万物关系，也有一个算法。当你看到 50 的烟尘过来，有可能是 5 个戈多和 5 个洛神一起走向你，也有可能是 1 个牧师和 1 个水手并肩走来。

以此类推，情况很多。

这是局面被打开的前夜，虽然还有很多不准确的地方，但李观测员正在慢慢发展它。

再过几年，这门只有开始没有终点的学科，会在经过严格的论证与修订之后进入教材。你经常能看到四个女大学生抱着绿色封皮的《烟尘学》在树荫下走过去，发出一些笑声。

32 千分之一个鞑靼骑兵

一个大超市，走失了一个理货员。

他掀翻了货架，用一柄坚硬的冻鱼逼退了保安，下楼沿着马路往西走。

走了就是走了，走了不回来称为走失。民警摊开大本子写上：LOST。

然后合上本子，说又有人要去上游了。

黄昏时分，夕阳不是书里那种夕阳，但空气是好闻的，理货员沿着路边的大杨树一棵一棵走过去。

过了铁西，马上就要出城，有人一路小跑赶上来，在耳边低声告诉他，再走十分钟，事情就将发展成为颠沛流离，颠沛流离是无法挽回的。

但是他不听不听不听，翻过铁路，穿过蠡县，头也没回。

他四十七岁，体内有千分之一个鞑靼骑兵。往西走的冲动来自基因的召唤，那是来时的路。

月亮很高，炊烟低垂在地平线上一动不动，青色的大地缓缓向后。

曲阳有树，灵丘有树，繁峙有树，神池有树有山，河曲有树有鱼有羊，乌审旗有羊，乌海有山有羊，张掖有山有紫色的小果子，玉门有山有哭过的人，瓜州有山，若羌有羊，且末有羊，叶城有马有羊。

一路上他沿着屠城的气味跋涉，屠城的气味是一种清冷的湿气，带着铁锈味和大雨浇灭火炭的气息。

直到看见小型的驼队从蜃楼里慢慢落到地面，破旧的清真寺露出塔尖，路边有写着俄语的废弃站牌，就在沙化的街道上停下来。

他坐在石阶上，天黑下来，三只蝙蝠飞过圆形的屋顶。觉得百无聊赖，只好在心里舞刀，嘴里发出劈劈劈的声音，想象着自己像鞑靼人一样跳下俄国人的白墙。

先是穿着红衣服带着杀气跳下来，拦住一个大公，又穿着大氅，在众人面前跳下来引起一阵骚动，然后穿着软铠跳下来大喝一声，斩掉信差的马腿，最后带着箭伤流着血跳下来，倒在打水女孩的面前。

不想起来了，基本上台阶应该就是此行终点，就是古老故乡的正中央。他像一个焊点一样坐着，在等一个老头在天亮之前走过来，喊一声"孩子"，然后递给他一袋烟。

33 朽木漂流

泊头不大，但有五个泊头。

被电线连接的泊头，被道路连接的泊头，被钱连接的泊头，被鸟连接的泊头，还有被那块木头连接的泊头。

五个泊头重叠在一起，五个泊头都在雨中。

拉车的人停在路边，看着雾蒙蒙的荒地，等人路过。他的骡子黑漆漆的，车上就是那块巨大的木头。

他说这块木头在手里耽搁了快三十年，年轻的时候，一个喝粥的早上，街上开理发店的人敲他的门，不由分说把木头拖过来扔在门口。他不答应，在后面喊哎哎哎，但那人已经跑了，从巷子跑出去向西拐，离开了泊头。

按照规矩，拉车的人需要找到下一个人，把这块木头传下去。木头的起点无从考据，有人说是氏族时期，有人说是昨天。但木头上刻满了笑话、脏话、诅咒、家训、私章、没有答案的问题、蹩脚的诗。经手的人太多，传得太远，它已经不能消失，不能停下来，不能被更换。

没有人愿意讨论木头这种事，也不举行仪式，不记入历史和传说，因为接到木头是幸运也是诅咒，平静的生活被打破，意外开始到来。这是一种负担，有时候很短，有时候却是终生的。

人们只是在听到有人来的时候打开门。有时候是一个脸熟的人站在那里，有时候是一个满脸尘土的陌生人，有时候则是一个独腿的人带着猴子。他们进来，把木头卸在地上，接过水来喝。

在一些战乱年代，火把在大营里熊熊燃烧，这块木头不知所终，但一百多年后的一个下午，总会有人撑着羊皮筏子，赶着车，带着它从北面回来，或从南面回来。

如果在路上拉住一个老人问他，他会告诉你，传递一块木头，这种事情，是一种缝。在大地上缝，也在历史里面缝，针脚很乱，针脚会击中你，但你要接受，这是一种强烈的联系，要允许这种联系穿过自己。到底是木头来自泊头，还是泊头来自木头，已经不好分辨了，不要去想。

在别的地方，一些新兴城市，沙漠里的旅店，冻土上的矿棚，海边的工地，也有人效仿这种事情。总有那种小孩，捡起一个小石子，汗津津地攥在手里，走到马贩子的面前言之凿凿地说，这是自有永有的，意味着一切，现在交给你，去把它交给下一个被选中的人，马贩子疑惑地接过石子，小孩转身就走。后来小孩被莫名的人捉住，埋在路边，只露出脑袋，秃鹫啄开了他的头。但小石子因为他的死而被人传递下去，又因为传递本身被继续传递。

雨不大不小，拉车的人还在那里等。他的骡子快睡着了。

野外空无一人，我觉得在这很难碰到什么人，但他觉得应该再等等。总会有一个人路过的，不可能没人路过一个等候多年的人。

拉车的人觉得，如果在一个荒无人烟的地方看到一个人远远地走过来，带着要赶路的样子，就可以把一些事情交给他。过往的历史证明，路和桥都是他们修的，树是他们种的，井是他们挖下的。有什么秘密或者托付，可以告诉他，有什么珍稀的种子和药方，应该让他带走。这截巨大的木头还有车和骡子，都给他就可以了。

34 红树林野餐

我姓李，我的肝不太好，我想说说我的家乡。

我的家乡叫而且，是一个用虚词当作地名的小地方。那里有一块林场。

林场值班的管理员，一个固执的人，他说他早晚要吃一顿红树林里的野餐，有红肠，酸黄瓜，米酒，这顿野餐必会自然到来。

自然到来的意思就是，在一个早上，人生就忽然流动到一次野餐面前。斜阳碧草，斑鸠飞过红树林，他吃着酸黄瓜。

但时间不多了，他四十一岁了，想要的红树林还没有长，这里全都是桦树，桦树是青灰的，再早些日子，连桦树都没有，只有许多巨型蕨类，树下爬满了蝾螈，叶子又大又稀疏，是完全不能坐在底下吃饭的那种稀疏。

所以得等，但是他不着急，不是那么急。

酸黄瓜也没有，不知道会从何而来，不知道是哪一瓶。"但总会有一瓶酸黄瓜到我手上"，他说。

草地也没准备好。先是陨石击中了旁边的荒地，后

188

来有了山坡，然后是山火和洪水，有了淤泥，才有了灌木丛，但马奈的那种草地还没出现。

斑鸠飞过头顶的那种感觉，也很难，斑鸠也没有一只。

但他说自己是幸运的，充满感慨，因为他的野餐已经有了三件东西。

一件是一把矮凳子，时空浩瀚，和一把凳子相遇很难，和这把凳子相遇更难。

第二件是下午发黄的阳光，太阳已经差不多在那里了，下午这种事物，每天都会出现一次。

第三件是他自己，吃东西的人已经在这里了，四十一岁，正好是他自己。

这些都不是理所当然的，所有的星云都互相远去，一切都在悄无声息地走着钢丝。无法想象，多么渺茫的机缘，才能出现这三件东西。

我去找他的时候，他告诉我不要急，拉住我，说要给我一段寂静，然后不由分说，就给了我一段漫长的寂静。

星星们在远处纷纷擦肩而过，我听着空气流动的声音，觉得后背发凉。

差点就不能坐在这里了。如果当初陨石偏一下，我可能就是那只斑鸠了。只差一点，想想都后怕。

35 量子神庙

一个 temple，也就是一个摊铺，称为庙宇。

庙宇的诞生，和绘画一样，都出现在一个方框之中，有人在地表画好方框，退后一步，给出一个凝视，然后就有了庙宇。庙宇是一小块圣地的胶囊，四处漂流，不断地倾覆又重新出现。

人们喜新厌旧，喜欢起了高楼再摧毁它，所以在这些年，庙宇的建筑属性，已经开始慢慢松动了。

在广西，有一个只有三个信徒的宗教，他们互相信奉又互相敬拜，互为神明和信徒，而且永远保持三个人，一个信徒死去，就会有一个信徒加入。而他们的圣地是小区绿化带里的一块三角地，长满了干旱的月季，这个圣地永远不会迁移和被复制。圣地是家乡，家乡是庙宇，庙宇是圣地。他们出生在终点，不出发也不到达，不需要悔改不需要庇护。他们从不起高楼，从不修建四处流动的庙宇，三个信徒，也就是三个神，平日里坐在树下剥豆子。

欧洲，一个科学较为发达的地方，有几个少数族裔的物理学家，在一个下大雨的清晨，私下轰制了一个量子庙宇，这个哆哆嗦嗦的庙宇由六个夸克组成，实际上是五个，毕竟古往今来的庙宇总是有缺憾的，伟大的坎拉神庙一直都缺少一根柱子，甚至连其他的部分都没有，事实是坎拉神庙并不存在，它缺少了整个自己。最终，在完成之后，这座量子庙宇只存在了一毫秒，但已经非常漫长，像整个石器时代。

留大胡子的一个研究员，这样在日记本上描述这个过程：

"我参与了一件事情，但不能带着任何动机说出来，我想先说说周围的事，天刚刚有点亮，屋顶上有轻微的磁暴，一只六十多岁的信天翁飞过海峡，人们还在睡觉，但庞大的顶夸克已经缓缓升起，像一块巨石，这是人类的黄昏也是人类的清晨，是西西弗休息的时候。我三十三岁，生活不好不坏，但已经穷尽了所有可能性，这座量子庙宇是我的终点，在这之后，我将只吃，睡，游荡，打坏好的东西。这座神庙仍然还缺了一个夸克，缺了就缺了，我要睡一会了。"

然后他睡着了。而在地表之上，对庙宇的摧毁和重建正在大规模展开，地面上烟尘四起。

一些人奔向虚无，天一亮就从小渔港出发，用毕生精力追踪一块 5 摄氏度的海水，太阳很大，时不时会有风暴，洋流不稳定，有人死在船头，有人死在船尾，有人死在船左边，有人死在船右边，更多的人前仆后继，这块海水背负了艰苦而神圣的意义，终于从其他海水中分别出来，成为一个实际上的神庙，一条带斑纹的小鱼穿过它两次。但这个神庙最终还是不可识别，不会发光不会升起，幸存的人们上岸的时候，衣服、毛发和五官已经荡然无存，他们疲劳极了，指着海面说就在那里。

还有一些信奉自然力的人，纷纷按照自己一觉醒来获得的启示寻找那些不可替代的庙宇，许多人相信乌卢鲁巨石就是地球上唯一的终极庙宇，这颗一英里大的小石子，在土层里缓缓浮游了 1 亿年，就是等着有人叩响它。还有人找到苏联废弃的科拉钻孔，听着里面的呜呜声，说这个 11 公里的洞就是一个细细的神庙。

当庙宇归于无形，神像和经文就成了下一个难题。

博物馆里的那块马赛克地板，来自古代英国的一个乡下别墅，这是最早的一幅基督画像，从这块马赛克地板开始，神开始被画成人的样子，并流行了一千多年，但时候一到，这张面孔将受到怀疑，而时候已经到了。在西部的一些家庭教会中，有人已经挂起达达风格的基督画像。

一个旅行家，揣着钱，走遍了许多地方，写了一本神像研究，他不是一个严谨的人，经常写着写着就笑起来，这本田野调查研究里夹杂了大量杜撰。他在书里描述了神的形态，多达七百种，他喜欢七百这个数字，所以就强行凑齐七百种。这里仅挑选其中的六十种。六十种不少了，毕竟想知道一个马群奔腾的样子，有六十匹马掀起的烟尘就够了。

记录不完全。记录如下：大食蚁兽，落下的椰子，多毛的虫子，所有方形晶体的集合，一个花生壳，正在变绿的蜥蜴，不粗不细的藤条，芝麻酱，马粪，一颗黑豆，一堆黑豆，正撒在地上的黑豆（黑豆跳起之后黑豆落地之前），羊皮卷，白色袜子，七具冷冻的尸体，牛奶瓶子，卷心菜，捆扎礼物的旧丝带，工业橡胶废品，椅子，方便面袋子，塑料大猩猩，蝉蜕，蛇床子颗粒，苹果核，鞋带，黑鹅卵石，碎纸机，牙膏皮，一亩小麦，十五岁的白马，河姆渡出土的木桩，三粒樱桃，猴面包树的疤痕，香肠切片。

没有规律，毫无边界，为神设置边界是亵渎的一种。还有人大胆研究过一些可能性，一个飞快掠过的杆菌，以及它的掠过本身，就是神自己。这都是可能的，而且不限于此。毕竟神说过：掀开石头就能看到我。

佛像与基督的画像类似，都到了一个边缘上。

以前，在喜马拉雅山脚下，人们第一次觉得佛要有人的样子，第一个佛像就这么出现了，第一个佛像是很怯的，拿捏不好表情，但总归是有了。但隔了一千八百年，人们也起了疑惑。

当代出现了三类对佛像的重新审视，一种是粗暴地打碎，摔在地上，像巴米扬大佛一样被炸毁。一种是让佛像离开佛龛与寺庙，离开信众，处于不寻常的境地。在广阔的西部，必定有一个废弃的院子，一个老太太住在那里，每天早上起来，用一口铁锅反复煮一个石头佛像。没有人会问她什么，因为她什么都不会说。开水烹佛没有原因没有后果，不可理喻。还有一种是寻找替代品，在一些小商品集市上，人们放弃了混合着冶金与高分子材料技术的工艺，只收集一段噪音，甚至是一段寂静，他们在集市上制作出售这种低低的蜂鸣声，他说佛就是 20 分贝的嗡嗡声。他们向着这种无害的白噪音打坐，点起香火。

　　并不诵读什么经卷，已经没有经卷了，或者说到处都是经卷。玩具厂的女工信奉说明书，穿衬衫的律师信奉案件卷宗，白头发的医生信奉处方。除此之外，还有一种不易发觉的，散布在日常交谈中的神秘经卷，当一些特定词语在熙熙攘攘中同时出现的时候，它就出现了，然后像沼泽地里的气泡一样消失。

36　放映员

　　二月份那件事，我想说得再细一些，关于放映员老纪和那部电影，时间不多了，太阳正在远去，远处的冰架正在崩塌，木星上的大风暴已经刮了三百年。

　　我要说的是芹河，一个非常穷的地方，从龟兹人出逃那一年到现在，人们只见过一条鱼。芹河的村子都小，如果在晚上关掉一盏灯，往往就是关掉了整个村子，而许多被关掉的村子永远都不会再出现。

　　乡里的放映员老纪，是县文化局的三个员工之一。他在新疆当过哨兵，整整九年，从来没有换过地方，也没有转过身，几乎站成了一个碑。兵团里把驻地划为两部分，老纪以南，和老纪以北。

　　漫长的日日夜夜，他目不转睛，目睹了一颗星星缓慢地吸食另一颗星星，落单的羊在戈壁上突然爆炸，天上降下粉色的冰雹。九年以后，他的膝盖慢慢弯了，从兵团转业到了芹河，地方上问他能干什么，放电影，安慰忧郁的牲口，统计芹河所有朝南的窗口，都是文化局的工作。他想了想，就选择了电影放映员，一当就是四十年。

县里给的胶片不多，确切说只有一部，但一部就够了。老纪哼着歌，带着这个胶片盒子和放映机，还有开水壶，在芹河乡的十多个村子巡回放映。电影没有名字，片长两个小时，从头到尾只有一块 16：9 的红，微微闪烁，没有声音，如果有也听不见，或者和夜里的声音完全一样。有时人们要现场配乐，老纪认识乡里所有的音乐老师，还有唱地方戏的老师傅，他们找来不少带子，有马勒的，有碗碗腔的，如果带子听腻了，老纪就接上收音机，在调频的最头上，放沙沙的雪花声，人们边看边听，坐在板凳上心满意足地点着头，"看看这块红"。

对于村民来说，这是循环往复的节日，日子一到，就纷纷拴了牲口，早早回家洗了手，喝一碗汤去看电影。而对于文化局来说，这是一项文化扶贫，芹河缺红，汉朝往后，人们大都没见过红颜色。

年复一年，风刮了又刮，电影放了又放，四十年过去了，老纪在这一带的名气越来越大，人称"大笑的蒙古人"，认识芹河乡每一个人，包括死去的人。

我是在一天夜里来到芹河的，慕名而来，风很凉，放映机嗒嗒地响着，他半睡半醒，把烟灰弹到地上，指指银幕，又指指匈奴人曾经席卷而过的旷野，告诉我人啊就是那么回事，要活得简洁，一辈子有一件事做就好，不一定要有用。

我问他接下来想做什么，他说他已经七十多岁，想把家里的东西都放生，"每天放掉一个。"一个快死的人，想放生他的一双胶鞋有什么不对，还有他的铝锅，用了一半的牙膏，他想让它们在盐碱滩上，消失在夜里，不要回头。

　　当晚我走了，后来再也没去过芹河，老纪差不多已经死了，他的这些事，最好是外面下着雨，你吃着盐水花生，有人用纺锤形的语气慢慢讲。但是来不及了。

37 一条脊背

这种寂静，从来没有过。这么漫长的傍晚，也从来没有过。在深蓝色的巨大穹顶底下，能听到自己的鼻息。

路上没有人，还没到亮灯的时候，如果时间到了，路边那种气味熏人的树叶子会自动合上。

路对面的小摊上，那个人在看着我，他太瘦了，几乎维持不住他的目光。

我去他那里买了烧饼和水，问了车几点来，又聊了羊肉的价格。我以为他是牧民。

羊肉二十七一斤，这不重要，他告诉我要打起精神来，要把鞋带系好。

"你得留点神。"

他盯着我，说可能要出事了。

我能感觉出他的焦灼，他的内脏一直是提着的。

"马上就会出现一条背。"

他用手比画着，"背就是脊背"。

我勉强能听清他的口音，他的意思是会有一条脊背，从地上出来，从那边一直到那边，到地平线的那头。

有声音，声音很低，潮湿，气味什么的。不是山，也不是土里的鲸鱼，就是一条缓缓升起的脊背。非常大，非常惊人，后果无法想象，不要去想。

他说从小就知道注定要有事发生，谈不到害怕还是期待。他一生就在这里等，从来没去过别的地方。

"不可能不出现，我已经等了一辈子，一辈子都在这个紧要关头。不是一条脊背，也会是别的，最可能的就是一条脊背，我能感觉到。"

就快了，他让我看看四下的荒地，一片空旷，闻闻空气里烧火的味道，闭上眼睛仔细听，在很远的四面八方，有不易察觉的噪音。

"那种不对劲的感觉是不是。"

摊子旁边，有一个捆着军用背带的旧箱子。他说这是出事之后用的包裹，里面装了衣服、水和吃的。

他每天都会这么准备，如果事情来了，这就是路上的晚饭，不管风大不大，他会把它抓得紧紧的。如果事情没来，这也是晚饭，他会坐在蜡烛前面吃，这就是生活。

箱子里东西不多，不够吃多久，他说只能给自己这些机会，不能再多了，毕竟他还有他的命运。

"要是事情来了之后，我会被倒挂在一棵树上，那就挂着吧。"

烧饼已经吃完了，车还没到。

我告诉他如果有事来临，我必须要走，或者必须要死，最想弄清楚的是那件事，在很多年前的一个大风天，天很暗，我看到一个墙角的蚂蚁洞里有清水流出来。就蹲在那里看着，还感觉到了口渴。这件事那么清晰，但分不清是记忆还是做过的梦。那个墙角不知道在哪里，这件事永远也没法证实。在漫长的前半生，无论想什么做什么，这件事都像一根荆棘漂浮在旁边。

他说他差不多了解我的感受。

五月的旷野，空气里的气味非常好闻，烧荒的烟味，树叶子味，还有那种缓缓升腾的新鲜的地球味。

我们没再说话，一直等到汽车远远开来。

我能看到他在发热，几乎是在无声地燃烧，背对着车灯的时候，有薄薄的一层气流，沿着皮肤湍急地向上。

车开出去不久，看到外面有六个人，拖着一条旧船在土路上走，他们头发蓬乱瘦得吓人，但是很警觉，眼珠一直在打量我。

我觉得这几个拉纤的人，都像是那个卖烧饼的，也许就是他本人，但也说不好。他们脸上全是土，看起来带着一种走了很远很远、而且还要走很远很远的样子。

38 发酵的鹅

我房东的邻居，不知道他叫什么，叫什么都不太合适。他卖鹅，按照小时候的叫法，他应该叫卖鹅的。但我接下来会尽量少提这个名，这个名字不顺。

大柳树二手市场太大了，直接就溢了出来，路口两边都是，他也在那摆摊，主要是卖鹅，也卖些旧东西，相框和水壶，小挎包。

不过他的鹅才是独一份。

是发酵的鹅，一种心跳急促的熟食，摆在架子上是活的，但几乎睁不开眼，看起来非常困倦。在不蘸酱料的情况下，有远道而来的人尝完之后大加赞赏。

"氨基酸的史诗。"

"刀感细腻，像切刚掉落的溏心小行星。"

"一股肽味，肽味从两晋往后就失传了。"

总之口碑极佳，是老字号的架势。

他的小厂子在大柳树市场后面的拆迁村里，搭了棚，鹅都养在那里，又大又热的一群，眼睛总躲着人。看起来有四五十只，但品种只有三个：狮头鹅、太湖鹅、豁眼鹅。

鹅苗是买的，酵母菌是自制的，幼鹅种上菌株之后，当天就开始发烫，喘并且晃荡，除了狮头鹅需要两个月，其他只要四十多天就能发酵完成。中间多喂草，少吃豆，不喝水。

也不用在小本上记日子，一到时候，鹅自然会陆续扑倒在地上，姿势都差不多，但非常克制，不能说是角弓反张，食物不应该那么悚然。

卖鹅的知道，这种肢体语言就是在说：我好了。

好了就是熟了，但还是要捡起来看看，如果掂着很实，垂感十足，扒开羽毛皮是青的，按下去一个浅坑，那就是好鹅，反之就只是鹅。

卖鹅的说发酵有四个阶段，愕、胀、厥、麻，但工艺玄学都不可信，他花钱请人来编传说，不过编得不好，并没有人在意。

让鹅活着发酵，这种办法确实不常见。他有他的道理，核心在于，发酵能让鹅变得绝对均匀，有高人说这是在破除食物的"相"，鹅在荤素、死活、生熟之间的界限模糊了。这是很大的成就。

所以卖鹅的是有想法的，他还想试试发酵别的东西，觉得发酵可以弥合一切物质，通过脱氢，没有什么不能入味的。但发现最拿手的还是鹅。

试过发酵牛蛙，但牛蛙纷纷爆炸了，在夜里噼里啪啪地打在了顶棚上，

鹿也不行，鹿老盯着他。

鲸鱼可以，但又没有鲸鱼。

猪是最容易的，但又太普通了，发酵完都比不上阿坝的臭猪肉。蔡澜尝过之后赠句："大柳树的四月，青色的猪只，平静的食物"，说得非常委婉。

后来试过发酵一整个小花坛，搞得大柳树附近到处都是酸味。甚至还想连摊主夫妇一起发酵一个冷清的麻辣烫摊子，简直疯狂了。

基本上，暂时还没有别的进展，但这只是一个开始。

现在他微信签名是"聆听氨基酸的激荡"，说话口气也变了，一般都以苏字开头：

"苏美尔人学会了发酵之后，人类进入了……"

或者不说话，飞快地盘着核桃，看着鹅变得忧郁，慢慢肿大，酶在它们体内沸腾。

39 四个苏丹人

一个穿棉衣的老头在白墙下盯着我，然后又穿过我盯着墙，眼神渺茫，瞳孔里像有鱼胶。我问他第十三号泉在哪里，他摆摆手指指耳朵，意思是听不见。

听见了也没用，并没有第十三号泉，我瞎说的。

老头在板凳上坐着一动不动，他正在回忆，那一年他们青梅竹马，但后来他突然迷上一堵白墙。

算了，我主要是来找四个苏丹人。

民国三年，济南从混乱中安静下来，街上偶尔有鹿出没，一个苏丹人来到破败的巡抚大院打更，他是城里仅有的四个黑人之一，也是任意一个。如果在曲水亭街遇到一个苏丹人，即是遇到了其他的苏丹人。

苏丹人都穿白衣服，懂一点《易经》，喜欢唱歌。常在没事的下午，在护城河边指挥白鹅排成一条直线。

重要的是，他们对泉水的迷恋很不一般。

珍珠泉就在巡抚大院里面，泉这种东西，让苏丹人非常困惑，一个泉眼，经年累月地悄悄涌出，就像反复举着一个例子：像这样从石头里涌出来，这种事情，究竟是什么意思。

或者说，泉水究竟有没有动机？

在巡抚大院打更的那些年，苏丹人经常在深夜站在池边，试图读取泉水的本意。夜里没有灯，垂柳给出了直，而泉池给出了平，太湖石在池边袅袅而起，苏丹人的眼睛和泉池互为渊面。

就这么十几年过去，苏丹人反复推敲，用阿拉伯文写下了珍珠泉三条，被翻成汉语刻在回民街的石阶上：

把泉看成水是不确切的。泉最不重要的一面就是水。

泉是一种青，青乘着水汩汩而出。青不能简单归为颜色。

没有涌出的泉不是泉，涌出来的泉不再是泉，泉就是喷涌本身。

再后来，苏丹人开始试着把珍珠泉视为动物，为珍珠泉称重，倾听珍珠泉，试着理解珍珠泉的漠然。想知道它有什么震颤，有什么浮动，有什么混沌，为什么青，是什么青，有多少青，会不会在雨天耸动脊背。

偶尔他也会趴在太湖石上，细密地叩叩叩叩叩，几个月后，苏丹的高原上，一个光屁股的小孩忽然停住，从羊背上跳下来，趴在滚烫的大圆石上听着，他收到一个简短的趣事：东方人的早餐，就是画个圆圈扔进白色里面。

巡抚大院翻修的那一年，苏丹人走进人群不见了。

但很明显，此后每个年代，济南都会有四个苏丹人，他们不在升火，不在祈祷，不在夜里跨过黄河，只是在。

　　我生活的这个年代，北京已经没顶，但济南刚过膝盖，夜里的珍珠泉还是一片寂静。

　　在泉池边上站着或者走来走去，趴在太湖石上，并没有红土高原吐出鸟群的声音，也没有关于一只羊的简讯，太湖石像是极重的烟雾缓缓弥漫，除了一些蜂鸣，什么都没有。

40 一种休息

　　大柳树这一片的好处就是散散淡淡，没有什么大事。

　　偶尔会有人把路上的落叶整整齐齐排好，但这次我要说的不是这个。

　　一天，应该是八月下旬，空气非常潮湿，小区里的空调都在滴水，滴滴答答滴滴答答。半夜传来猫打架的巨响，你应该知道那种巨响。

　　我拉开窗户，外面那种味，整个小区都像是在一个口腔里。

　　然而却发现房东在一楼的墙根下站着，一动不动，接近一种肃立。

　　她仰着头，非常专心地伸手接住空调滴下来的水。

　　看到我拉开窗户，她有点不好意思，说没打扰你吧。我说没有。

　　"这是一种休息，也是关心你。"她说，然后笑着点头，像挂电话一样嗯嗯嗯嗯，意思是可以了别看了。

　　我只好睡觉了。但这只是一个开始。

　　后来几天，只要仔细观察，每栋楼下的暗处都能发现一两个中年人，悄悄地站着伸手接水。

　　而且似乎不能打扰他们，要像什么都没看到一样。否则他们会很焦虑。他们转过头来，微笑，给出善意，但你能感觉到他们的胃正在揪起来。

　　再后来，一到夜里，小区的楼底下到处都是老人。森森然伸着手站在那里接水，一动不动。

　　偶尔也有体力不支的，像一根木头摔倒，但总体上是好的。

　　这像是一件让人上瘾的事，一种迷之愉悦，也是一种高强度的休息。

　　但他们白天不出去，应该是不好意思，毕竟生而为人，白天就在窗前凝望。一到傍晚，大家就心照不宣，深呼吸，等着天黑下来。

41 通惠河考

对通惠河的了解，还不够。

甚至不多于通惠河三个字。

1. 开凿

1291 年，郭守敬试图向元世祖描述一条准备开掘的河。

"这么长，这么弯……"

然而说清楚一条河几乎是不可能的，所以他采用了最直接的办法，从翁山泊到潞河挖了一条 1∶1 的模型。

水引进来，这是一条河的样本，所有的流动都是类似流动，所有的波纹都不算正式波纹，有人路过河边，也并不算真的路过。

"但彼河就如此河。"

那么工程可以开始了，工程的开始即是结束，大家把锹戳在地上，好了通惠河诞生了。

之后的流，开始是真正的流，一场大规模的输送。

北方客商在河边的柳树下歇脚，一只马蝇附在骆驼蛋上吸血，运粮船从南方缓缓进来。

2. 河志

《通惠河志》也陆续开始编纂，原样记载了这条河的所有事情，连篇累牍，只要通惠河还在流，河志就不会结束。

但清代往后的篇幅开始变得不耐烦，每页上只有只言片语。

"康熙三十一年九月初七，还在流。"

"月上柳梢头，通惠河在流。"

"今日打仗，河在流。"

"立夏，河在流。"

等等等。

这是史上最长的风物志，涓涓不停的符号小溪，至今仍由小武基一带的居民义务续写。

小武基的居民视河志为己出，但他们并不死板，有人在上面记账，有人在上面写日记，还有人在上面找猫、征婚、骂人和打广告。甚至在纸上擦手，毕竟油垢本身也是一种表述，意思是我吃肉了。

河志因为有用而重获生命力。

后来，到了当代，基本上小武基的所有琐事，都变成了河志的一部分。《通惠河志》成为了野史、媒体、经书、教材、牌坊、文学、乐谱、字帖、医方、税单、广告、法典、契据、信札、罚单、菜谱，一切社会文本的集成。

当然人们不会忘了河志的初衷，总是会在每一页的最后写下"今日河在流"。

斑纹兔子出生那年（斑纹兔子是小武基一带一只普通的兔子，可以用来记录时间。斑纹兔出生那年即是三棵树栽种那一年，也称为通惠河 723 年或 2015 年），有人来到小武基，在一家呼哺呼哺点菜，在菜单上看到了"今日河在流"五个小字，大惑不解，他还不太清楚，不过他会搞清楚的。

《通惠河志》卷帙浩繁，从没断过，文明怎么能断，小武基的人们从来不读书，小武基的人们还需要读任何书吗。

3. 事件集

但令人着急的是，《通惠河志》只是一部朴素的记录，它已经庞大到了惊人的地步，但仍然不能代表郭守敬的本意。

严格来讲，通惠河并不是一条河。

沟与流，只是河的表象之一，这条河的第一本质是一个庞大的事件集，或者说是飞速浮动的条状事件云。

这个事件集几乎没有边界，不可计数。通惠河这三个字，几乎就是"正在发生"的意思。

马匹喝水、寡妇投河、脚夫洗手是三个常见的子集，以此类推，春江水暖，月落乌啼，风霜雨雪，人来人往，明明灭灭，清清浊浊，事件千头万绪，通惠河非常繁忙。

显生宙第四纪的知名城市，北京，就是通惠河的子集之一，北京包含了嗡嗡作响的几件事，是修路、筑巢、觅食、交谈、繁殖的总和。

整体来看，通惠河并不是从建外流向通州，而是在原地密集发生，缓缓上升了七百多年。通惠河不是向东，不是向南，而是在它不可见的 Z 轴上，去向时间深处。

4. 漕运

多年之后，有人说互联网即是漕运，这是一个研究式的观点，而漕运即是互联网 —— 或其他称谓 —— 却是一个自然事实。

通惠河是数据流，和热带草原一样，也是一块巨型处理器。

明嘉靖年间的巡仓御史吴仲主持改造了通惠河，他小心翼翼计算水量，保留五闸二坝，让每年从江南北上的漕粮增加到 250 万石。这是无法形容的巨量数据传输，史诗般的上传和下载。

吴仲不是巡仓御史，他是一个网管，郭守敬也不是一个水利专家，没人知道他是谁。

郭守敬曾经期待的《通惠河志》，其实本应是一部可以重构通惠河的数据记录，但这都不重要了。

郭守敬的一生已经早早完成，他在十岁的时候就已经百无聊赖，和达·芬奇一样，他毕生所学只为要一个玩具，一个绵延不断的大游戏。

所以他去元大都，挖了通惠河。

5. 研究

一匹夜光的马从河上跑过，你吃着手撕面包走过光辉桥，光锥交错的一刻，你和马都是通惠河本身。类似的事情每天都在出现，不可预料。

所以通惠河很难有界限，更无法用流域来形容，你不能指着通惠河说它就是从这到那。

这种模糊引发了层出不穷的冷僻研究，出现了一些怪人。但都是西西弗式的命题，只能先进行着。

有人认为通惠河是一座伟大的流体雕塑，胜过世界上的任何古典艺术品。

有人采样记录通惠河上空的噪音，发现在立交桥的旁边，有一个一米见方的寂静区。

有人在统计货船抵达闸门的频率，并把它变成了乐谱，这首曲子起初杂乱无章，在万历十六年往后开始有序循环，在清代变得缓慢，到当代则陷入寂静，但没有停止，最后一声尚未到来。

还有人试图统计与通惠河有关的所有事物，一个退休干部，制作了另外一个1：1的模型，然后为河边所有的落叶、空烟盒、死鸽子的头、空瓶子、方便面袋子、脚印等等，都标上序号。

那些写着数字的白色小牌子，像霜一样布满了河岸，像一个巨大的犯罪现场。

2013 年冬天，我在河边的庆丰公园玩，我被他标上了 983759^5 的序号。

42 塑料大猩猩

遇到一些事，必须要说出来。

下面就是这些事，有一些是真的，有一些是假的，但我已经分不清了。所以你可能都得相信。

一个闪人

在廊坊，我在等红灯的时候，有个人一直在瞥我。

我讨厌这种人。

"1 还是 2 ？"他左右看了看，凑过来问我。

"什么？"

"你可以选 1，也可以选 2，选一个。"

"选什么？"

"1 是流动，2 是闪烁，选 1 还是选 2。"

我迟疑了，因为不明白。

"选一个吧。"

"2。"

刚说完，他忽然抢了两步，站在我前面开始闪。

噼 噼 噼噼 噼 噼 啪 噼（当时没有声音，声音是我加上的）。

用手机拍他，有时候能拍到，有时候拍不到。

我不明白。

但他说这是他的命运，有人帮他选了闪烁，他就会去做一个闪烁的人。

"谢谢。"他闪着说。

但我着急过马路，我饿了。

阳光强烈，这件事在我心里引发了不小的震动，几乎要发出轰的一声，不亚于一个光脚的先知在席间摔杯而起。一定有什么启示，但究竟是什么启示。

我在沙小看着一碗面陷入了空虚。

塑料大猩猩

一年以前，大吴楠买回来一只塑料大猩猩，买是普通的那种买。

好吧，实际上是我买的。

在立水桥上的地摊上，四个人在卖这一个大猩猩，一个人给它上弦，一个人盯着它走，一个人收钱，一个人装袋子。

然后他们把发条钥匙扔了，说它不需要。

大猩猩不大，偶尔会在屋里走动，慢吞吞地在地上画一条黑线，每天都会接着之前的往下画一点点。

家里的每一件东西都清清楚楚，除了这个塑料大猩猩，它稍微有点怪异。目前为止，这是我生活中唯一不能解释的事情。

我曾经在小商品市场问过这种只需要上一次弦的塑料大猩猩，他们说这款玩具只生产过一批，专供出口。

所以它们这些年散落在一些不可知的地方，在慢慢画线。

线可能是在分开什么，也可能是在连接什么，但一定是穿过了什么。最重要的，我觉得它们画的线，都在同一条直线上，我有这种感觉，十分强烈。

匪夷所思，这就是那种吃烤肉的时候，可以聊的事情。

看电影

有一次遇到的事情，像是一个公路片。

那天在榆林下了高速，一个村子里的人正在路边看电影。电影下乡了。

放映机在响着，嗒嗒嗒嗒嗒嗒嗒嗒，但放映员在面包车里睡觉。

人们三三两两，脸上都有点发红。因为电影幕布上放了16∶9的一块红色，微微发颤，有人在感慨，"天呢，看看这块红。"

村民说，这些年很少能看到16∶9的红色，看看是不错的。

这块红有120分钟，但我只赶上了后半截。

深渊

而我在义乌遇到的事，是那种穷途而哭的事。

说的是一种不安，人们走在郊外经常会忽然停下脚步，脚下有一股寒意升起，马涧，黄店，石渠，虞宅一带的大地漆黑寂静，深不可测。

这些年，义乌人确实变得有些伤感。

义乌郊区的高速上，有很多牌子在提示，"大地才是一种深渊。"

每到一个服务区，上厕所的时候，小便池上面都贴着一些语录：

"乌鸦、流星和太空梭都会径直下坠。所有的村庄、城池、大地上的庙宇，都是一种无助的萍类，乌鲁鲁大石头则是一次缓慢的浮游。"

"请勿往小便池里扔烟头。"

"一个陨石击中地面，坑里溅起六十户人家，被称为鞍山苏子沟镇。龟兹古城慢慢塌陷，被称为归于尘土。"

"河姆渡的木桩，周口店的灰坑，庞贝的街道，一切繁衍生息，都是在地面上打下浮标，成为城市、车站、寺庙、陵墓。但渊面上的一切都会沉没。"

这是一趟忧郁之旅。

在中亚打桩的计划书

卢的父亲是华裔俄籍，曾经是西伯利亚铁路远东一段的测绘工程师，卢是我最胖的同学。

他过了春节之后，跟着中建八局去了中亚，他说要去沙漠里修地铁。

"主要是去打桩，"后来他微信又说，"不要告诉局里，不要发微博。"

他说打桩是一种本能，是一件有意义的事情，"你想想是不是"。

我看了他发过来的地形图和计划，只有三页，一些简单的格子和地点，关键在于 500 米这个数字，要保证每个桩平均间距 500 米整，如此向四个方向无限铺开。

他说这是一个行动，人总得做点什么有意义的事，这一生才好过去。

卢还说了一些惊人的事，许多同事在夜里都会揣上火腿肠，悄悄去打桩，每个人都有自己的打桩计划，这是很多海外工程公司心照不宣的秘密。

"你以为彭加木是考古学家吗？"

"你以为一带一路那么简单吗？"

卢问得我失眠了。

43 张咸鱼在夜里过黄河

此时此地是何时何地。

为什么要跨过黄河。

跨过黄河是不是一种命运。

跨过是普通的那种跨过吗。

跨过去会有什么不同，不跨过去又有什么不同。

浮桥是谁搭的。

历史会在这里掉头吗。

河水曾经分开了什么。

河床又养育了什么。

稻田始终肥沃吗。盐铁一直够用吗。

蛙类睡得有多深，冬眠的鱼都头朝哪边。

有人在看吗，有人在某处盯着我吗。

有人忽然惊醒吗。

要唱着歌过去吗。

要悄悄地过去吗。

先踏上哪只脚。

先踏上哪只脚重要吗。

要结伴吗。

在多少人之后过去，又将在多少人之前过去。

有没有某个黄昏会变得安详或者血腥。

有没有某人为此猝死或者高兴。

有没有某地的钟声会因此响起来。

岸边的老人在说什么。

如果他从汉代开始蹲在这里，他会说什么。

如果他从昨天开始蹲在这里，他会说什么。

背对他的时候他有没有发出冷笑。

如果面对上游，河水是流向自己吗。

如果面向下游，河水是追向自己吗。

为什么河水总是从早流到晚。为什么总是流向下游。

能看到水星吗。

能看到球形的鸟群吗。

能看到远道而来的浮尸吗。

浮尸漂过渡口，会被木桩绊一下吗。

半睁着的瞳孔会倒映着星光吗。

岸上的每一所房子都会有炊烟吗。

兜里揣着一个塑料大猩猩跨过黄河是不是一种必然。

坐在这里思前想后是不是一种必然。

如果在夜里过黄河，黄河却不在夜里怎么办。

这是三月初，华北刚刚解冻，风里有水和土的味道。
大规模的凌汛快到了，趴在地上能听到金属一样的潮水
声，和潮水一样的金属声，兰州，三门峡，河套平原，
穿过晚饭很咸的乡镇，从上游传来。

张咸鱼就要过黄河了，他非常忐忑。他一直在问自己。这件事的方方面面。

这不怪他，你不能因为自己得过且过，就嘲笑一个做什么事都要穷尽一切原因和结果的人。

天开始发暗，河边有一匹马在打滚，它反复尝试，想让四只脚都朝向天空，但不是倒向这边就是倒向那边。不过马还在试，它不着急。

所以不要着急。

张咸鱼在浮桥边上抽烟，看风景，看风景是一种拖延，但也是一种心理建设。天黑下来，河对岸空无一物，没人知道那边是银河、沙漠还是故乡。

过黄河不是一件简单的事情。过去就是过去了，就再也不是没过去，不能当什么都没有发生。

有些事情想不清楚，怎么能就这么过去。

还是得再想想。

44 猫有点乱

我去找小♪，带了一点熟食和一个盆栽。我去的那天，他正在家里观察猫。

说是观察，但盯得非常紧，一遍一遍看。小♪示意我别出声先坐下。

"猫有点乱。"

他说他的猫乱了。早上在厨房里是昨天那只它，一走到阳台，就变成前天那只，吃午饭的时候竟然带着一种下周一的样子走过小方桌，或者这么说吧，那会它明明就是在下周一，猫把自己提前了。

常常这样，不仅乱，而且越来越不羁，就在我们说话时候，它又横着过去了。

小♪一眼就认出来，刚刚那几分钟，淡奶油是待在元旦那天。

它把自己剪辑了。

刚刚提到的淡奶油，这个名字，就是指正在说的这只猫了。

它是一只纯猫，不是纯种的那种纯，而是说它非常基本，可以叫它猫素。

基本的意思是说，它不是公猫，不是母猫，不是什么短毛猫和带着油饼花纹的猫，更不是在夏天冒雨捡回来的那只猫，它就是猫，就是猫本身。

可以这么说，史上所有的猫加权平均之后，就是它。

你叫它一声猫，这种叫法是百分之百准确的。其他的猫不行，其他的猫被这么叫的时候，是一种非常粗暴的省略。

总起来说，白马非马，猫不是别只猫。

那么有什么影响吗，猫乱了之后，我问小♪。比如时间接口处的噼噼啪啪，比如你有没有轻微眩晕之类的。

"没有。"

小♪说淡奶油其实是非常平淡的，状态相当平均，每天都是这么在桌子上流下来，懒洋洋走过去，走过来，都差不多。

一种布朗运动，所以乱了和没乱一样。

有那种记录猫轨的摄像头，能看到猫的来来往往是一种缓缓的涂，涂得非常均匀。

而且小♪最近学了一种用猫占卜的办法。

也不是学，就是他发明的。

阳台上有一个马克笔画的大圈，有呼啦圈掉在地上那么大，上面有一些粗糙的大刻度，刻度上都是些语气词，啊，嗯，哈，哦，唉，呵什么的。看了之后有一种在地铁上泡脚的感觉，说不上来。

"这就是猫盘了。"

阳台有点燥热，淡奶油熏熏地走过来。

"仔细看!"

眼看着猫从啊到唉穿过了这个圈,非常无聊,非常不咸不淡。

可以了,这就是占卜,占卜已经完成,小♪说猫穿过的路径不仅能提示记忆,也能预测将来,非常准,它穿过去的时候是在哪天,就可以预测哪天。

那么从啊到唉是什么意思?

小♪说这肯定意味着什么,不管怎样它指向了一个结果。一个非此即彼的结果。

几天之后,小♪给我发了一条微信,叮。

他说他病了,他被甲虫击中了。

他反反复复说这件事:骑车出门的时候,被一只甲虫迎面击中了额头,啪的一声,这一声响特别巨大,一个啪字根本就不够表示。

至今还在头顶上响,停不下来,非常可怕。

他说这是猫卜的结果最明确的一次。这种迎头痛击,简直是神谕的量级。

但他说这不是坏事,因为这几天,他一直在围绕这声啪在生活,起床还是不起床,晚上吃什么,去不去唱歌,既然头上还在响,那么做决定就变得很简单。

所有的为什么,怎样,然后,因为所以,to be or not to be,都从这声啪开始徐徐展开,生活变得有依有据。这一声响在漫无目的的人生中打下了一个栓马桩,接下来会衍生一个村子一座城。

他说他给生活加了一个把,他现在状态非常好。

45 病死记事

如果那天有人恰好飞过那片空地，就会看到我的记忆之一：天黑下来，是那种快要下雪的样子，李树增在一大片空地上遇到我，递给我一小块冻羊肉。

这是一小段很早很早但是无关紧要的记忆，是我在记忆中打下的木桩之一，像雪地中的木桩，让一些漂浮的时间和地方不至于丢失。它在我睡觉之后和醒来之前反复播放，每次都不一样，风从东吹向西，天要下雪，或者风从北吹向南，天只是黑下来了，有一棵杨树，没有一棵杨树，李树增弯下腰，李树增站着，有时候会有口琴声响起，但多数时候没有。

我提到李树增是因为李树增死了，我从小就知道他必然会死，并且随时会死。因为他太瘦了，他被孙子用砖头赶走、讪讪转身的样子，他坐在树下任凭槐花落满头顶的样子，本身就是在描述死，或者只能用死来描述。

直到那天，时候到了，人们说他靠在椅子上就没了动静，几乎就是熄灭了，面前还摆着凉下来的饭。

在去世之前，李树增因为过度衰弱去看过病。那段时间他偶尔会衰弱到不可见，在和邻居说话的时候，会突然闪烁，变成一阵灰色的嗡嗡声。

一个下午，他换上新衣服，慢慢地上了车，去了大医院，就像去走完某种例行程序。医院是世上最色彩斑斓的地方，有新鲜饱满的护士，有热乎乎的细菌，红色的绿色的，有一个医院有灰色的墙，他们给出的诊断是心脏病，开了蓝色的药，而另一个医院有黄色的墙，他们给出的诊断是神经衰弱，开了白色的药，还有一个医院有石头色的墙，他们在单子上写下一个结果，就像一种判决。

"少于一。"

那个年轻的大夫说，李树增长期少于一，他和旁边任何一个人算在一起，都不够两个人。这是一种无法补救的贫瘠。这种贫瘠在他的家里到处都是，屋子时常一片漆黑，钟表有时在那挂着有时不在，连他最喜欢的旧圈椅，都不足以成为那个旧圈椅本身。

李树增知道自己的命运，他很平静，像已经死了一样沉默，他在卫生所卖了二十多年的药，差不多熟悉所有的病。去医院不过是一种仪式，最后一趟出门，看着窗外的树，好让子女们完成人生。

在北方，很多老人都习惯说"喝方便面"，他们临终前尤其喜欢吃重口味的饭，在一些可以开窗的天气，等房间里的尿味散去一些，在坟墓一样的被子底下跟凑过来的儿子说"我喝方便面"。从医院回来后，李树增也开始喜欢喝方便面。他买了一箱放在桌子下面，汤非常咸，每次喝都是一次简陋的纵欲，他喝了好多回。

不久之后，他就坐在圈椅上死了。

人在病死的时候各有各的仪式感，有的铺张有的简单。我见过许多快要去世的人，有人会说出一个答案，留在世上等待问题的到来。有人会趁世上某地响起喜欢的歌声抓紧死去。有人在死前把弃用的内脏整理得横平竖直，在体内排得整整齐齐再去火化。有人把自己除以五，成为五具稀薄的尸体，需要搬五次才能入殓。

李树增的死是最简单的一个，他直接消失了，关于他的记忆逐渐只剩下那片空地。但我后来在别处偶尔也会想起他。说到这里，有两件小事都可以作为结尾，两个结尾都是真实的。

一个是大柳树路的葬礼。这一带经常能看到老式的出殡，人们点着了纸马，把磷洒在火里助燃，磷是有机磷，火是大火，里面有个纸马只有一只眼，它用这只眼怨恨地看着人们，慢慢地烧塌了。

还有，几年前我带大吴楠去我十岁那年去过的动物园，看到一只年老的鸬鹚，非常迟缓地走进一个黑屋子，它的神情让我想起了李树增，我觉得这只鸬鹚是他，但也很有可能不是。

46 沉默游

　　避雨的时候，一个小孩一直在看我们，他穿得像一个志愿者，对着我们笑了一下。海风吹过来，他露出了巨大的铁牙套。

　　你好。

　　你从哪来？

　　那是一个好地方。

　　是啊。

　　(赞许)(大拇指)

　　语言不通，所以我们只能聊一些最简单的事。只有只言片语，表达整块整块的事实，一些 to be or not to be，你很好，我认同你，海在东边，轮船好大，等等。然后就不说话了。

　　风从海峡上吹过来，雨后的黄昏是粉红色的，这让我想起了八九月份时候，经常有一种粉红的黄昏，每当天空出现这种颜色，第二天就会是酷热的晴天。中午常有自杀的蚂蟥爬上马路牙子，像一道发黏的伤口，几分钟后就凝固了。这种无关紧要的细小话题，说上几分钟也没有什么意义，为什么提到了蚂蟥，为什么是夏天，为什么蚂蟥会死。

就在我想走开去买票的时候，小孩指了指清真寺旁边的小路，示意我和大吴楠跟他过去。在一个僻静的路边，有一道小门，他用力拔开生锈的门闩，回头冲我伸出两根手指，然后推开了小门。

里面是一个潮湿的后院，两个穿黑衣服的人坐在台阶上，他们在齐刷刷地吃黄桃，看到我在探头并不吃惊。院子里的所有东西都有两份，两棵几乎一样的树，两个陶罐，两个扫把，两丛月季，一对小蝙蝠并排着飞来飞去。

我们稍微有点慌，小孩笑了一下，又露出巨大的铁牙套，意思是说，嗯。这是旅途当中第一件奇怪的事情，没有原因，没有结果，难以描述。

后来，我们沿着海岸线一路向南，在一个非常小的港口下船，点了一份烤鸡。头顶上偶尔有训练中的战斗机飞过，轰鸣声让海面的颜色越来越深，防波堤上有一个老头，他独自在烈日下擦着一杆枪，没有一点要停下的样子。喇叭里的祈祷声反复响起，集市上熙熙攘攘，摊主忙着分拣货物，水果被放进生铁做的榨汁机，橙子是橙子，海面是海面，猫从街上穿过，烤鸡在滴油，生活在流淌，没人说话，这个叫班德尔玛的小城一片沉默。

从这里再上火车。窗外是巨大的缓坡，种满了油葵和玉米，每一道坡都横跨几代人的故乡。从一个城市到另一个城市，往往只经过两到三个起伏。车上有一个带着旧皮箱的老人，他将在半个小时后错过下车的机会。所有的老人，都是一部封面油腻的口述史，他不一定会说，别人也不一定会听，他们平静地陆续消失。

目的地是塞尔丘克。这里有一个黄油漆的旧站台，站牌上只画着几个小人，和一些石柱子。还有一个咧嘴的 emoji 表情。塞尔丘克的本地人很少，到处都是干旱的月季和晒得通红的游客，神庙的废墟在山坡上静默着，两千年还是三千年。阳光很强，我在下车的时候忽然意识到，在马尔马拉海的沿岸，语言和文字是一种即将被废弃的工具。

下了火车，我们沿着满是马粪的古路步行去参观以弗所遗址。

路边是大片的农田和桃园，一个骑摩托的年轻人在路边招手，他浑身是机油，并不说话。伸手指着远处，从南指到北，给我们看从罗马时期就悬浮在那里的十二块巨石，嗡嗡作响的蜜蜂，掉漆的拖拉机，还有芦苇丛中的甲鱼。我猜到了这些风景是一些无需印刷的明信片，上面有使徒约翰曾经走过的田野，有他的村子和果园。他顺手给了我几张，而我必定是收到了。

以弗所并不大，但是很深，古城的大理石上还有当年油灯烧过的痕迹，大剧院里有一个游客在残存的舞台中央闭着眼睛肃立，他在想象罗马人的喧闹声。神庙的雕像和柱子以倒下的样子表示倒下了，以弗所以一种崩塌的状态诉说着崩塌。

离开以弗所，沿着海岸线越往南，人们就越不说话。

语言这种东西因为不准确而被放弃，人们只靠生活本身来交流。

有人从一头黑布做的假驴旁边经过，他捡起一块石子，边走边摩挲。有人在墓园旁边的瓜田里发现一只旱龟，他用烟斗轻轻敲打着龟壳。有人看到一匹马在空旷的坡上一动不动。这些琐事都是人类的卷宗，是无限绵密的修辞。它们同时出现，没有时序，逻辑和条理不重要。

八月初，回家的路上，习惯的生活在体内渐渐苏醒，我们抱着行李去喝咖啡，所有的美式都有那种大雨浇在炭火上的味，带着嘶的一声。一个大杯，杯里什么都没有，就是 25 块钱的熄灭之味。

我们无所事事，花了一下午说这种味儿，一直说到中学操场上露出地面的指骨。

47 世界植物文明史纲

有些小松树非常怯，大雾迟迟不散，它们缩成一团，像大雪天的睾丸，缩成不能碰的样子。

而且松树几乎不能独处，趁没人的时候，它们会和企鹅一样一点点挪动，慢慢挤在一起。马路很空旷，但生命伸不开腿，生命简直就是一个湿着脚穿秋裤的过程。

很少能在这一带看到针叶树，它们是一种外来的植物。这在一定程度上加剧了它们的疏离感。内在的忧郁无法劝解，只能自行疏通。有三个橙色的清洁工，长期路过小松树，他们沉默并且熟悉周围的沉默，每次干完活坐在路边，心里响起一阵大凉山的狗叫，松树在后面悄悄戳他，意思是说你不孤独。

但怯不仅仅是松树的问题，怯是许多植物都会有的症状。

深秋的一天，沃尔玛，四个老头长时间盯着一筐芒果，眼神猥亵，直到芒果浑身潮红。没人阻止，没人站出来大喝一声。每天午夜，窑洼湖桥边的剑麻，只敢在没人的时候垂下叶子稍事休息，如果你猛然回头，就能抓住它慌忙惊起的样子。工大里面三年树龄的冬青，不需要再修剪，疼痛记忆让它们自然抿成一堵墙。

在植物和人的众多鸿沟之中，怯只是一个表象。对植物的歧视，才意味着更深重的隔阂。

潘家园，这个前列腺普遍肥大的地方，一个无言的人摩挲一个无言的葫芦，究竟能带来什么愉悦？潮湿的女人街，冰凉的小型多肉，又能抚慰哪些不能说的不安。沉重的马连道，茶叶的巴比伦，空气中飘着渺茫的岩韵，对植物、土地和水的偏见根深蒂固。绝大多数时候，植物对于人类来说，就是一些红一些绿，一些随手把玩的东西，人们忽略了自己和它们之间的联系，不记得碳基生命的模糊界线。

也有激进的看法，把对待植物的草率态度，理解为两种文明的剑拔弩张。

风林火山，所有植物聚集地，都意味一场大规模的数据潮汐，一切颜色和汁水，一切噼里啪啦，一切摇曳，背后都是密集的运算。比如风吹麦浪，不是田园牧歌，不是人类在黄昏时分可以归宿的地方，而是许多神秘念头的大规模涌动，这种涌动一望无际，可以用浩瀚来形容。1890 年，梵高对麦田的不明迷恋毁了他，他并不知道麦穗的摇头来自一种 Freewill，只是觉得不适。

其他的，大雨落在潘帕斯草原上，闪电击中亚马逊雨林，尼罗河的淤泥上长出棉花，都是显著的植物文明活动。在城市里面一种常见的情况是，植物会在不易发现的地方露出破绽，一到秋天，南礼士路的大部分银杏叶，都是沿着三到五种既定的轨迹重复落下，这种情况已经有过记录。

南非的植物学家说，"热带草原是一块巨型处理器"，他非常肯定，他桌上的典籍也非常厚，但封面只随便打了一个字母 j，意思是难以言表。第一页印着一行小字：植物是可怕的。

但可怕是一种预设，而不是一种结论。

1943 年一个师的盟军消失在丛林里，70 年代墨西哥的华裔画家碰到了一种藤类，他肿胀成一副大笑不止的样子而死，除了此类不能证实的事件，迄今为止没有出现过骇人听闻的敌对情况。一些更加轻微的，比如一楼那些无所事事的黄瓜须子，在你接快递的瞬间搔过你的股沟，完全没有敌意，只是一个"lol！"意思是"Got you！"

所以很难把"植物是可怕的"这种观点写进教科书，主流价值仍然号召同理心，比如保护森林，美丽的大草原，外婆家的大榕树，风吹草低见牛羊什么的。这种同理心一度发展到了浮夸的程度，一个代表是龚自珍，"穷予生之光阴以疗梅也哉！"，另一个代表则是苏轼，"不可居无竹。"

和龚自珍和苏轼不同，蒙德里安是一个真正的倾听者，一个伪装成艺术家的植物学者。他注意到了树的无限分叉，并把这种熵增的过程，以重复除以二的方式倒溯回去，得到了树的动机。从这个动机开始，一棵树毕生的分叉都是在传达一些尚不能完全解码的讯息，这些讯息在丛林地带变得连篇累牍，也可以这么认为：亚马孙雨林是一个巨大的、不明用途的图书馆。

蒙德里安的成果都藏在荷兰海牙市立美术馆，也是迄今为止植物文明研究的最高成就。除了这些有据可查的人物之外，传说在土库曼斯坦一个沙化严重的乡村，为数不多的几户人家通晓这种分叉之中的数列和讯息，他们通过种树来对话，那是一场旷日持久的、缓慢的聊天，在那里时间是无效的。

48 直走

冬天只有羊群是液态的，热乎乎的一大滴，在河岸上缓缓地淌下去。我大爷和希伯来人不一样，他赶羊时一直走在后面，而希伯来人都走在羊前面，基督也是这样。

这是亚细亚之悖，文明的一点毛边，也是大河文明与大河文明的不同。远东的放牧就是放牧，放牧不是别的。

只是这个时节大堤上没有吃的，大堤上什么都没有。

所以我大爷就在空地上画个圈，指一指，羊们就围过去在沙土上埋头簌簌簌簌簌，提前吃一些明年才长的叶子。它们整个冬天都这么过，淡淡地出了门，到了荒无人烟的地方，向东拐簌簌簌簌簌，向西拐簌簌簌簌簌。

直到有一天，一只羊走丢了。

这很难理解，毕竟时间久了，整个羊群会变成一个松散的生物，一个动植物共同体。一只羊走丢，就像自己断肢一样难。

但事情就是发生了。羊群在夜里出现了不安的空隙。

　　我大爷睡不着，想来想去不对，就爬起来数羊。但羊群怎么可能数得清，羊又怎么可能找得到，世界那么大，黑夜那么长。

　　第二天清晨，满地都是霜，一开门发现一只羊趴在外面，浑身都是土，还露出一种喝醉的眼神，好像要喊耶！却发出一声咩。

　　是那只羊回来了吗，应该是那只羊回来了。

　　羊重新回到羊群里，以一种焊接和扦插的方式，它们一阵耸动，揉来揉去，重新变得熨帖，像什么都没发生过那样。

　　可怕的是，一天之后，同样的事情又发生了。羊群在夜里出现了不安的空隙。

　　我大爷又睡不着，想来想去不对，就爬起来数羊。但羊群怎么可能数得清，羊又怎么可能找得到，世界那么大，黑夜那么长。

　　第二天清晨，满地都是霜，一开门发现一只羊趴在外面，浑身都是苍耳，还露出一种喝醉的眼神，好像要喊耶！却发出一声咩。

　　是那只羊回来了吗，应该是那只羊回来了。

　　羊重新回到羊群里，以一种焊接和扦插的方式，它们还是一阵耸动，揉来揉去，重新变得熨帖，像什么都没发生过那样。

　　从这之后，每隔一两天就会有羊走丢，然后一早在门口被发现，汗津津地趴在那等天亮。很难说是不是同一只，因为它们都差不多，每一只都是另外一只。

这几乎成了生活的一部分，就像时钟总是扫过数字6。但是羊在夜里经历了什么，却成了一个嗡嗡作响的谜。

有另外的大爷说，有时夜里的地平线会泛出淡蓝色的光辉，在你盯着看的时候，会发现旁边有一只意味深长的羊走过去，但这和所有传说的结尾一样，基本不可信。

但在油厂上夜班的人讲过，在一个月亮天，风很大，看到一只羊头也不回，径直往前，走路从不拐弯。

这件事后来得到了验证，那年腊八下了大雪，第二天一早能看到羊的脚印从大堤上笔直地指向门前，长达十多公里，恰好躲过所有的墙，坑和大树。

49 坑

不知道该怎么说，电线会在冬天的清晨发出咻咻的声音，没有风，不是因为风。

每年一到这种声音响起的时候，就是挖河的时候到了，挖河是隋朝留下来的惯例，这一带的人们没法想象，一条在冬天没有被深挖过的河，该如何奔流在夏天的原野上。

有一年，可以肯定就是 1993 年，大雪已经下过半个月，时候到了，许多卡车开过来，书记开始带人四处贴出通知，"让大河奔腾吧！"

人们都穿着极大的军大衣上了车。就像去远方一样，有的还带上了收音机。车队浩浩荡荡，绿色的河道工揣着手坐在上面，像一车寒冷的盆栽。

他们在巨鹿一带宿营，大片的帐篷扎在马颊河沿岸，夜里能看到猎户座在河堤上震颤。

每天天刚亮的时候，就要开工。然而这一年，他们却并没有下河。书记带着段长和测绘员用白灰在河边画了许多三角，有的是五米大小，有的七米，最小的只有两米，最大的边长超过了一千米。

这些三角形密密麻麻，沿着马颊河一眼看不到头。几千名河道工沿着白线开始施工，河岸上开始热闹起来。

计划越来越大，画好的白线无边无际，只有测绘人员才知道具体的尺寸。这项工程耗资巨大，一直到过年都没能完成，施工最后变成了一种百无聊赖的乐趣。

"这是现代水利。"他们这么解释。

后来，有人传言工程是违法的，传言很快成真。

县政府来查的时候，已经到了年底，工程无法确定是否过半，书记的棚子里有一些粗糙的图纸，他在马颊河以北，从东到西，一直到入海口，都做满了标记。

工人们领到了不多的钱，他们三三两两在旁边的集市上买了小米锅巴带回家。

后来书记被判了四年，理由是乱挖坑。中间只有测绘员去看过他。

"37！"书记忽然说了一个数字，然后呆呆地看着外面——这种情况并没有发生。书记并没有在测绘员转身走的时候，忽然张口说出什么秘密。

事实上，他对于挖坑这件事，再也没有提过。

一直等到1996年出来，都没跟任何人说起过。他找了一个烧锅炉的活，一下一下专心往里铲煤。

后来，我的初中老师，一个喜欢用眼镜腿梳头发的矮子，他在课间说书记挖的坑总共有七百多个，坑的边长全是质数。

"质数知道吗质数？"他藐视小孩，嗤的一声就不肯往下说了。

　　而我们也确实不太懂。

　　后来这件事情就没什么人提了，坑也早已被平了，有的成了水塘。书记在我上高中的那一年去世了。

50 荀子试车

邯郸是一个涟漪。

也就是说，邯郸是一个波，一记强劲的 wave。它始自一小片自有永有的空地。

空地是一种风不改向的地方。土像水一样平，风横贯南北，冻死的鸟随风疾飞，直到开春才会掉下来。

《圣经》里叫旷野，旷野里有羊，有荆棘，适当有火。而在黄河流域，并没有神迹，不会有说话声从云中传来，不会有火在石头上刻下呵呵两个字，更不会有泉水在蚁穴里喷出来。也没有旷野这种说法，人们非常节省，不会用两个复杂的字形容一个无谓的事物。他们喝完了粥，指着荒无人烟的空地，说没事不要出去。

邯郸的第一件事，一个不明瞬间，就从这里开始。

有一天，一个人在黄河岸边挖了一个坑，然后走了。后来坑被发现，人们围成一圈，抬头看看星相接着往下挖，有水渗出来，成了井，更多的人陆续过来饮马驻足，酿酒打铁洗衣舂米，地上开始有孩子与狗在跑，邯郸出现了，在大地上热气腾腾的一片，声势浩大地越过两千多年，向未来绵延下去。

目前没有史料表明，挖坑的那个人不是荀子。就是他在一小块从无人迹的空地上，用一个坑开启了邯郸。

荀子是春秋时期最难揣摩的人之一。那时候人们安于现世，对大部分事情都只是哼一声，米就是米，米不是什么饱暖，无关什么社稷。但荀子是一个异类，他非常飘忽，是那种吃完饭会发一会呆的人。

史书说荀子出生于邯郸建城之后，是一个卡在儒家门口的学者，但这种说法并不确切。荀子的身世不可考证，他的著作也大都草率模糊，有的是错的，有的根本没有什么意义。"青出于蓝而胜于蓝"，这种传世名言显然是废话。

然而这一切都不重要，做学问只是一个幌子，他每天最重要的事，其实是试车。

荀子有空就会出门，"我去试车了。"

然后他带上干粮，驾车反复经过黄河两岸。马车每掠过一棵树，荀子心里都会响起叮的一声，这种掠过树林的节律是一种绵长的打击乐，令人沉迷。然后在太阳西斜的时候，他在鹤壁一带的荒野之中下车，走来走去。

其实试车也是一个借口，荀子真正要做的事，是寻找无人到过的空地，并且偷偷播下这个地方的第一件事。

开始的时候，荀子把刻有自己作品的木简均匀地丢下去，"勿怨天，勿尤人"、"操弥约，事弥大"之类的，期望有人捡到这些木简，并参透上面的提示。但很快意识到，这种没有用的仪式癖好是在浪费精力，他试着用更方便携带的黍子撒下去，随它们四处生长。甚至什么都不用，只是点火，挖坑，大喊，拔起小树，扯断蛇。

开始是十步一事，后来荀子失去耐心，他开始不分横竖随手乱涂。

反反复复，这是一件寂寞的工作，几百里的荒草之中，连一个耻笑他的人都没有，没有人指着他说"看那个人像个傻子"，也没人试图偷他的马。

许多年之后，江河湖海在大地上四处腾挪，大部分事件的种子已被时间湮没，但也有许多未来的大事已经在鹤壁和安阳一带悄悄酝酿，并波及了不可想象的地方。

1916 年，一战之中最惨烈的索姆河战役，源自一个刻着"蟹六跪而二螯"的木简，北美野牛的灭绝则与黄河岸边的一棵毛白杨有密切关系。而邯郸城自然就来自其中一个坑。

而荀子本人，既是结果，也是某些最初的事件之一，据信他本人引发了后代规模最大的摇滚音乐节。

后人常说，得干点什么。其实是说这一生至少要找到一片空地，然后在空地上做第一件事。比如你在地上扔一个石头，石头绊倒喇嘛，喇嘛在月下摔死，信徒一哄而散。或是石头绊倒喇嘛，喇嘛起身顿悟，信徒越聚越多。还有可能是石头绊倒喇嘛，喇嘛把石头扔回来，打破你的头。可惜在绝大多数地方，最初的空地已经不存在。

关于这些事情的研究从未停止，蝴蝶效应，拉普拉斯定理，概率论什么的。然而在洪流之中，大部分地方的第一件事已经无法考证，而最后一件事又远远没到。

51 文种之陶

那天雨下得非常密，越园里一个人都没有。我喝了一瓶水，从北门独自上山。

越园就是古代的越国，或者越国的一小块。

山是较小的山，勉强能擎住一些树，两千五百年来，山一直处于崩塌的临界点，却一直没有崩塌。有一只鸟踩上来就会有一只鸟飞走，有一个人上山就会有一个人下山。

走在石板路上，能感觉到细微的震颤。

"不要捡树枝。"

"深呼吸。"

"放下那块石头。"

有人竖了许多路牌，是那种不想多解释的简短提示，看到牌子的时候能听到一个男人的语气。

我按照提示一步一步往上走，小心翼翼，每个地方都不能久留。到处都是密集的蕨类，会在脚下悄悄戳你。戳戳戳戳，不停地试探，如果没有动静，就迅猛地扑上来。

越走越深，实际上已经走到了腹地。时间太久，越国已经非常稀薄，但在幽暗的丛林里万世不竭。

丛林深处没有颜色，只有明暗，这些古树没有经过萌芽，它们腾的一下喷出来，一种无声的轰然。

古越国疆土是圆的，无南无北无东无西，只有内外和深浅，从中心向外层层晕染。范蠡用一种射线与环形交叉的相位来确定空间，如"陨石于朔位七"，朔位七，就是一种精确的靶形方位。

再往里走一程，文种墓在山的最深处，在弦位九。

文种在灭掉吴国之后，痴迷于烧制陶器，有见过的人说，他在一张帛上反复描摹，从多耳和三足的酒具，到肥大的瓮，还有鬲、罐、豆、盂，最终找到了一种纯圆的陶器，直径9寸，并不开口，也没有任何用处。

文种亲力亲为，在每一个窑里反复尝试，一开始用手细细摩挲，然后放进火里，看着粉红的火舔来舔去。

烧得多了，就不用再塑形，他把泥直接扔进炉里，让火来捏它。

后来连泥都不需要了，让火本身完成一切。他坐下来烧，闭上眼睛烧，一动不动地烧。

文种烧制了成千上万个无用的圆陶，但无论烧多少个都是在烧同一个，它们完全一样。

圆陶散布在江南一带，在月光下随处可见。漂在水上，扔在树下，埋在土中。一开始它们不是那么圆，带着掌纹和瑕疵，时间久了，圆陶一点点自行完形，越来越圆，一直到达纯粹的圆形。

然后就逐个消失了。

这些事情，史书从未记载，但有童谣传唱："ajglajgaljg，wugagjalg"。

文种后来被赐死，罪名是"迷恋圆"。

勾践给了他一把不存在的剑，只描述说"剑长尺半有余，剑身发乌"。文种听完叹了一口气，拿起这把剑刎颈而死，血流一地，从此以后圆陶也就完全断了。

关于结局，文种早就预料到了，他在烧陶的时候一直忧心忡忡。他说，杀伐、渔猎，倾敌取国，都不是越国本质。越国万事万物的终极目的是绝对秩序，一种均匀的弥散态。

然而这是一件无法完成的事情。

所以烧制圆陶只是一种无谓的消遣，一种了却余生的方式，并不能带来什么。

文种死后，"越兵横行于江、淮东，诸侯毕贺，号称霸王"，但和庞贝一样突然灭亡，然后在原地径直下坠。

就在地下十丈以下，越国的一切人间烟火和粟米棉麻都已经完全无形，成了细腻的青膏泥，青膏泥就是黑暗，就是越国本身，质地坚实却空空如也。泥里面偶尔会有残存的圆陶，像杯底的水果糖，又小又硬的一点，片刻就会消融。

但所有的铁器，犁和剑，还有青铜的小屋子，都不溶于青膏泥，它们在黑暗中慢慢逡巡上浮，找一个无人的月夜，在工地和稻田里悄悄露头，等着人们发觉脚下硬硬的一块，等着人们发出"咦"的一声。

它们被历史排了出来，被称为文物。

在后代，文种并非没有同道，北宋的蔡京耗费无数人力财力，搜寻那一块终极紊乱的太湖石。

和文种相反，蔡京向往的是一种绝对紊乱，这本身也没能实现。蔡京后来被贬岭南，途中饿死在潭州崇教寺里。

再后来，人们发现在土星的泰坦小环中，就夹杂着许多直径9寸的圆球体。还有人在寒冷的初冬，在红领巾桥下摆摊卖一个沾土的圆陶，但这明显不可信。

那天，在下山的路上有一片空地，一株细小的枫树落了一地红叶。在没有颜色的树林里，枫树就是一个爆燃的小灯。

一个老头坐在树下，他是越园的管理员，他说所谓历史，就是一种粥样硬化。

走的时候他拿出一个圆球，说自己找到了文种的无土烧陶法，但不会告诉别人。这个新烧的小圆陶纪念品，可以便宜一点，三元一个。

我买了一个放在了书橱上，一个冰凉的灰色小圆球，夜里能听到猫在玩它。

52 缓慢的东浦村

东浦村太小，但我们还是准确地抵达了它，确切说是击中了它。不是砰的一下那种击中，只是街上的灯多亮了三两盏。地球表面那么大，而我们却于此时到了此地，这并不容易。

天还没黑，我们在一家次坞打面门口下了车，西边有一条河，一座桥，一片静默的乌桕树。

桥头并没有一个牌子写着东浦两个字，东浦的铭文都用大斧刻在河面上。低头看水，必会读到简短冷漠的一行字，"东浦多苔，苔里有鱼，东浦共有桥三座"。

多苔不是传说，不知名的苔，惊人的水生植物，一种急不可耐的生命，密集的湿湿凉凉，随手在河边扔一个鸡蛋壳，站在那里就能看到它被水苔迅速爬满。

除了苔和幼小的猫，东浦已经有几百年没有增加新的东西了。河边矮小的旧屋子一点点坍缩，屋子里的老人在黑暗中不同程度地溶解，有的已经不可识别，有的眼珠仍然发亮，有的还在走来走去。

基本上，东浦的屋子、石板路、老人和树差不多已经互为肢体，如果你踩翻河边的石头，就能听到屋里的异响，黑暗中一个眼神打在你脸上，几乎会有"啪"的一声但没有。然后又是一片寂静。

开始的时候，寂静是一种结果，后来寂静成为一种原因。

寂静让东浦的时间细若游丝，变成一条单行道。在东浦村，一次只能发生一件事。有人捕鱼则炊烟不会袅袅升起，乌篷船缓缓驶过时老人只能在河边枯坐，猫越过屋顶之后才有闪电击中乌桕树。

一件一件，事件列队发生，其余则是一片静止。这种生活，有人称为安详。

而我们的到来是一个意外。

大概在茭白被捞起之后，一个瘦子收网的时候，我们噗的一脚踏进东浦村，这时候渔网刚刚出水，一只小虾跳出来，湿淋淋地停在了半空中。序列紊乱，万籁俱寂，东浦村好像停下来了。

"不好了。"

多年之后，一定会有人议论，闯入者打乱了东浦村。然而现在，猫一直睡到饿，老人盯住我们的背，河岸上一片森森然，水面静如天空，东浦村直直地坠入寂静。怎么办。

只好退出去。

走过深不见底的屋子，走过百无聊赖的撑船人，蹑手蹑脚，一直到东面再往东。能感觉到身后的窸窸窣窣，东浦村重新开始了。

　　而我们只能站在高处，远远地看一眼，在朽木和青泥的味道里默念：风吹乌桕树，日暮伯劳飞，风吹乌桕树，日暮伯劳飞。

53　三个事

"七!"

卡车从山西来,减速的时候喷出热气,发出一声巨大的"七"。

基本上,所有的卡车到了这里都会减速。公路中间总是坐着一个不太清楚的老太太,从早到晚一直在笑,嘴里说着什么,白头发被风吹乱。卡车像一队口渴的猛犸,鼻息沉重,慢慢绕过她,然后再奔向北面。

每次我路过那段路,都看到她在风里摇晃着大笑,被吹成一个白色塑料袋的样子。

后来我终于知道她在笑什么,这已经是十六年之后的事了。

那天我在同仁医院门外,看到有个老头用雨布搭了一个棚,猿类在夜里唱歌是因为想唱歌,而他在世上搭棚是为了换衣服。

所以此刻他正在换衣服,棚顶有阳光漏下来,他的腿又细又白,迟迟蹬不进裤子,蓬松的毛像一个小型的爆炸。

听到笑声他停了下来，警惕地看看我看看天又看看树，然后用布盖住自己。

但烙饼的人假装没有看到，还是在专心地烙饼。

烙饼的人比较胖，稍一放松就会马上流一地，所以她片刻不敢懈怠。人来人往，满地都是泥，她非常专心地往锅里倒油。雨点掉进去发出另外一些小型的爆炸。

身后的小孩百无聊赖，就用手弹她胳膊后面的肉，肉又凉又软，在雨后的街上微微发颤。

这件事情尚未发生，但另一些事情正把它推向一个黄昏，明年北京站的一个黄昏。

这三件事散布在我的前半生之中。但实际上它们发生在同时同地。

时间是一种多屑的饼，一触即碎。可能是我被打散了，也可能是别人被打散了，这都不重要，我们相互迂回路过。

如果你再遇到一个人在路边自言自语，说一些铿铿锵锵，一定要放慢脚步凑过去听。在多年之后的夜里，楼下会发出一阵讪笑，完成这次对话。

54 拦住坟

起初，风吹过松林，后来松林被伐掉，风又吹过杨树林。

杨树，阔叶树的一种，风起的时候，它们发出互相打耳光的声音。

树林里面就是坟，坟就是大地的结石，也是一些茧状的小地带。许多曾祖父就埋在下面，像肝脏里密布的钙化点。他们逐渐溶解，沿着树干涓涓往上。

命运无常，死人这件事不足为道，而如何制止坟的徘徊，则是一个难题。

六百多年来，这些坟头像没有睡醒的鱼，在沙地中极慢地游来游去。如果能在树下站十年，你就能看到有的坟径直游过来，游到脚下，夹杂着野花，顶你的脚。

"Leave me alone！"你可能会这样喊，然而没用，也不必。

"土地的流转……"有人会这样解读，但没那么离奇，从根本上来看，这是一个自然现象。

风蚀是原因之一，风从旷野东边来，把土堆往西吹，像沙漠里飞行的沙丘。日走一千，夜行八百，须臾之间就到了另一棵树下。

而漫不经心的添坟则是主要原因。

多年的风吹日晒之后，坟头坍了一地，后人扛着铁锹过来添坟，然而没有人知道坟的中心在哪，并没有一根针插在一个铜钱的孔里来标注坟的中心。

所以越堆越偏，南边的土被无休止地翻到北边，被铲断的蛇箭一样射穿地面，坟开始挪动了，穿过树林缓缓向北，棺木被远远落在旁边。

年复一年，坟头就这样游来游去，看起来是一集长达六百年的黏土动画。

你可能猜到墓碑的重要性了。

在当代，人们不再破四旧，开始重新怀古，墓碑的生意好起来了。人们把青石杵在那里，作为纪念，但主要是为了拦住坟。给一个又凉又硬的标记：坟在这里。

所以墓碑上写什么并不重要。而且死亡不完全是一件悲伤的事。

有的在墓碑上刻小人，有的刻笑脸，还有的刻了黎曼几何的一截公式。有些较大的家族，用墓碑来打扑克。如果有人立了一张方片7，接下来必然会出现一张方片8，甚至一下打出四个2。

55 平静的奶奶

奶奶在去世之后才开始笑，在十到二十年的时间里，笑容以一种十分缓慢的速度，在照片上渐渐浮现。

完全无法察觉，这是一种极其渺茫的呵呵呵。

有时候你故意背过去，然后突然转身，想目击一个不寻常的现场，但往往什么也发现不了，奶奶还是似笑非笑，屋子里一片寂静。

而坐下来看的话，奶奶其实就是一些明暗，一些斑驳，也就是一些雾一样的黑和白。

而笑容则是明暗流动的一种，笑容就是颧骨和嘴角互相弥散的过程。

这种流动是不可逆的过程，且最终会指向均匀。

一代又一代人长大。遗像最后会变成一种四拍子的黑白格子，黑白白白黑白白白黑白白黑，也可能是更加均匀稳定的棋盘格。或者其他。

过程太漫长，超出了许多人的一生，发现这件事并没有什么必要性。

而后有的格子被尘封，有的格子被扔进废墟，有的格子被烧掉。

　　并没有什么关系。无论在哪，格子的形成都意味着奶奶已经抵达最终的平静。

　　平静就是格式化，平静就是说奶奶真的走了。不会帮你扶正花株，不会在卧室窗外伸手接住空调的水。

56 姚家园一号坑

有没有人指着一条白线说，线的另一边是姚家园？有没有人指着一个白点提示你偏离了姚家园？

是不是没有。姚家园是没有边界的，没有边界也没有中心，很难作为地理名词而存在，它可能只是一瞬，一个念头，一个共同的生活符号，是无数人的口误巧合虚构的一个概念。不可丈量不可称重，不可言之凿凿地谈论。

谁要说他了解姚家园，那都是虚妄的。关于姚家园的研究并不多，可以说极少。

一个初步的发掘在 1998 年开始，邱志杰来主导这项工作。邱志杰，穿高领毛衣，许多研究员中的一个，也可以说是一类研究员的总称。

他把本子翻开，写下第一行记录：

时间到了，绿色的铲子将要落下，对姚家园的质询即将展开，过去将出现在现在，而现在是过去的一种。1998 的某一天，邱。

工作因为天气转凉而略感紧迫，那几天白露横江，日照变短，地面开始收缩，发掘像是一种微创手术，几个人轮番拍打地面让蚯蚓走开，然后画好白线，镐头举起来，太阳落下去，地面一紧，坑出现了。

这个六米乘四米的坑被称为姚家园一号坑，因为寒武纪以来，没有人在姚家园挖过坑。工作持续了数天，地层看似有序，但时间已经被打乱，历史在坑中喷涌而出，弥漫在朝阳区。历史闻起来十分复杂，但基本都带着矿物的味道。

一个帆布手套出土了，带着神秘的记忆，手套的历程已经不可考证，但它就在那里，本身说明了一切，读不读取都不重要。而后发现的打火机可能来自较近的年代，它的火可能还在某地燃烧。之后是玩具娃娃，铝皮手电筒，镰刀和电线，被小心翼翼陆续取出。

研究员邱志杰继续记录：出土的每一个东西都代表着一个切片（切片两个字划掉）单元，单元长短不一，单元的先后顺序不重要，一段唐比一段当代更有价值吗？有吗有吗有吗？发掘工作的第三天，天气不错，邱。

一号坑继续往下挖了七十公分，出土陈列品数十件，按照历史学的说法，最古老的来自地质年代，是一个鹅卵石，碳14追踪显示已有12亿年，最新的是研究员邱志杰的笔帽，笔帽在早上掉进坑里，在中午出土，大家小心翼翼把它捡起来，放在白布上，打了一束柔光。

陈列品只是冰山一角。研究员邱志杰写道：一号坑的一切都是陈列品。分拣与展示工作极其庞杂，实际上完全不可能完成。先这样吧。

发掘工作没有结束，只是暂停了，而且发掘工作并不是要提供什么说法。

展柜可以开放了，人流如织。但参观逐渐成为了生活的一种。人们对姚家园做的最多的事情依然是路过，观望，不假思索地生活在其中。

但这也是必要的，人们吃面，人们剥开橘子，猫擦出静电，风吹过冬青，到处都是生活的窸窸窣窣，这种现实感让路面坚实让河水流动，这就是所有以现世安稳四个字开头的故事。

只有在个别时候，莫名早起的清晨，有人才会想起来，眼前的一切不是姚家园的全部，必然不是姚家园留下的全部叙述、全部疑问和全部答案。

57 不说话的小茅

奶奶们在树底下问他，"茅你几岁了，你得有七十了。"

"合合合哈哈哈哈"小茅大笑一阵，拿着一个玻璃瓶走过去了。他的背弯下去，确实就是七十岁的样子。

但也有人觉得他其实只有五十多，"五十了该娶媳妇了茅"。

"合合合哈哈哈哈"小茅大笑一阵，拿着那个玻璃瓶走过去了。这时候眼看着他饱满了一些，明明就是五十多。

小茅没有名字，实际上他不知道自己的年纪，只好根据大家的说法，反复地老来老去。

他长得很好认。如果看到有黑的东西在街上动，一般就是小茅。

不管春夏秋冬，他只穿一件黑的夹袄，随着天气冷暖，穿穿穿裹裹披披披穿穿，穿裹裹穿穿披披披披，裹裹披披披穿穿，披披披披，披披披，披披披披穿披。

时间久了，大家都看着小茅的黑棉袄来算天气。

"你看他披了披了，要下雨！"

老人总结的"晌午裹，攒柴火，整天穿，把地翻"，非常准，都是一些智慧。

这些小茅都不在意，他蔑视语言，一辈子没说过话，除了喊抬棺号子。毕竟丧事是他唯一关心的事情。

每次有人梦到火光坠地，醒来万籁俱寂，就是要死人了。死人的日子是意外的节日之一，大家换上新衣服都跑过去，一边看葬礼一边社交。

下葬那天是一年当中最紧绷的关头，这条大街比往常更直一些，大家在路边翘着脚看着。抬棺的汉子们严阵以待，纸马堆得很高，情况一触即发。

有风吹过，盲飞的知了击中树干，小茅拿着玻璃瓶，他要罕见地说一些话，也就是说要喊号子了！

"▽呗应丷舒！"

"躅鴬纱叉乁！"

"斐廯廯尉呮！"

"隳敒敒商浍！"

随后八个年轻人抬着地球的一小块，慢慢地齐步走。小茅像一头黑漆漆的鹿，跑在前面指挥着。

太阳落山之前葬礼就会结束。

抬棺喊号子的报酬一般都是烟和酒，小茅的玻璃瓶灌得很满，喝了一口，合合合哈哈哈哈他开心了。然后塞上胶皮塞子揣进怀里。

不过忽然有一天小茅死了。

他一丝不挂趴在院子里，冰凉的蛋被露水打湿。

有几种说法，有人说他偷了酒药的大扁豆来吃，中毒死了。有人说他跟人打架，被一根坚硬的冻鱼戳中了肚子。还有人说他被死人索命，但这明显不可信。

人们议论了一阵，就把他埋了，没有纸马和棺材，就把玻璃瓶和黑棉袄扔进坑里。从这以后，再也没有人喊号子了。

老人们都摇摇头。

后来有三个党员站出来，决定凑点钱立个碑。但不知道该写点什么，毕竟在宇宙里语言是无效的。犹豫了一阵，就在上面刻了一行合合合哈哈哈哈。

58 失焦的马

马越跑越模糊，它不确凿。

不确凿是说，你戳它一下，往往并不知道戳到没有。

马背落下马背没有落下，马蹄抬起来马蹄没有抬起来，马头在摇晃马头没有在摇晃。

马跑在刚才也跑在现在，跑成了一匹以上的样子，马像是木星，像是一切气态星球的表面，像一个茶杯里的胖大海。

总之马失焦了，它找不准自己的轮廓。

这时候华北平原月明星稀，车夫在打瞌睡，霜落在肩膀上，马在车前悄悄弥漫。

车夫是我爷爷，这是民国十六年，他带上两件厚棉袍为北伐的军队送粮，但并不清楚要送给哪一边。这匹忧郁的马，拉着车沿着黄河故道直奔沧州，直到浑身湿透，鼻孔喷出血沫，慢慢变得涣散。

青砖坟上有磷火闪过。马的帧率越来越低，它几乎只剩几个瞬间和几个声音。

我爷爷要下车了。马是他的，他说了算。

他在马的面前用鞭子敲了敲地面，告诉它大地和远方这两个词的严肃性，提示它一匹马的存在应该是严谨的。

"紧起来！"

他后来躺在炕上回忆，当时就是这么吆喝的。

然后梳理马毛，一点一点修正马的轮廓，让它冷却下来。马逐渐变结实了，像一个列宾美院的学生素描。

拍拍马背，马背是温的，而且就在那里，所以可以继续赶路了。

从那以后的多年里，我爷爷反复告诫过夜里赶路的危险性。

跑得太久，人和马都会失焦，你可以喝止一匹模糊的马，但却无法救回自己。

失焦的人是可怕的，会变成七个人，会同时活在刚才，活在现在，活在十米开外，会爱在日出之前，爱在日落之后，爱在午夜降临时。

如果觉得有些场景似曾相识，有些瞬间刚刚经历，就要停下来，不要动。

但根本在于，尽量不要夜奔，不要远离家乡，不要独自抱着悲喜走过一些地方。

59 茄子

它是紫的。

自从被人称作茄子以来，就只能经历茄子的故事了。这让人感到一阵五到六分钟的遗憾。

此刻我们面对面地坐在万达广场的咖啡馆里，准备来一次伟大的、足以载入史册的漫谈，这场谈话以后可能会被叫作"万达谈话"。

我们尽可能摆出一副极其诚实的样子。下面这些事，有一些是它的亲身经历，有一些是它编造的，但我不知道哪些是编造的。

当然也不排除是我编造的，这很难分清楚。

"事情是怎么开始的?"

"这一天，天空不知道被谁擦得干干净净，风也吹得整齐划一，世上所有的书，都刚好翻到最感人的一页。看起来像是要有大事发生但什么都没有发生。在这一天中午，七十四个茄子被装进了纸箱子。最终，只有一个幸存下来，我意识到这一个就是我。"它的回答像是打过草稿。

"发生了什么？"

"很难说，这涉及命运。"

"按照流行的说法，他们被分成几批吃了是吗？"

"当然，不过，这件事没那么简单，不是他们被吃掉了，也有可能是我被吃掉了。在成为幸存者之前，我并不存在，至少我不能区分七十四个茄子里哪一个是我。"

"这么说，你是幸运的……"

"不，应该这么说：幸运的是我。"

"说说后来的事情吧。听说你会发光？"

"后来，我需要做一些事情来完成自己，上过山，下过乡，杀过青蛙，也试过一个星期不洗咖啡杯子。我需要多尝试不同的事情，才能确立自己存在的形式。至于发光这件事，我的确是去树林里练习过。"

"你让我想起了月亮……"

"是的，它跟我有相似的经历，只不过它在发光这件事情上做得比较好，就一直保持下去了。而我因为体力原因放弃了发光，专心发紫。就是你现在看到的样子。"

"蝴蝶也有类似的经历么？"

"当然，世界上所有的东西都不例外，蝴蝶这种东西呢，最终选择了变薄，其实它们以前看起来和马门溪龙差不多的。"

"那我们人类呢？"

"你们选择了撒谎。宇宙中还有其他的东西会撒谎么，没有的。但是相互撒谎并相互相信谎言，也是很有意思的。比如你们发明语言，拍照片，写小说，画画，倾诉感情，等等等等都是撒谎的方式。"

"我不能接受这种说法。"

"你以后会明白的。"

"那我们聊的这些也是在撒谎么？"

"这些是你在记录，以后也是由你表达，注定出口就是谎言。这不关我的事。"

"换个话题吧。"

"嗯，换个话题。"

"说说你和葡萄的纠葛。"

"这件事，有人编故事的时候提到过。说有三颗葡萄总认为自己是茄子。其实偶尔会有这种情况，就是大家选择形态的时候会撞衫，比如茄子和葡萄都选择了变紫，蝴蝶和煎饼都选择了变薄，斑马线和斑马都有条条，窗户和门都有框框，血管和树枝都分叉，方便面和体毛都是弯的……这是想象力不足的表现。"

"有没有你认为非常具有想象力的、独一无二的方式？"

"还是有的，像大食蚁兽，扑翅鸳，它们是独一无二的，但它们过得并不好。"

"为什么呢？"

"天气原因吧。"

"照你这么说，现在的东西还有可能变化么，比如绿豆厌倦了绿色，红豆厌倦了红色，想尝试别的样子。"

"会的。绿豆在成为绿豆之前，曾经试过以五倍音速越过大西洋，如果那时候它能坚持下来，也许它就是鸵银鱼了。"

"鸵银鱼是个什么东西？"

"你还是不知道比较好。"

"我想知道你还有可能变化么？比如……"

"有可能，大多数人都不知道，其实我每天夜里都在厨房里飘来飘去的。"

"你是想成为？"

"目前还没想好。"

"这就是被人们称为进化的事情么？"

"可以这么看。"

这时候天慢慢黑了下来，我意识到该结束了，就问了最后一个问题。

"我们还会再见吗？"

"我和其余的七十三个茄子，来自遥远的中央大街。所以我总是称自己为遥远的茄子。"

"你并没有回答我的问题。"

"那又怎样。"

接下来是五秒钟的沉默，气氛有点尴尬。

我们随后告别，离开了建国路。后来的事情我完全不记得了。

60 多猫的垈头

垈头没有晨钟暮鼓，灯总是多亮三五盏。垈头多猫，这里是一个霜期很长的地方。

垈头的猫都是一些不饱和的大型动物。它们占据了一整只豹的空间，却总是长不满。

但如果你在雨后的夜里走得急，不小心碰到了它豹一样的轮廓，它就会用渺茫的眼神扫过你的颈动脉，提示你尊重这个轮廓。

"Watch！ 留意虚线!"大概是这个意思。

随后它冷冷地背转身，垫步，杳无声息消失在冬青里。

垈头的猫团结紧张严肃活泼，垈头的猫不走无谓之路。

没有一次奔袭是盲目的，你经常能看到它们心事重重奔向远方。

如何调度它们，这是一个大命题。

消息说猫的调度需要一串代码，一系列的逻辑。一般是由图形、字符、计算机代码、石子、烟盒、木棍和绳结构成的语言。

```
if ( !  mInitialized) {
```

⊙ o ⊙！毛虫＞蚂蚁；绕过路灯；左左右右右；小树林

等等这样的。

日复一日，有人会熟练地编好当晚的指令，放在小区里，放在路上，草丛里。基本上你在垡头一带看到的生活垃圾，都是当晚的行动语言。

不要乱动小石子和易拉罐，不要捡起那些带字的废纸，它们在天黑的时候自动生效，清洁工只在早上打扫卫生。

没有人问过为什么，所以别问。

但也有许多无聊的小孩，踢来踢去，导致了猫的彷徨。有猫六次横穿同一条马路，都是因为南楼梓庄的一段乱码。

那么这一切的意义指向何处？

如果非要给垡头下一个定义，基本上，垡头是一个调色板。从南磨房到大柳树，从金蝉路到欢乐谷，一个横跨四环的调色板缓缓落下。

而每一只猫都是一颗热乎乎的像素，又小又浓郁的一只。

调色是猫的终极使命，它们通过遗传，正在有序地调和一种深邃的暗黄。

蓝色的猫被排除了，绿色的也不见了。黄猫越来越多，黄与黑白灰，只保留了这些有用的配色。

它们不厌其烦地控制着繁殖方向，在夜里围在一起，翻看一只新生的小猫：看，多么油润的黄！

所以猫的家谱其实是一张大色谱，这张色谱的终点指向 C20 M30 Y50 K10，指向堡头的三色旗。

是谁主导了这一切。

有人说是堡头的李尔王，一个岗亭里的人。堡头的岗亭密密麻麻，你去问他们，他们一般都会关小风扇，含糊其词，说同志你找谁。

所以让一切自然地发生吧。

总之欢迎来这里观光，有一个铁皮桥，最适合俯瞰堡头。

站在桥上，准备好一到两件往事，眺望史诗般的四环，缓缓诉说的南磨房，金面王朝，众神的黄昏，日落金蝉路，入夜的三星堆，所有的汽车都烧着炭奔向远方，一片暗红的洪流。

堡头无边无际，堡头缓缓升起。

天黑了，沉默的人向左走，叹气的人向右走。我一般向左，因为我从右边来。

61 三个傻儿子

1

三个傻儿子齐刷刷跑在街上，迎着风，发出细小的呼啸声，像三只泥鸽子。

他们不会拐弯，一路朝前，人们在背后指指点点，说他们的爷爷遭了报应。

他们的爷爷叫李树枝，李树枝年轻时候曾经发过飙。

三个傻儿子齐刷刷站在小卖部前，好奇地盯着黑洞洞的门口，屎尿毫无征兆，非常自然地流下来，流在腿上，流在夕阳中。

小卖部的老头子站出来轰他们，吆吆吆去去去。人们在背后指指点点，说他们的爸爸爱梳头，爱练武。

他们的爸爸身高九尺，从外地学了神秘功夫，每天睡到中午，抽一种少有人见的烟。

三个傻儿子齐刷刷坐在台阶上，开心地撞着党员活动室的门，蹦擦擦蹦擦擦，一撞就是一天。

党员急了，停下活动，打开喇叭就喊，李树枝李树枝李、树、枝！你的贝比在撞门在、撞、门！

人们在背后指指点点，说他们的妈连筷子都借，借了也不还，还了也不洗。

他们的妈头发又稀又黄，私奔到一个村子，急急忙忙进屋生下双胞胎，然后每天去打牌。

2

他们名满乡下，不过三个傻儿子其实是两个。

他们从来不会走在地平线中央，总是留出一半路面，一截板凳，一块凉席，总是剩一块馒头，留一个梨，好像第三个傻儿子就在身边。

基本上这些年，他们一直在宇宙中心偏右的位置，给第三个傻儿子留了一个位置。

但几年过去了，三个傻儿子终究还是只有两个。

又过了一些年，婶子们震惊地发现，三个傻儿子长了细细的屌毛。新媳妇羞红了脸，老奶奶笑弯了腰。

兹事体大，能这么一直跑下去吗，不能。党员活动室的门又关上了，气氛凝重，准备开会研究。

就在开会的那天，他们的妈又私奔了，知情人看到她徘徊在三里屯和稻香村之间，寻找爱与生命的可能性。他爸也背着包袱骂骂咧咧出了门，再也没有回来。

三个傻儿子也消失了，就在长出屌毛的第二天。

那天街上空无一人，喇叭里放着忧郁的俄罗斯歌曲，槐花窸窸窣窣落在浮土上。李树枝走到街上大声哭诉，说他的孩子们不见了。人们吃了一惊，到处都在交头接耳。

事情传出去，传到学校，一年级在唱诗，二年级在流泪，三年级在默哀，四年级在点蜡，悲伤的情绪在人间酣情蔓延了一阵。

李树枝哭了一整天，牵着一个凶恶的老太太到处去找，老太太是黑白的，在红红绿绿的野花中格外显眼，那是他深藏里屋五十多年的老伴。

他们步履蹒跚，去柴垛，去池塘，去远方。问白云，白云摇摇头，问大地，大地摆摆手。

3

第二年春天，算命的提着灯缓缓放出话来，说在远方的塞纳河畔见过三个傻儿子，一个红色，一个白色，一个蓝色，李树枝坐在漆黑的桌子旁，头都没有抬。

第二年夏天，有人又说在电视上看到了三个傻儿子，他们参加了奥运会，排得整整齐齐，在游泳池里头朝下哗哗哗伸出剪刀腿，赢得一片掌声。李树枝也没有抬头。

没有必要，因为凡是说看到三个傻儿子的，都是以讹传讹，毕竟三个傻儿子只有两个。

还有人说，他们的爸弄死了他们。就在他们的妈私奔的那个晚上，春寒料峭，他溺死了三个傻儿子。人们都说他心软用了温水，还埋在向阳的暖坡，然后去了另一个地方，重新开启人生，告诉自己要加油。

　　然而真相没有人知道，李老师也不知道，他叹了一口气，去上课了。

　　后来就在无人发觉的一天，李树枝老得厉害，他慢慢进了屋子，关上了门，就再也没有出来。张金元说他在屋子里慢慢变淡，被风吹散在五月的一个夜里。

　　一直到八月，每当夜深人静的时候，人们还能闻到李树枝。

62 谈一谈事情的产生与终结

要讨个说法。

　　即将出现在世界上的铁皮镇，发生了这样一件事情，有三颗葡萄竟然以为自己是茄子，深信不疑并且拒绝面对真相。

　　他们围住了镇政府，敲碎左边的玻璃，扯掉右边的旗子，要讨个说法。

　　第一颗葡萄说："你们认为我是因为颜色产生了混淆，但颜色不重要，重要的是我感觉到自己就是茄子。我热爱油锅，迷恋滋滋声，喜欢五角形的小披风。"

　　第二颗葡萄说："你们认为我是因为颜色产生了混淆，但颜色不重要，重要的是我感觉到自己就是茄子。我热爱油锅，迷恋滋滋声，喜欢五角形的小披风。"

　　听众起了一点骚动，这两颗葡萄甚至没办法区分彼此，这种情况在铁皮镇非常少见，至少在蚯蚓分叉（分叉是因为那条蚯蚓以为自己是另一条）之后，没有过这种不寻常的情形。

第三个葡萄没有说话，因为他认为自己刚刚已经说过了。

人们开始议论纷纷，小明觉得，既然那个澡堂子旁边那个冒烟的东西是烟囱，那么他们为什么不可以是茄子呢。小红觉得，一切东西都是三分天注定七分靠打拼的，这几颗葡萄走自己的路就好了。

小毛很沉默，他倒是没有想那么多，他主要关心这件事情：如果葡萄成了茄子，那铁皮镇就是美国，而美国就是一潭水，水是光，光是沉默，沉默是金，光也是蚯蚓，蚯蚓是一潭水，水是另一些水，水是美国，美国可能是澡堂子……

否定句将不复存在，世界将会像一条贪食蛇一样吃掉自己，行星会纷纷打破自己的头，所有的木桩都拴不住马。铁皮镇不知面临何种命运，但最好的命运将是不曾存在。教皇也恐慌起来，辞了职。

人们继续议论纷纷，觉得天地日月无所谓了，上下左右宁有种乎。有人开始计划宣告一夫一妻制的失败，有人则想证明自己半夜踹寡妇家的门是对的。

他们混乱了。

弗拉基米尔卢来了。

弗拉基米尔卢是在下乡的时候被拉住的。他走在乡间的小路上，暮归的老牛是他的同伴，蓝天配朵夕阳在他的胸膛，缤纷的云彩是晚霞的衣裳。

这时候有人拽住他，告诉他镇上的情形，说革命即将到来。并退后两步大声宣布：谁此刻出现，谁就是救世主。

弗拉基米尔卢解释说自己并不是乡村医生，自己连一匹马都没有。那人还是把他拖到了镇上，推到了众人面前，说，看哪，这个人能从水上行走，让他告诉我们真相。

人们用敬畏的眼神看着他，弗拉基米尔卢内心膨胀了。他试着喊了一声，"要有光！"

然而地上顿时长出一棵树。

"弄死他！"

人们一哄而上打死了弗拉基米尔卢，并把他倒着钉在十字架上晒干了。

那人并没有制止，只是告诉那三个葡萄，弗拉基米尔卢的主要死因是：人们显然确认光并不是树，所以他不是主。既然光不是树，那你们也就不是茄子。所以，对于身份的困惑，也不要太在意。有一个真实的故事是这样的：有一只兔子，终其一生都在打一个不存在的洞，它打洞是因为它认为地板不是地板，它打洞是因为它认为自己是兔子，认知的无序并没有影响生活本身。总之重要的是，要学会忘记。

有一颗葡萄难以接受这一说法，以流水而死的方式自杀了。

另外的葡萄不好意思承认没有听懂，也摆好了难以接受真相的姿势，以流水而死的方式自杀了。

　　运动最终渐渐平息了下去，镇上没有广场，也没有足够的白毛巾来缠胳膊，谁来打响第一枪的事情也争执不下，人们的激情提前退潮了。

　　一切都像往常一样，小明还是若有所思的，小毛还是沉默的，澡堂子还是冒烟的，葡萄也并不是茄子。

　　铁皮镇平静地、若无其事地来到了世界上。

　　而那个人去了别的地方，他走在乡间的小路上，暮归的老牛是他的同伴，蓝天配朵夕阳在他的胸膛，缤纷的云彩是晚霞的衣裳。

63 非常缓慢的死刑

每次死刑都是一阵大恐慌，一轮冰河纪。

因为处死一个人太缓慢了，就像趴下来吹走一座黄河大堤。一次死刑，要消耗数百个行刑者。

总有半途而废的行刑者想逃跑，又被架回来放在那里。

按照习惯，他们自动成为下一个死刑犯。

有歌在唱：行刑是一场修行，而被处死是另一个远方。

死刑没有什么意义可言，别再问了。

这是古老的传统，不能废除。这一带的墙上到处都涂着否定句。

"不可废除。"

"NO。"

"叉号。"

"摆手的小人。"

"喝水的人必须死，而睡着的人不必。"

等等等等。

在家乡，人们终其一生都在等消息，从没有人能顺利地摘完一筐菜。

听到风吹乌桕树日暮伯劳飞，他们就放下插着刀的笋、放下未烧熟的蟹起来看看。

听到雨突然打在石阶上，或者突然没打在石阶上，他们就放下针、放下簸箩起来看看。

一生就是不停地起来看看，等着出现新的死刑犯，就是街上有狗叫、有人敲门多敲一下的那种时刻。

某一天消息终于来了，时候到了，又有人被判了死刑。

悬了很久的晴天霹雳终于响了，一阵沉默之后，大家开始行动起来。

开会，举手，摇头，举手，开会，举手，开会，举手，举手，摇头，举手，开会。

新的行刑队选出来了，他们吹灭蜡烛，背起行李，离开家乡去完成使命。

洗了手，有人拿出一个东西，说这是羊皮卷。

上面有那个古老而严谨的处死方式："瞪他，否定他，拒绝他，一次次离他而去。"

据说这是一个长者在旷野里拿到的，他回来的时候胡子雪白，眼睛发亮。

所以开始吧。

忧郁的刽子手排着队，走到犯人面前，瞪他，否定他，拒绝他，一次次离他而去。

这是一个漫长的过程，春去秋来，大雪下了又下，行刑队不断有人死在犯人前面。补充进来的人会义无反顾地顶上去。

他们背起干粮，跟家人告别，喝一碗水，披星戴月来到刑场。没有一句怨言，走到百无聊赖的犯人面前开始行刑。

瞪他，否定他，拒绝他，一次次离他而去。

死刑太温和太缓慢，远远超出了犯人本来的寿命，没有一次能完成。

但这项传统不可废除，白虹贯日，苍鹰击于殿上，大雾弥漫四十天，一切都昭示着不可废除。

筋疲力尽的行刑者想念家乡的时候，就坐在裸露的山坡上，看看东，看看西，嚼嚼茅草根。

有的发着呆就忽然起身逃跑，又被按住，当场宣判。随后就有人跑回去送消息。

路过的人躲在酸枣丛后面围观这一切，纷纷摇摇头，比画比画，指指日食，大意是说，人生，敬畏，价值观，爱，自省，不可废除等等。

64 寻找筐

张海只有一只眼睛，因为小时候发烧，脑子也烧坏了。

但是他特别有礼貌，见了叔，总是客气地贴在墙边打招呼，"gjljwlein，hhhh！"

"噢噢。"

叔也点点头走过去。

这些年，他总是笑眯眯地背着筐，走过几棵较大的槐树去捡马粪，天黑之前便会回家炒菠菜吃。他很满意，想一直这样直到两鬓斑白。

然而世事无常，这样的日子被打破了，因为这一天，他的筐丢了。

马粪不当饭吃，但没有筐可怎么办，怎么走在大树下，怎么穿过夕阳，怎么在人群里不被看出异常。

生活崩塌了，张海喝了点酒，骑在后院的墙上大哭，"llajglajwougangTT……"惊动了整个村子。

后来叔来了，他决心帮助张海找到筐，毕竟张海帮他挑过水，他皱着眉头，想把事情理清楚，找来一张纸，条分缕析写下几个问题：

第一，什么是筐。

第二，筐来自哪里。

第三，筐到哪里去了。

大家忙完了手上的活都来了，席地而坐，一起出主意。

那么好了，究竟什么是筐？

风吹来吹去，人们唧唧歪歪说了一整天，年轻人唰唰唰唰画着草图，画了一整条街的忧郁和神秘，画了一个筐一样的东西。

张金元嗤的一声，说这哪里是筐。李老师也觉得，完整无误描述一个筐实在是很难。

但就这么坐着也不是办法，婶子们烦了，互相看了一眼，一致认定筐就是那个东西。

"筐吗不就是那个东西！"

但这种没有错的回答是最没用的。而且第一个问题不解决，就没法展开第二个问题。第三个问题，也就是答案，更是无从谈起。

张海陷入了茫然，不知道接下来怎么办，不知道明天会发生什么，他用一只眼睛盯着叔，叔摇摇头，告诉他生活就是这样的。

65 小陨石

李电池爱喝酒，是人群中那些拒不秃顶的人之一。常在巷子头上一动不动站上好久，然后叹一口气回家吃饭。

生活流啊流，生活就是这样的。

然而李电池内心不灭，他是一个藏在人群里的科学爱好者，一个尾事件的研究者。

尾事件的研究无边无际，足足耗完了他的半生。

有天一个人蹬着三轮车走过巷子，一个人蹬着三轮车走过距离猎户座红巨星 1500 光年的巷子，这只是一个尾事件，和一只猴子在打字机前敲出一部哈姆雷特的概率差不多。

在宇宙当中，任何一件事情，概率都是极小的，却必不为零。

比如四十个小陨石排成一圈掉在屋顶上，这件事，可能就要来了。

李电池牢牢记得那个办法：在月明星稀的夜里，把涂满甘油的玻璃片放在屋顶上，就能收集到来自星际的小陨石，或者把湿润的猪膀胱绷在脸盆上也是可以的。

这些雷鸣般的想法，在心里盘踞了许多年，而现在李电池觉得心里长草，是时候了。

他爬上屋顶，开始弄。

这些事情是不能跟别人谈的，毕竟说不出口。

胡同里偶尔有婶子端着咸菜路过，李电池就在屋顶上往下敷衍几句，"嗯吃了你吃了么哈哈哈"。

然后等着她缓慢地走远，再收起笑，心事重重地望向天空。

科学这件事，不足为外人道，慢慢来就是了。

李电池每晚都在屋顶上等着陨石。银河旋转冰架消融，高架桥下的老人缓缓提肛，黑鸟慢慢穿过宇宙射线，他端一碗饭耐心地等。

绿色的小陨石细不可见，但是它一定会落在这里，可能已经落在这里了。

虽然看不到，但是想想就觉得欣慰。

66 香菇刀客

本来日子是无忧无虑的，小明种了香菇，肥肥的长在棚子里。

他每天收香菇、卖香菇、睡觉，或者卖香菇、收香菇、睡觉，有时候也睡觉、卖香菇、收香菇。

这一天他数完了钱，心满意足地躺在床上，准备睡觉了，忽然听到外面传来"欻！"的一声。

"欻！"声音不大不小。

他下了床，躲在草垛后面往棚子里看，只见两个干瘦的驼背老头，一个提着灯，一个拿着小刀，在每个香菇头上划一个十字刀口，手脚麻利刀法娴熟。

他们忙忙活活，每划几个，就满意地喊一声，"欻！"……？

小明一时好奇，在草垛后面也喊了一声"欻！"

老头哆嗦了一下，两张干枯的小脸同时看过来。随即他们吹了提灯，黑暗中有一大把香菇噼里啪啦扔过来。

小明自然是逮不着他们的，村里的菇农七嘴八舌说起同样的怪事，传得越来越吓人。

"香菇刀客，五百年一见，杀人如麻……"

但没有人抓住过他们，也没有人被杀，这件事慢慢地被忘了。

这一年发大水，香菇不好卖，小明决定去城里找一个工作，他背起铺盖卷就走了。

跨过母亲河，穿过秦岭雪，路很远，火车上的人都裹着一小块家乡，无色无味，但牢不可破。小明的家乡很小，只好放在兜里。

路上很顺利，他来到了北京站，东方红的钟声正好敲响。

然而一出火车站就看到了一排灼人的小眼珠，幽幽地看着他。

一排干枯的小老头，穿着蓝布褂子，坐在麦当劳的墙根下，嘴里嚼着什么。

小明紧张地转身走开了，脑后凉飕飕的，马上有小刀要飞过来，完了完了飞过来了……

耳鸣像空袭警报一样响起来，脑袋里刮满了风，就在这生死瞬间，他转身大喊一声"欻！"

这一声惨叫像开水泼在鹿群里，小老头们惊慌起来，四散奔逃。

然而并没有小刀飞过来。

刀客，哈哈。他长出了一口气。

时光荏苒，从这一天往后，日子一言难尽。

小明在国贸上了一个班，活不忙的时候，就在路边走来走去。

　　这时候他最喜欢做的事情，除了数汽车，就是突然喊一声"欤!"，接着手随便一指，那些在烈日下无人发现的隐秘暗处，便蹿出一些小老头，撞翻姑娘，打破花盆，慌不择路。

　　看着大酒店门前一片鸡飞狗跳，他不止一次笑弯了腰。

67 羊呆住了

草从哪里来?

羊吃着吃着就呆住了,无法解释,它想不通。

这个执念摧毁了一切,这就是虚无感,也是心塞的一种。

这件事情反复困扰着许多羊,它们轮番地呆住,放空,又释然,又呆住。

特别是大雪过后,面对矢量的大地,羊慌起来非常可怕。当三百双空洞的眼睛一起转向你,事情就不好办了。

没有人知道接下来会发生什么,人类没有这种经验。不能让所有羊群同时陷入寂静的古训,就刻在一座山上。

赶羊的人大气都不敢出,他尽量把鞭子藏在身后,扭过头去,小声地干咳一下。

过了很久,突然有羊开始恢复咀嚼,嚼嚼嚼嚼嚼嚼,咀嚼声蔓延开来,羊陆陆续续转过头去,恢复了羊群的样子。

事情闯过了一个未知的关口。

在这个世界上,像出现在羊群中的这种毫无保留的、绝望的自省时刻，并不常见，也不太被人注意。

个别你知道的，就是那些搁浅自杀的虎鲸群，和在清晨纷纷击地而死的鸟。

68 一个人

张福禄微微发胖，他看起来是七个人。

实际上他认为自己就是七个人，这七个人就是同一个人。

他鱼贯走过公主坟，又整整齐齐地越过光明桥，他在雨天向东，在晴天向西，排队买了酸奶，又坐在河边看夕阳。

如果没有狭隘的自然数规则，生活本该如此简单。

但人生没有如果，权利需要争取，观念需要涤荡。成为同一个人是一种基本权利，是一种较高级的意识形态，这些事情都需要耐心普及，应该写进书里。

所以他常常在夜里给自己打气，第二天去太阳底下静坐，像那些刚刚学会争取权利的人一样，又勇敢又怯。但他不会说"I have a dream"之类的。

他只印了一款 T 恤，打出一个牌子，写着"看我，拍我肩头，跟我开玩笑"。

路过的人匆匆忙忙，并没有人看他一眼，生活本身就是冷漠的一种。

　　经常有店员看他辛苦，给他一瓶水，他总是果断拒绝。因为如果不是有七瓶水，就等于一瓶也没有。但是也不能这么说，很难讲。

　　有时候警察也会来找麻烦，他们会硬着头皮和警察争执，甚至互相抓住头发，狠狠地瞪着对方，一直僵持到天黑。

　　这些都不算什么，最麻烦的是让人们接受一些基本知识，比如七等于一，复数是虚无的。这简直遥不可及，是不可能完成的任务。

　　想想都觉得疲惫。

　　但这毕竟是一件大使命。张福禄屡次灰心，又屡次告诉自己要勇敢，然后去街上倔强地坐成一排，打出那句尺度极小的口号，"看我，拍我肩头，跟我开玩笑"。

　　太阳很大，天气很热，成为一个人很难，但是一旦你上了街，怎么能轻易放弃。

69 滴杀

我在夜里穿过四惠桥，四惠桥红墙碧瓦，又高又大，我们说好的每晚都要自南向北穿过它。

大雨刚停，桥上的水一直在滴，我看到张书记湿淋淋地坐在桥下。我喊他，他无动于衷，只好放下自行车走过去。

"尊重我好吗。"他不想多说一个字。

我只好走开了，张书记的脾气，我是知道的。

第二天早晨阳光明媚，我又穿过四惠桥。

路边的松枝齐刷刷地指向前面，我看到张书记潮乎乎地坐在桥下。我喊他，他无动于衷。只好放下自行车走过去。

一夜之间，雨水滴穿了他的颅骨，他又凉又白，有蚂蚁爬上肩头。

警察说这是滴杀。不是自杀也不是他杀，是滴杀。

滴杀来自自由意志，但滴杀是自然死亡的一种。

70 四百个老太太

四百个老太太排得整整齐齐在跳舞，鹅一样大的雪花扑通扑通掉下来，她们面无表情，一点也不害怕。

这是我第四次见到她们的情景。那时候我正在打滑，美容店的灯正在亮起，飞机正在飞过但不知道是哪一架。

第一次见到她们是在通州的工地旁。我背着一个不怎么重要的书包但把它抓得很紧，在她们转圈的间隙，躲开四拍子的节奏，急忙赶过去。

有一个老太太汗津津地站在面前说"小伙子我给你唱一首跑马的汉子吧"——我走得很快而且没有回头，所以避免了这种情况的发生。

至于第二次和第三次，已经完全不记得了。

而最近一次，的确是非常让人吃惊的。

那天我和大吴楠上了火车，在数了两千多棵树之后就睡着了。在 5 月的一个清晨醒来的时候，发现下铺围着十一个老太太，她们披着纱，穿着摇摇鞋，带着欢快的神情，面颊飞红宛若处女。而且，越聚越多，完全有聚到四百人的架势。乘客都被挤在一旁。

　　为什么，我总是，会遇到，四百个，老太太?

　　火车毫无知觉地往前开，但一切事情都是有原因的，只是我需要一点时间想清楚。

　　"大抒情!"

　　"对我们要追求大抒情。"

　　"太快了不好，要悠扬的……"

　　这时候她们终于商量好了一首音乐，并把音量开到了最大，流动的旋律像河水一样。

　　火车穿过一片又一片刚刚发芽的树林子，来到了关内，四百个老太太应该是到齐了，她们旁若无人地拥抱，握手寒暄，仿佛到了大日子。

　　太阳差不多升起来了，列车长神情肃穆地打开了车门，但火车却一点都没减速。

　　一个为首的红头发老太太站了出来，点点头，其余的老太太心领神会。随后，她们排好队，缠上白毛巾，从车上鱼跃而出，在河北和内蒙古交界的地方，十分均匀地撒了一路。

71 扫落叶

一到秋天，这些橙色的清洁工就格外忙，树叶子纷纷扬扬，他们扫来扫去。

生活总体来说是过得去的，但这时候发生了一件非常棘手的事。

有几条街道，南礼士路那边的街道，种着大规格银杏八十七株，一直到下大雪的季节，仍然在不分昼夜地落下黄叶。

都是同一些黄叶，沿着三到五种比较漂亮的轨迹一遍遍落下来。

还有一对穿风衣的母女，怎么形容呢，非常安详，微笑着反复走过这条落叶纷飞的街，消失在那头，又出现在这头。

街道办主任非常焦虑，考验西城环卫的时刻到了。

清洁工们被委以重任，只好反复打扫，从南扫到北，从东扫到西，

日复一日，扫起来一些，落下一些，又扫起来一些，又落下来一些，这简直是没有尽头的工作。

生活变得格外艰辛。他们的脸在大雾中变得模糊，在晴天却没法复原，剩下一些橙色的身影，像一些匍匐的荷兰人。

可实际上没有人知道他们究竟有没有在扫，因为扫过的地方，和没扫的地方是完全一样的。

一直到大雪落下，情况都没有好转。到底出了什么问题、出在哪、谁的问题，主任在夜里反复问自己。

可也还是毫无头绪。

一天天过去，后来竟然有人来这里写生，还有路过的喇嘛说这些人清扫落叶就像清扫虚空。

一些年轻人纷纷讨论 #南礼士路的西西弗#，还有人打出小广告，西城区时空 GIF 一日游什么的，游客们兴高采烈拿着扫把加入到队伍里，七手八脚地扫几下。

再后来，人们发现事情就是这样的，有什么不对吗，有任何异常吗。

所以最后没什么人了，剩下清洁工一直打扫，那对母女安详地来来往往，看起来就像第一次出现一样。

72 守鹅人

偶然路过农展馆这件事我完全没有料到，走到池塘边更是想都不会想的事。不过这是一个较小的命运，什么也没改变。

这一天，农展馆的池塘静悄悄，上面有一片碧莲一只鹅，一个老头子坐在岸边，他是守鹅人。

阳光明媚，鹅也非常矜持，但守鹅人境况大不如以前。

的确是让人感慨，前些年刚有鹅的时候，公园每天人满为患，太阳当头照，小孩子钻来钻去，大家纷纷把面包屑扔进水里。

守鹅人也非常热门。许多老头子在馄饨摊上起身，在清晨停下捶树的手，来到管理处报名守鹅，他们眼神笃定，相互点头致意，做好了牺牲晚年的准备。

每天太阳一出来，他们就戴上红袖章，一边维持秩序，一边努力讲解，"不要挤，什么是鹅呢，鹅是没有的……"

那时候盛况空前，简直是黄金时代。

但终于有一天，猫出现了，大家闻讯扔下手里的面包，一哄而散去摸猫了。

池塘陷入了冷清，有风吹来柳树都不飘。

鹅不管这些，鹅还是白白地停在碧莲旁边，保持着池塘的构图。但守鹅人耐不住寂寞，纷纷不干了，最后只剩下这个老头子。不干这个干吗呢。

这会他睡得迷迷糊糊，察觉有人过来赶紧坐直了，然后递过来一张塑封的纸。

上面写着守鹅十则，都是一些车轱辘话：什么是鹅，鹅是没有的，鹅白因为没有鹅，没有才能看到鹅……

非常费解，非常脏。

老头子皱起了眉，拿起一个石子直接扔进鹅里。

"鹅是没有的，不明白吗。鹅是宇宙的盲点，盲点就是漏洞，明白了吗。"

他言之凿凿，关切地看着我，我只好先点点头。

"而且很多人都忽略了一点：科学赏鹅，不要直视，不要长期盯鹅。"

我只好又点点头，但我只是路过而已，我赶时间，必须要走了。

73 大地喷发

我大爷是 U 形的，像一块马蹄铁，但是没走过太远的路。他最远就到过黄河大堤那边。

人都是要归根的，从六十岁开始，他的背越来越弯，身体迅速地掉头向下，划出一条抛物线。这一生的轨迹就像一条鲸鱼跃出地面，等一个月明星稀的晚上再扎进去。

这缓慢的一跃有七十多年，他有点烦了。

羊：

"赶俩羊一放，最好了。"

放羊是他梦想的生活。为此他不耐烦地干着木匠活，一个接一个地钉着小板凳，当当当当，等着七十岁的到来。

这天终于七十岁了，天气不错，总起来说不错吧。他带着皮鞭就出门了。

在很多地方，天空和大地界限是模糊的，不知道多少人走着走着就被地面没了脚背，没了膝盖，没了顶，而且毫无知觉，没顶的地方只会长出一蓬蒿子，家人只能去那蓬蒿草跟前烧点纸。

所以放羊的话，首先要找一个地面清晰的地方。我大爷自然是知道这种地方的，这还用说吗。

而羊这种东西，完全不用费心，你往河床上一坐，就会有羊。难道南太平洋的鲣鱼需要渔夫自带吗，华北平原上的羊也不用。

他坐下开始抽烟，风刮来刮去。等到太阳西斜的时候，荒地里开始冒出圆滚滚的东西，在近处你能听到啵的一声，随后只见它们越来越大，像一朵小蘑菇云。

这时候你得抓紧跑过去把它们赶离原地，哎嗨嗨哎哎去去去去，它们慌里慌张，拔出腿来就跑，这就是羊，羊出现了。

如果不这样，傍晚之前，它们会像水肿一样被地面吸收，剩下一个小白点，那就叫蘑菇了。

基本上，所有的羊，都来自大地，来自一些羊形的小喷发，否则你以为什么是羊。

树也是的。所有的树都是一次缓慢的喷发，不知是谁严厉喝止了维苏威火山，让大地在黄昏时分喷出这些静默的绿色烟火。

所以我大爷弯着腰跑在荒地里，哎嗨嗨……把羊一只一只赶在一起，差不多了，然后坐下来接着抽烟。

羊和矿物一样蠢，它们不知道该怎么办，只好吃草，吃草吃草。

炖喜鹊盖饭：

春天一到，喜鹊就会很多，不过其他季节也够多的。它们喳喳喳飞向天空，搅得这一带鸡犬不宁。

我大爷是绝不会闲着的，他的筐里什么都有。

夹子，一件二维的铁器，放在筐里都没有厚度。一背就是上百个，筐里还是空空荡荡。

在河边把夹子掰开，就像体操学校的老师掰开一个僵硬的小孩，掰到让它痛苦难忍的形状，再放上蚂蚱饵，然后坐下来抽烟放羊。

羊在吃草，在慢慢长大，但肯定没有刚出来时那么快。

忧郁的喜鹊是不会吃饵的，忧郁的喜鹊太矜持，它们只会按照国画里的样子飞在天上，每五分钟换一个姿势，飞得毫无死角。

欢快的喜鹊不管这个，它们喳喳喳稍作商量，就兴高采烈地冲下来了。

夹子没花任何时间，就轻松斩断了它们的脖子，它们喷着血扑腾几分钟就不动了。血迹会慢慢消失，猎物也要抓紧捡起来，稍微一慢，它们的爪子就会生根。

夹子把所有的痛苦都给了欢快的喜鹊，最终它们都恢复了平静。

这样每天总能捉到七八只，有一阵子，这一带只剩下一些国画一样的喜鹊，一声不响地贴在天上。羊还在吃草，吃草吃草。

严格来说，喜鹊只是一些灰黑色的生命碎屑，所有的鸟群都是这样的碎屑。它们在猛犸喷出地面的时候，被抖落在空中。

"这些都是边角料。"我大爷说。

那天我在北京站接我爸，我爸拎着提包从人群里挤出来，提包底下滴着血水，血水滴了一路。

他说这是你大爷给你带的冻喜鹊。

午饭自然是炖喜鹊盖饭，这些硕大的胸肌无臭无味，像炖了八块天空。

74 拆围巾的人

路上发生了一起极其普通的车祸，普通得像没有发生一样。

交警一生中处理过三百起车祸，有的发出巨响，有的有对称的血迹，有的在方向盘上站着不知所措的鹦鹉。唯独这一起车祸毫无特征。

并不是面包车撞上了横贯高速路的奶牛，就是最基本的车祸，像是世界上所有车祸被平均下来。

等救护车实在太无聊了，他们坐在路边开始嗑瓜子，这不严肃，不过这也不能怪他们。

两个人就躺在旁边，像两根吃剩的土豆丝。戴着绿围巾的司机已经死了。

风吹来吹去，救护车迟迟不来，可能世界上并没有救护车这种东西。

那么如何完成这一生，要做点什么，总不能睡过去，也不能一直捏蚂蚁。

一辆旅游大巴呼啸而过，车上刷着蓝色的广告语，"看看自己的生命吧"。

躺在司机旁边的人，开始拆那条沾了土的绿围巾，找到它的线头，细细扯下来，缠成球放在自己这边。

一直到拽不动为止。可能时候到了，但是好遗憾。

他仰在那里看着天地玄黄，日月洪荒，平流层一片寂静，鸟群掠过北半球。最大的心愿，就是交警赶紧过来翻一下尸体，把司机压住的那截围巾拽出来。

75 奶奶不回头

燕子从电线上一直往这边张望，它们就是去年那两只。小明搬一个板凳端一碗挂面坐在院子里，不知道吃的是午饭还是早饭，挂面是奶奶煮的，加了醋，挂面是一定要加醋的。

小时候这样的奶奶很多，一到春天，每个屋子门口都有一个，穿着蓝布褂子，煮完了挂面，就拿一个簸箕坐在屋子前面，一坐就是许多年，一直到了孙子屌毛稀疏的年纪，还坐在那里。

她们从来不说话，有时候翻开红纸包，吃一片年久返潮的桃酥，颌骨像两片缓慢的磨盘。

就这么坐着，越来越稀薄，偶尔有燕子穿过脸颊，也都毫无知觉。

忽然有一年，这一年阳光明媚，枣树提前长出绿芽，她们一个接一个地站起来，缓慢地转身向漆黑的屋门走去。

阳光沿着门框切掉了屋里的阴影，切得整整齐齐，切出一条界线。

　　奶奶迈过去的时候，被这条线删掉了。就像光标删掉这三个句号中的一个。。

　　几年之后，小明去新屋子搬凳子，看到奶奶用身份证照片放大的遗像，似笑非笑地挂在墙上。但那不是奶奶，只是一些脸状的阴影。

　　看着看着，就吓坏了。

　　又过了几年，只记得那些稀薄的奶奶背对着他走进漆黑的屋子里，无论如何都不回头。

　　再后来，这些奶奶慢慢变成了同一个身影，但还是不回头。

76 咳嗽

一般的钢琴曲，都是由一千多个叮和八百多个咚组成的，悲伤一些的，可能要多几十个咚。

这就是钢琴的魅力，它就是一菜一汤。

此刻在夜里，卢靠在床上百无聊赖，来一曲吗，必定要来一曲。

叮的一声，他觉得人生沉渣泛起。

咚的一声，他觉得灵魂铅华尽洗，江湖有风吹来。

这一曲九分钟，还没听完，已经快睡着了。

可是，谁在咳嗽？

耳机里传来一声苍老的咳嗽，在夜里听起来，就像雪地里有只黑狗在瞪他。

卢顿时清醒了，他毛骨悚然地倒回去又听了一段，却再也听不到了。

只好从头开始播放。

叮的一声，他觉得胃里发紧。

咚的一声，他觉得背后有汗。

这一次，咳嗽出现在开头，松弛的痰声让他想起了他爸。

他爸去世之前爱咳嗽，他爸拎着猪下水在夜里拍门，拍一阵咳嗽一阵。

接下来每次听到咳嗽的时候，他都会想起他爸。他爸的五官像融化的麦芽糖每九分钟成形一次。

卢浑身汗津津的，他慢慢地不害怕了。

他爸推着自行车走过桥头，他爸坐在树上抽烟，他爸杀鸡，他爸砰的一声躺在地上赖账，他爸走进没有人的胡同，他爸上台领奖，他爸拿馒头擦锅里的油。

九分钟又九分钟，他爸过完了自己的一生开始过别人的，他爸穿风衣踱步，他爸坐在飞机窗口望着大海若有所思，他爸坐在舞台下看他弹钢琴。

但是他爸只咳嗽，不跟他说话。一直到天光放亮，也什么都没说。

77 分叉的蚯蚓

一条漆黑的蚯蚓探出头来，慢慢地分叉，变成一个裂缝的样子，僵在地上，就在一个普通的雨天。

楼下的那盆什么莓，也趁没人的时候飞快分蘖，到了白天，又在你面前摆出一副慢慢生长的样子。的确是一盆不诚实的莓。

树也是这样的，它们从坑里喷出来，就开始分叉，左分右分左分右分。宇宙当中，左边和右边的树枝，永远是一样多的。

那条地铁线，也在这些年里无法遏制地分了叉。并不是城市需要它，而是它需要城市。它繁殖了整座城市来掩饰分叉这件事。

其他的路，也都是这样，他们绕过森林和山丘，极其隐蔽地分头而去，一条去往星辰，一条去往大海。

毕竟一条长达8000公里的直路是很可怕的。一旦有失速的孤独旅人击中地平线，后果将无法预料。

如果在夜里有陌生的科学家来敲门，说分叉是熵的一种，一定要拉住门口狂吠的狗，要相信他。

在那以后，一定会有一块石板被发现，上面刻着："一切细长的东西，都有分叉的冲动。"

然后你在墙角发现了九宫格的蛇和网状的蚯蚓，金针菇爬出火锅不知去向，食指长出长长的疣体，筷子生出根须，一个手电筒的光会打在六个人的脸上，这些事情不可避免。

不要惊讶，到时候，没有人能画出一条直线，没有一行字是从左向右的，没有人能理清一把吉他的弦。

这些事有人看得透透的，但这个预见毫无意义，并不能让熙熙攘攘的人停下片刻。

78 小倩倩馄饨

小倩倩馄饨离大海不远也不近，老板娘不胖也不瘦，每一碗小倩倩馄饨都热热乎乎。

小倩倩馄饨只开在漆黑的夜里，灯光明亮，任何人一路向东都能找到它。

小倩倩馄饨就是那个上过电视的自杀馄饨店，很多人在夜里推门进来，吃一碗馄饨，然后出门向左，胃里暖暖地跳下防波堤，发出咕咚一声。

基本上，所有从小倩倩馄饨出门向左走的人，都再也没有回来过。

这一天我和大吴楠也来到了海边，凌晨的延安三路一片寂静，如家都已经关了灯。

是吃一碗馄饨还是在寒冷的路上走来走去？当然是吃一碗馄饨，你想，每一碗小倩倩馄饨都热热乎乎。

吃完之后我们去参观那个著名的防波堤。堤上的石头被水冲刷得乌黑发亮，上面刻着一行大字，"大海哗哗的，雾气非常重"。

这是茅老的题词，硕大无比，但是人们心里有事，对它熟视无睹。

一个漆黑的汉子在那里守夜，他在这里干了二十六年，他说他下半身是防波堤的一部分，而上半身即将成为黑夜的一小瓣。

汉子对水花了如指掌，这些年他最大的收获，就是在人们跳下之后的水花里，像读 U 盘一样读取他们的一生。

他像天葬师一样阅人无数，极其深沉，说话不容置疑。

"没有在深夜痛哭过的人，不足以有水花。"他看着天边说，"所以你为什么会有水花，你是颜色不一样的烟火，你沧海桑田，头也不回，你爱过。"

一言难尽，但他看得透透的。

我们自然是不会跳下去的，转身离开了海边。

晨光微曦的时候，是吃早饭的好时候，其实我还想吃小倩倩馄饨，毕竟每一碗小倩倩馄饨都热热乎乎。

79 农展馆摸猫现场

猫出来了，主要是黄猫（猫的颜色不重要），它们肥肥地在水泥地上溜达，虽然只有七八只，但是却摆出一种十四五只的样子。

人群开始安静下来，他们放下行李紧盯着猫，整个农展馆都鸦雀无声。一个婶子开始张罗，来吧大家开始吧来，于是大家草草排成一个队伍。

猫躺下了，像七八摊口香糖。

又一阵寂静，第一排的几个人按耐不住了，喇嗦喇嗦地走过去，蹲下就摸。

最舒服的就是刚开始摸的那几下，猫浓浓的，滑而不腻，回味无穷，该怎么说这种感觉呢。你想他们等了一年多，早起吃了面，上了火车来到农展馆，就为了细细摸掉一只猫。

随后有风吹来，猫慢慢地没有开始那么浓郁了，一年里最好的时光已经过去。

再过一阵，就会变得更淡，到最后就什么也摸不到了。省着摸也行，但也止不住越摸越淡。生活就是这样的。

他们只好恋恋不舍地起身。有几个女人顿时低落了，转身趴在老公肩头上，男人小声劝着，好了好了生活就是这样的。

后面还有人等着，不耐烦地看表，等第二批猫出来，他们深呼吸一下走过去，切而不急地蹲下。

一批一批，一直到太阳落山，这些人酒足饭饱一样，神情涣散，拖着行李慢慢走去如家。

然而天一黑下来，那些被摸掉的猫，就慢慢又浮现出一些痕迹，能看到它们深深浅浅地趴在水泥地上。

一般来说不用管它们，几个捡瓶子的老太太早就在远处等着了。人一走，她们就过来挑一些较深的再摸几把，然后把这堆索然无味的猫扔进口袋，消失在夜里。

80 一个地方

　　那天晚上大雾铺天盖地，但埋兔子的地方一片寂静。

　　流动警务室在大雾里闪着蓝灯，有人把烟头扔在路上。墙角长出的蘑菇在猫肚子上戳来戳去，冬青的叶子低头躲过剪刀，铺路的鹅卵石在夜里偷偷换位置。

　　一个老头在路边烧纸，过了十二点，一个加班的清洁工在纸灰熄灭的地方画圈，买汤力水的年轻人走过他身边。

　　刚才这些事情，在这里从来没有发生过，另一些事情，更没有发生。

　　烙油饼的味道飘过夜里的石板路，也是不可能的，没有油纸伞，哪来的石板路呢。

　　对面的丽晶湾顶楼，从来没有小孩用涂满了甘油的玻璃片收集星际尘埃，如果有个中年人说看到了这一幕，并且号称自己是他爸爸，那一定是撒谎，毕竟这个中年人都没有存在过。

　　伽马射线扫过树林子，神秘石板指引小卖部老板，聋哑人隔着臭水河用手语讲故事，这些事也没有证据表明曾经发生过。

　　命运在这里陷入了空白，光锥繁忙，但都恰好绕过这片树林。在这里，没有发生的事比发生过的事多很多。

　　只能用否定句才能准确描述它，你需要耗尽一生，涂掉绝大多数事情。

　　怎么说呢，找这样的地方，就像在大西洋里找一块海水。

　　我们是在埋兔子的时候才偶然发现这里的，那是 8 月的一天，雨水打湿了我的背。兔子埋在较浅的地方，希望它安息。

81 睡不好

小明这天晚上睡得不好，因为窗外每隔一会就会"喀嚓"响一声，这肯定不是鬼嗑花生，花生十年前就灭绝了。

早上，小明一开门看到了满院子的蜗牛，一只接一只沿着镰刀的刃爬过去，慢慢地把身体剖成两条。

小红在镰刀另一头等着，每当有一只蜗牛掉下来的时候，就张嘴接住嗑开，发出小小的"喀嚓"声。

小明有天晚上又没睡好。他生病了。所以喝了一桶凉水，然后钻进了被窝。

天慢慢黑下来，他百无聊赖地撕了一会墙纸，就睡着了。

夜里一点风都没有。屋子里忽然传来"吧唧吧唧吧唧吧唧"的声音。

是谁在吃东西？

不可能是奶奶，奶奶已经去世了。也不是蠹虫。难道是在做梦，他掐了一下自己的腿。

不对，他慌忙翻身坐起来点上了蜡烛。

在昏暗的烛光里，发现糊墙的报纸，不小心被自己撕出了一只肥羊的形状。

这只羊，正在起劲地嚼着剩下的报纸。

小明这些天晚上一直没有睡好，他好像又病了，总是想吐。

后来他看到星星划过的轨迹哆嗦了一下，听到床底下有巨石升起的声音，终于想明白了，头晕是大陆漂移造成的，而呕吐是头晕造成的，呕吐不是病，也不疼，以后得习惯才行。

82 被唾弃了

张书记急了，有人吐他口水。这摊口水冰凉冰凉的，有大海的气息。

在这个菜市场里，谁会有胆量吐一个穿白衬衫的人。

"是谁!"

他东张西望，最后发现了一个不怀好意的海鲜摊子。

老板衣衫不整，一直在假装收拾兜子，吃吃地偷笑着，拿一只螃蟹扔来扔去。

别的没有异常，带鱼是孤独的，牡蛎在沉睡，不能怪它们。

但那盆花蛤很可疑!

它们一动不动，时而装作矿物，时而装作植物，好像公交车底下的老太太。

然而小眼睛却在暗处盯着你，这些年来，宇宙的龌龊之事，就是这样被他们看在眼里抓在手里。它们没人敢惹，总是得意扬扬，时常冷笑着扬长而去。

就现在，张书记眼睁睁地看着又一口水喷出来。

"是哪一只!"

他蹲下来盯着大铁盆，要抓现行，任凭人来人往议论纷纷。

这个菜市场极大，许多睡眼惺忪的婶子在买西红柿的时候，不知不觉过完了一生。许多老一点的人进去就再也没出来，但这就是生活，这就是命运本身。

张书记放弃了买菜，坚决盯着盆子。

忽然所有的花蛤都飞快地翻了一个身，齐刷刷地吐了他一头。

一些婶子拎着西红柿在后面喊喊喳喳。

"被唾弃了哈。"

"是啊被唾弃了。"

83　斑马线

　　绿灯有五十五秒，弗拉基米尔卢过马路的时候却意外摔倒了，三处淤青，两处破皮，而且还十分的丢人。

　　这能怪鞋不好吗，他明明是被斑马线绊倒了。走过黄线的时候，也得格外小心，新刷的黄线是最硬的。

　　弗拉基米尔卢只好去了东直门医院，看一看这到底是怎么回事。

　　医院里的箭头让人心烦，到处乱指。那天在地铁里的喇嘛，也是被这些箭头搞乱了。

　　大夫告诉卢，要多喝水，别着急。

　　"我过马路老紧张……"

　　"多喝水，别着急。"

　　"我被斑马线绊倒了。"

　　"你这样吧，你多喝水，别着急。"

　　弗拉基米尔卢其实不知道自己遇到了名医，这个医生看穿了疾病的本质：所有的病，都是同一种病，花花绿绿的药，都是安慰剂。

　　至于这种病，不是什么罕见的事情，石佛营的孤寡老人，就经常被电线的影子抽伤脸。他后来不敢在晴天出门。下大雨那天，绵羊胡同里有一个人被手电筒击穿。3月的时候，一个忧伤的机长，在夜里被密集的纬线割喉，消失在茫茫大西洋里。小明的奶奶们，也是这么一个一个消失的。

有些人会越来越抽象，抽象的人在这个世界上危机四伏。

只有一个不怎么洗头的诗人，用生命提示过这个宿命，给每一条河每一座山取一个温暖的名字什么的，但随后地平线腰斩了他。

这些弗拉基米尔卢都无从知道，他每天多喝水，不着急，在早高峰的洪流里，蹑手蹑脚地走过斑马线。

84 如何抓住一只狂奔的鸡

在我人生的长河中，的确曾经抓到过一只鸡。

有时候鸡和爱情一样，是盲的。

所以鸡在天黑的时候是最好抓的，它们肋下发烫，心跳密集，小眼睛完全看不见，有的原地扑腾，有的软绵绵，有的不卑不亢。

唯独不存在飞奔的情况。至少以前的鸡都是不飞奔的，现在的鸡说不好。

你可以随便抓它们，用两只手，用单手，用兰花指，一大大二大大七擒七纵。

这些，我见多了。

但自己下手抓，只有一次，那是在1993年暑假的时候。

以前鸡都是要打针的，一到夏天，省防疫站的医生就出现在地平线上，他们穿着白大褂，提前两天就放出风声，"大鸡瘟，空前绝后大鸡瘟。"

大家只好都拿出几毛钱准备给鸡打一针。

天一黑，医生就背着红十字药箱，从西向东，有条不紊严肃推进。

远远地能听到此起彼伏的鸡叫，哎呀哎呀，哎呀哎呀哎呀，哎呀哎呀哎呀哎呀……

叫声越来越近，终于到了这条街，大家赶紧开门，医生拉拉套袖开始逮鸡，拿出银色的大针筒，在每只鸡翅膀下面飞快地来一针，一针两毛，两针四毛，三针六毛……这时候要是给他倒杯水，他一定皱着眉头摆摆手，"看病要紧。"

这时候忽然有只鸡挣脱了，医生一看它慌里慌张的样子，就喊住准备下手的婶子，"不用追，你冷落它，你冷落它就行！"

婶子就看着天，背对着鸡，看起来像是要结束这段养殖。

僵持了一分钟，这只鸡无助了，只好怯怯地走回来。

医生告诉我，小伙子你把它拿过来。我走过去，在我人生的长河中，抓到了第一只鸡。

所以要做一个心灵捕手。

85 觉得庞中华的字俗气，是后来的事

觉得庞中华的字俗气，是后来的事。

三年级之前，人是没有资格用钢笔的。用钢笔在本子上写下自己的名字，是很不一般的体验。钢笔是人生中的第一匹小马，第一支猎枪。

但是写连笔字，想都不要想。你会喝茶吗，你听过单田芳吗，两样都不会，就不要写连笔字。

那是一个非常漫长的二年级，非常灰暗。你想偌大铁皮文具盒里只有一支黄铅笔，人的忍耐都是有限度的。

有一天，三年级终于到来，我反而十分平静。

世事洞明是一方面，另一个原因是，我预感到自己会一直用肤浅的海鸥牌纯蓝墨水，纯蓝墨水有一股低年级的味儿，说不上来。

至于那种成熟的、带有大舅气质的鸵鸟牌蓝黑墨水，我只在党员活动室里见过，总有人在那打牌，抽烟，吃鸡爪子，墨水瓶神秘地放在那里。

其实只有会计会用到蓝黑墨水，计叁仟贰佰壹拾陆圆正！是连笔字，写完轻轻一点，非常带劲，用现在的

话说，就是醉了。

纯蓝墨水写不出有气质的字，这种苦衷在当时无人理睬。后来也无人理睬。

但我没有意识到的是，就在 1993 年，庞中华的时代已经悄悄逼近，可以说他穿西装的影子，已经在学校门口逡巡了。

有一天，我在地摊上发现了一本庞中华钢笔字帖，后来在教导主任办公室也看到了，同学家里也有。他的确是我印象中第一个穿西装的人，照片上那种望着远方的感觉，影响了我一阵子。

庞中华的大潮正式到来，是在较高年级时期。那时候学习繁忙，下午不可能再有午睡，一点钟文艺委员就开始领唱，花的心，藏在蕊中，预备起……唱完花心，便开始上课。语文老师练庞中华非常有心得，板书也非常用力，尤其是写"丰"这类字，唰唰唰写完了横，再凛冽地来一竖，这一竖拉得很长，无故向内一抖，然后满面带笑转过来。

用现在的话说，就是醉了。

不过已经晚了，我已经走上了毛笔字的道路，变得非常清高。

想想实力上也确实遥遥领先。蚕头雁尾，起承转合，书山有路勤为径，学海无涯苦作舟，大唐西京千福寺，这些东西我都熟。

而且我很忙，课余时间要烧高锰酸钾，写多宝塔碑，看少年百科知识问答。所以从来没有买过庞中华的字帖，家里那一本不知道是谁的。

那些年我注意到女同学练庞中华都很有成效，可惜普遍半途而废，变成了一模一样的骨折体，她们的作业，好像同一本作业。而男同学有的上清华，有的学汽修，有的被枪毙，他们的字我已经完全不记得了。

我的字一直停留在多宝塔碑第一页，再也没有什么长进，因为我又走上了科学的道路。

就这样一直进了高中校园，没有人再提庞中华，因为汪国真的诗，已经出现在夕阳中了。

86 苍蝇为什么会搓手

他们冷吗，他们不冷，

他们内向，他们局促，

他们初次见面手足无措，

脸上飞满红晕，迟迟开不了口，

只好一直搓着手，搓着手搓着手，

直到太阳落山，沙小打烊，

转身离去也许是种解脱，

但是为了这次相逢，连续飞过两片大海，

换成是你，会退缩吗！

而且世事无常命运坎坷，

此时错过，就永远错过，

此时孤单，就永远孤单，

这段山楂树之恋，怎能就此结束，

但还是……开不了口，

只好讪笑，搓手，讪笑，搓手，

直到太阳升起，沙小开门，

鸭腿饭上来又下去，

猪脑汤热了又凉了，

说点什么吗

说点什么吧

说点什么呢

说点什么啊

如果此刻聊起天气，就只能永远聊天气，

如果此刻聊起童年，就只能永远聊童年，

一旦抓住话头，再也不敢放手，

然而天气又不是爱，童年也不是爱，

聊了又怎样，

有风吹过，一片沉默，

搓手，搓手搓手，搓手搓手，

直到太阳落山，沙小打烊……

所以搓手主要是因为太内向了。

87

外星人喜欢吃什么

印象不深了，我最后一次见到外星人是在 1993 年。

那时候村子里结婚的人家都煮大锅菜，只要来看热闹的，都可以坐下吃一碗，馒头也是管饱的。

我那会上五年级，新郎要管我叫叔，也算是个亲戚，所以我多少要干点活，比如带亲戚落座什么的。

当时我记得陆陆续续来了四十多个大爷，第一个戴草帽，弯着腰，左腿有点瘸，第二个戴草帽，弯着腰，右腿有点瘸，第三个戴草帽，弯着腰，左腿有点瘸，第四个戴草帽，弯着腰，右腿有点瘸，第五个戴草帽，弯着腰，左腿有点瘸……

他们看起来都差不多，都嘿嘿嘿嘿地笑着，见了小孩的头就要摸一下。所以我压根分不清哪个是哪个，记账的人也迷糊了，大概就是马庄的三姑老爷，魏寨的四舅爷爷，管庄的大姑父，随便写都不会错，反正他们都只随两块钱的礼钱。

但问题是人数也没有数太清楚，就好像你数一筐小鸡，第一次数到十五的时候弄混了，第二次数到二十一的时候它们骚动了，第三次数到七就数串了。

所以最后安排座位的时候只能估计着分一下拨，他们也不介意，嘿嘿嘿嘿就坐下了，盛一碗饭就开始吃，院子里顿时一片噗噗啦啦的声音，边吃边聊，嘿嘿嘿嘿，嘿嘿嘿……

然而有三个老头，仔细看非常不一样，别人都爱吃大猪肉片，他们好像只嗦粉条，吸溜吸溜，很爽的样子，感觉吃粉条饱不饱都不重要，怎么说呢，看起来好像是一种精神需求。

而且我去帮着盛菜的时候听到他们聊些怪怪的事。

"这东西也就地球上有……"

"多吃点，回去别乱说。"

差不多到了下午，大家都吃饱了，在喝茶水，他们又在那窃窃私语。

"我先走了，你们别急，一个一个走。"一个老头说完就闪了，留下一道闪光。看上去就像那种老式的电视，关掉的一瞬间屏幕上会留一道闪光。那种情形，应该发出 piu 的一声但其实没有。另外两个偷偷看看左右，若无其事继续聊。

而院子里压根看不出发生过什么。

我当时确实是惊呆了。

这么说来他们是爱吃粉条的。

88

孤独感有什么用处

孤独不是消极情绪，而是一种矫正机制。

1.孤独感是一种变异警报。

在许多的白萝卜中间，一个透明的萝卜注定会孤独一生。田鼠们走过去都会侧目，然后围在一起议论纷纷。

身为异种的压力无处倾诉，起风了，生活是艰难的。

这就和那头 52 赫兹鲸一样。也和巴黎圣母院的敲钟人、和格里高利·萨姆沙一样。

但这种孤独感保证了透明的胡萝卜不再出现，因为畸形对于进化来说是危险的。基本上，它们喜欢一切趋同，在陕北榆林的同一亩地里，基因有序，种群稳定，一起被装上拖拉机运往华联超市，白白地躺在车厢里不分彼此，没有个体意识。

从没有人会把一个萝卜跟其他萝卜区分开来，从没有人会认识一个特别的萝卜并喊它一声"阿妮塔"。

因为恐独，所以不变。

对孤独感的恐惧降低了变异的几率，它们有一种舒服的共性。

一个不可推翻的结论：孤独感是趋同进化的需要。

2. 只有地球上才会有孤独感。

上帝喜欢复制粘贴。

这件事已经暴露了很久，中国民科院早已经研究过这个问题。

同一类生物的形态与体积都基本趋同，这是一种由基因控制的复制粘贴。

没有三十二斤的苹果，没有身高四米的人，没有绿豆那么大的黄豆，没有麻雀一样大的鸡。

如果有，它们将是孤独的，孤独的后果很可怕，其中一项是无法繁殖，所以没有。

工业生产也不自觉地继承了这种复制粘贴，解释为标准化，效率，设计，量产等等。不符合规格的产品被称为次品。

铺路的同一批砖，M4A1 的子弹，所有的《新京报》，所有的 iPhone6，还有昨晚碰在一起的酒杯，都基本是等大的。

人们本能地喜欢整齐划一的商品阵列，反抗这种本能的一般会被称为艺术家，艺术家都活不长。

所有的不同都是小概率事件，会被称为意外、个性、奇怪，意味着风险、高成本和孤独。

所以造物是懒惰的，安排好基因，然后看着万物有序地复制，连进化都是一个生命周期内无法察觉的，看起来岁月静好。

正是这种复制粘贴导致了异类的自觉，孤独由此而来。

如果地球是一局消除游戏，只需要十二步就能消除掉大部分事物，留下来的都是孤独者。

而在地球之外的地方，没有任何事物是按同一程序复制的。没有趋同，也就不会有孤独。

另外，真正的孤独感受永远是负面的，一个溜着墙角走路的残疾小孩，一个跨性别者，一个黑色的冰雹才会了解。

而我们在某天下午的所谓孤独，大部分都是荷尔蒙带来的错觉，一般是出于一种淡淡的交配压力。

这种压力通常会表现为字数极少的朋友圈，以及发照片加滤镜、抽烟、喝酒、去丽江。

所以不要自怜了。

89 最大的静物

北伐

一个春天，太平军北伐了。

到了黄河边，曾立昌拉住了马，前面是凋敝的临清，微苦的临清，还有城墙低矮的夏津。

在夏津和临清之间，曾立昌选择了临清，临清这个名字，明显更有诗意。

所以让杀戮开始吧。

太平军开始挖壕沟，从地下越过护城河，把火药埋到了城墙底下。守城的清兵也在挖壕沟，注入河水，可惜他们挖得太抽象了。

4 月 12 日黄昏，曾立昌用柳条一指临清城门，太平军开始佯攻。另外五个人则在坑道中摸黑前进，点燃了城墙底下的火药。

沙土地咳嗽了一声，西门城墙塌了。太平军用了一个小时的时间，肃清了城里的守军。

这是 1854 年，临清知州张积功，和全家人一起死在瓦砾中。

江北大营的提督胜保，带人赶来救援临清的时候，已经太晚了。史书说大风突然刮起来，临清消失在风沙中。

但张积功在死之前烧掉了所有的存粮和火药，曾立昌的太平军一无所获，只好走来走去，喝汤，殴打无助的商贩。

在知州举家遇难之后，济南知府找到了张积功的侄子，张积中之子张绍陵，然后看着他的眼睛。

"你袭荫吧。"

张绍陵正在吃菱角，一时说不出什么，只好答应了。

于是张绍陵按制度袭荫，成了山东的一名候补知县，他的父亲张积中，在太平军反攻扬州的时候，也追随他来到山东，事情就这样发生了。

1856 年，阳光刺眼，张积中一觉醒来感觉有些口渴，心里浮现一个山丘，万物的内在有些飘忽，然后他起身，稳了一稳，就去黄崖建立了中国的梵蒂冈。

去年，我在蓝色港湾吃饭的时候，邻桌有人说，中国的历史从黄崖开始，又在黄崖结束，只有短短六七年。其余的五千年都是铺垫，就像卷轴的白底，手机的边框，包子的厚皮。

我顿时就觉得非常有道理。

不办团练了

因为办团练没意思。

从二十五岁开始，张积中在湖广总督周天爵帐中办事，他招募农民，让他们拿着竹竿站成一排，走一走练一练，然后每人发一件回收的死人衣服，去围剿太平军。

他们在江南大营的正规军侧翼，举着旗子像鹅一样在跑，但一触即溃。

这是一件很荒诞的事。荒诞有时候有神性，有时候则很令人沮丧。

张积中隐隐约约意识到，团练与国际象棋、色情、绘画一样，有一种内在的机械性。但他完全无法表达，也没有在公文边缘上留下只言片语，哪怕连一个莫名的小人都不曾画过，因为他不知道自己意识到了。

他只是比较烦躁，从军是没有意思的，做文人没有意思，做幕僚也没有意思，去和亲戚一样当盐商也没有意思。如果你不穷，盐有什么好贩的。

算了，张积中回到泰州，睡了一觉，然后去扬州拜访了周星垣。

周星垣，泰州学派的传承人，名字意为"星星在自己的厕里跺着脚"，非常威严神秘的宗师，原来竟是漆黑的一个，在廊檐下脊背高高耸起，眼睛极小，整个人看起来是一种兽类，不知道在那练什么。

但是他看到张积中在门口作揖，也直起身来拱手回礼，完全就是一个大师的样子。

"不办团练了？"

"不办了。"

"办团练有什么问题？"

"团练缺乏神性。"

神性，是张积中来扬州要找的东西。

没事的时候，张积中和周星垣经常在瘦西湖边上坐着长谈，看风吹树，捡起石子打水漂。

周星垣擅长的只有三件事：吐纳、辟谷、符箓。张积中想了几个月之后，就拜他为师，吐纳学得不错，辟谷一般，符箓尚可。

辟谷学得一般，是因为张积中总会低血糖，低血糖令人抑郁，会导致灰视，并且会吞噬神性。

但两个人在学问上建树颇多，先师王艮和林兆恩留下来的理论，经过发展已经成了名噪一时的显学，许多追随者慕名而来，拎着板鸭风尘仆仆地等在门外。

周星垣把新的教义继续称为泰州学派，有时候也叫太谷学派，没有外人的时候，就开始放心地叫大成教。

当学派成了教门的时候，两江总督便开始注意到了。

一个傍晚，周星垣散步回家，烟袋还没有放下，就看到几个人在家里等着他。他知道在劫难逃，便远远地开始吐纳。入狱之后，吐纳、辟谷、符箓三件事只剩一件，他在狱中长时间地奋笔疾书，长时间地深呼吸，在扬州潮湿的监狱中，这种日渐虚弱的深呼吸，是唯一一种微小的风暴。

出狱之后，周星垣很快就去世了。

门生一哄而散，只剩下张积中和李光忻，拿着笔站在那里。

两位先师

周星垣已死。他的教义，可以追溯到明朝的王艮和林兆恩。

王艮，泰州盐民，二十一岁成为盐商，二十八岁时梦见只手托举天空，从而觉得自己开心才是最重要的。

1521年，他开始追随王阳明，王阳明似乎有些嫌弃他，但没有明说。

王艮本来没想做学问，后来在王阳明点拨之下，也开始蹲在墙角思考问题。

一夜之间，王艮的自我完全觉醒了。他强烈主张，人活着要以自我为中心，要关注快乐这件事。

总之就是要开心。

然后王艮开始补习古籍，逢人便讨论请教，因为文笔不好，所以从来不写书，也不拘泥于经典，只是口述。八年之后王阳明去世，王艮就回到泰州开办学校。学生中有农民、盐民，也有砍柴的人，共四百八十七人。

后人称他为贩盐的伊壁鸠鲁，也有人把这四百八十七人一起视为王艮本人，像多年以后的SNH48。

林兆恩，也宣称自己做了一个梦，梦见与孔子老子和佛陀相会，聊了很久。

然后他带上干粮，徒步穿越东南沿海一带，大批农民、逃兵、空虚的贡生在后面跟着他。林兆恩知道五饼二鱼的故事，但他不用那一套，仅仅靠治病，他已经可以征服福建两广。

林的治病术叫"艮背法",王艮的艮,他建议病人把所有注意力集中到自己的背后,这样便可以获得一种积极的势。

有些人做不太好,总是把背后当成后背,以至于觉得自己背上有异物和有蚁行感。

一个学生急忙举手,"老师,你看我背上是否有龙。"

"没有。"

"那是什么,是历史的重担吗。"

"是杂念。"

林兆恩在上课的时候,在席地而坐的学生和病人中间走来走去,反反复复叮嘱,"集中在背后,不是集中在后背"。

当名声大起来的时候,有人开始觉得这是异端,但林兆恩的家世背景平息了这一切。

林去世后,各地开始兴建三教堂,纪念三教合一,陆陆续续的修建绵延了两百年,直到惊动朝廷。

到了清代,乾隆放下筷子,果断下令禁止修建三教堂。

周星垣的思想,在他没有出生的时候就已经确定,这也影响了张积中。

黄崖的事端,在王艮和林兆恩时代就已经开始。

师弟李光忻

周的另外一个弟子是李光忻。

李光忻和张积中个性迥异,关系一般,但偶尔也会对一对诗:

"庐山有树皆知我，庐山有石皆悲伤。"

"怀我好音惊我梦，在山容易出山难，天涯有客惜分阴，摊着诗囊对着琴。"

都是一小捆柴一小捆柴那样的小诗，对完诗，他们在池边搓着手，长时间地沉默着，看着白苹红蓼，等耻感散尽，坐姿才能放松下来。

作为文人不行，但在立教上，他们却是天才。

李光忻生性忧郁，有一些木讷，但是极善于说服。

在周老师死后，李光忻觉得扬州很憋闷，便开始四处游历。他首先放弃了自己的生活，然后劝说另外一些有慧根的人也放弃生活。因为生活和爱一样，是一种黏糊糊的抽象总体概念，有着极大的局限性。放弃生活，其实是让自己更加清晰。

一位担任了十多年知县的进士，在李光忻的劝说下放弃了仕途，转而投身传教事业。那天刚下过雨，在长满青苔的白墙下，李光忻看着他，问道：王进士在此，你在何处？王进士想了想，便决定远离官场。

另外一个甘肃藩司也是如此。李光忻在河边饮马的时候认识了他，短短一刻钟，便说服了这位藩司。当时李光忻看着河对岸，很久不说话，最后用一种特殊的绝望的语气，对旁边晾脚的藩司说，"投河吧。"

藩司顿时就有了强烈的投河冲动。这不是催眠，而是无目的无动机的纯粹说服，一种深度的感染。

有人需要行，有人需要止。在李光忻四处流浪的时候，张积中找到了自己的方式，他要坐下来，留在扬州。

张积中在家里一边著书一边讲课，他宣称，周老师的遗体已经缓慢挥发，消散在扬州、泰州一带的大雾中，周老师有一种雨后的味道。

扬州的太谷学派信徒，在噤声好几年之后，开始探出头来，纷纷追随张积中。

去山东

太平军开始反攻扬州了，甚至能听到脚步声。

张积中和几位密友告别，背上重要的书，逃离扬州，投奔在山东做候补知县的儿子张绍陵。当他推门进来的时候，张绍陵正在吃菱角。

张积中的表弟吴载勋也在山东做官，吴载勋善于征税，喜欢征税，尤其热衷于在荒凉的华北征税，每年都迫不及待地征税，说到征税脸上就泛起潮红。征税弄脏了他的鞋子，他也因此赢得了朝廷认可，户部的人点了点头。

吴载勋让张积中在肥城和长清交界的地方安顿下来，这里很安静。

肥城的一位生员刘曜东，钦慕张积中已久，张积中刚到肥城，他便来拜访。旧房子里有一种森凉的气息，张积中正在看檩条上的蜘蛛，刘曜东站在门外，就像张积中第一次拜访周星垣一样局促。张积中看到刘曜东垂在那里，就把他迎了进来。

刘曜东成为他在山东的第一个弟子，并在黄崖山里给了张积中一间房。

黄崖三面环山，高一英里，有台地，有稀疏的松林，有风，有干枯的鹿。

1856年，阳光刺眼，张积中午觉醒来感觉有些口渴，心里浮现一个山丘，却不是黄崖诸峰的任何一个，他早年的诗里写过一个神秘的天台，此刻天台出现了。

黄崖路不好走，吴载勋劝张积中迁居博山，博山风光好，但是张积中更喜欢贫瘠的黄崖，半年之后又搬了回来。

捻军此时正呼啸在山东大地上，路边随处可见胀大的腐尸，难民越来越多，有人开始试着登上黄崖，寻找传说中的张圣人。他们又饿又累，两眼突出，在石头墙后面小心地张望。

张积中远远地看到了他们，想了一想，便招手让他们过去。

从此，八千人开始上黄崖。

在吴载勋升为济南知府之后，张积中一生最鼎盛的时候到了。

修寨子

山这种巨大的物质，在淡蓝色的暮霭中，十分漠然，月亮升起来，黄崖的神性渐渐浮现。

张积中看着黄崖，忽然觉得这种不起眼的山，毫无意义，应该只是用来配重的。如果黄崖突然消失，最有可能随之倾覆的是洛阳的邙山，邙山低矮多墓葬，像葡萄干面包，含化了许多尸体。

看累了就蹲下来，动手修建一个极小的小寨子，开始只有一尺那么大，令人欣喜，但试了试有些太小，又修了一个一丈见方的，也十分令人欣喜，张积中见修寨子令人欣喜，便放开手修了起来，最终修了一个一亩大小的，能容得下马匹和树，同样十分令人欣喜。

刘曜东见老师修得兴起，便号召大家都加入进来。黄崖上下烟尘四起，叮叮当当，开始了浩大的工程，徒众不仅修寨子，还披荆斩棘，铺路，架桥，砌墙，这些劳动，让几十万年来寂静无声的黄崖充满了尘感。

后人说，这是创世纪。

越来越大的黄崖村落，已经开始有城墙，壕沟，库房，仓廪，水井，马厩，医院，学校，宿舍。

起初刘曜东有规划，在纸上画来画去，看一看风，看一看星，从军事角度眺望一番，心中响起号角，而农民一旦动手修建，就失控了。设想中庄正谨严的黄崖宛若罗马，等修建出来都是风疹一般的布局。

算了，在张积中的建议下，除了城防之外，其他就按照丛生的原则自由动土吧。

"城就是笋，让笋生长。"

工人们听到一阵雀跃，七手八脚修了起来。黄崖这座地质意义上的山，在文化角度再生了。

之后，大约有八千居民陆续迁到黄崖，其中还有几百位不如意的官员和乡绅。他们并非都是难民和穷人，有不少人带着巨额家产上山，因为觉得世事虚无，大清失格，寻找自我的行动必须即刻开始了。

张积中最得力的助手，是大弟子刘曜东，刘曜东熟悉民情，一直负责土木工程。

另外一个弟子，是征税者吴载勋，在1864年，因为处理捻军起义不得力而被罢免，随后也背着包袱正式投奔了张积中。

还有两个女弟子，一个是周星垣的孙媳，早年守寡，另一个是张积中的侄女，两个人都抱着巨大的剑，站在张积中身后。普通的崖民见了她们要行九叩大礼。

排行第五和第六的，是吞吞吐吐的朱氏兄弟，带着自己的八百骑兵，驻扎在黄崖山下负责防务。

他们经常意味深长地看着忙碌的黄崖，话也不说。

粮盐药

许多流民和土匪也来到了黄崖，张积中一视同仁，强调人人平等。

农民、土匪、大户这些分类被破除，八千个崖民，从此都是太谷信徒。

有沉默的兄弟，有黄昏中来投的旅人，有穿袍子跛脚的诗人，有带着祖传鼻烟壶的哑巴，有在蝗灾过后的麦田里哭泣的小倩倩。

他们全部入教，从此获得新生。

一旦入教，就必须露出右肩以示赤诚，然后在公局登记，捐出一半家产，接下来接受严格的教义教育，严禁积累私产和通婚。

黄崖的生命力，来自隔绝、自持与放弃，人们犹犹豫豫地把钱交出去，强迫自己撒手，忽然就清晰地感知到了一种矿味，是地气吗，他们当时无法分辨，其实那是"此在"的气味。

黄崖开支巨大，只靠捐助远远不够。

吴载勋和刘曜东召集贩过私盐的崖民，避开官府，在黄河沿岸开设盐铺，一个一个的小房子，在暮霭中低低地亮着灯，一直延伸到五百里以外的江苏，和泰州盐民接上了头。

这就是盐路了，也称斧刃上的盐路，和山东中路驿道远远地并行。

一个一个的钠离子在烈日中翻山越岭，穿过黑木林，从一个渡口到另一个渡口，进入血液，带来了流动感。黄崖成了当时山东最有活力的地方，像是旧屋子里的一盏小灯。

但黄崖的土地不行，自古以来山上的物产都不能吃，"十里之内五谷皆不能入口"。粮食供给全靠山下的三个村子。

吴载勋组织了一千多个崖民负责屯田，在五月的夜里，他们吃完了馒头和咸蛋，坐在月光下看着麦浪，磅礴的涌动令人着迷。

这不就是大海吗，大海就是这样的。

远处黄崖主峰一片漆黑，像腌过的巨兽。看谷仓的人总觉得漆黑的山在盯着他，他抱着刀悚然翻身，蜷起腿来。

解决了粮食和盐，药物是最好办的，因为万物皆可入药。张积中在黄崖和附近的水里铺，开设了两个药局，只卖安慰剂。

烧大量的香

五年过去了。黄崖在时间中航行了五年。

张积中定时在圣人堂里举行夜祭，烧大量的香。被称为张圣人夜祭。

两个女弟子持剑在两旁站着，五短身材，一脸严肃。很多人不知道她们会不会说话。

山民远远地看着祭祀堂在冒烟，议论纷纷。

张积中一动也不动，但他没有专心打坐，而是越来越不安。他本是来山东逃难，但为什么会不自觉地定居黄崖。八千人在这里，他们是降下来、聚起来还是围过来。他们狐疑地下拜，究竟拜的是什么。

本不想办团练，但来到黄崖仍然是在办团练。

泰州已经回不去了。可他只看到华北的劳碌、暗黑、空虚与恐怖，还有稀稀疏疏的废墟，马匹在冰面上跌倒，地下埋着王的头。

五年以来，每当他开口讲学的时候，泰州在口中流出，王艮在口中流出，周星垣在口中流出，少时的噩梦在口中流出。每当信众问起一个问题，脑中总会有一个答案亮起，是黄崖在脑中留言吗。

黄崖究竟是一座什么山。

如今困在高处，是不是已被黄崖寄生，此生是不是早已被黄崖寄生，自师祖王艮开始，众人是不是就已被黄崖寄生。

太谷学派和大成教永远不能成形，否则就意味着钙化，八千信徒，五个师弟，他自己，都是太谷学派的角质层。

师弟李光忻现在到了哪里，几年没有音信，师弟是自绝于积中还是自绝于黄崖。

如果老师周星垣在黄崖，他也会聚齐八千人吗。

想吃卤鹅。

张积中很不安，只好烧大量的香。

汪宝树来了

汪宝树是一个进士，曾任知县。

因为对黄崖好奇，就打好了包，带着干粮来了，在公局里登记通报后，慢慢往山上走。

到了黄崖，天已经快黑了，他还不知道自己要干什么，就和路上歇脚的崖民一样，坐在他们自己的石头上，吹他们自己的风，感受他们自己稀薄的本质。

刘曜东下来接他，寒暄之后，他们并排着往山上走。黄崖无边无际，缓缓浮动，汪宝树看到一点一点的火光还有漆黑的主峰，心生敬畏。

"不一般。"

"还可以吧?"

晚上，汪宝树住在刘曜东的家中，点上灯，倒了一点高粱酒，谈论起了朝鲜抗击洋人的战事，还有肥城的雨水多寡、捻军动向以及黄崖的笋式设计。

汪宝树问刘曜东如何看待张积中，刘曜东想了想，觉得张积中和黄巢、陈胜、天王洪秀全、马可·波罗、阮籍、公孙龙都有相同之处，并非处事方式、学问与人格之类的相同，而是真正的、字面意思上的相同，某些部分。

1993年的一篇科幻故事中，有人认为张积中在黄淮两地、上下五千年的时空之中是概率云。

第二天游览黄崖，汪宝树一路上没有看到像样的防御，只有泥石土木，和一门锈迹斑斑、年久失修的旧铁炮。

刘曜东说，黄崖防务全靠朱氏兄弟的八百人，而朱氏兄弟并不是张积中的家人。如果朱氏兄弟不来，无论是捻军还是清兵进犯，一旦开战，黄崖顷刻之间就会被荡平。

汪宝树很惊讶

下山的时候，路上有人读书，有人采药，有人反反复复做出要去干什么的样子，然后等着念头升起。没有什么念头，这也是黄崖最大的问题，自从工事修建完毕之后，人们便无所期待，意识失重了。

从山腰往回看张积中和刘曜东的住处，还有神秘的圣人祭祀堂，原来都是拙劣的石头屋子。周围空无一物，满地荒草。

风很大，黄崖有一种无始无终的寂寥。那种萧索的神圣感，是两万年前的气质。

和传说中的神秘、恢弘和攻击性不同，黄崖的无为、无助和荒凉，给汪宝树留下了深刻的印象。

下山几天之后，汪宝树用白话写了一篇日志，名为《最大的静物》，这是黄崖留下来的唯一的成文记录。

刚放下笔，他听到一声巨响。

四件事

一个王花，在苍茫的大地上夜奔，准备举家去投奔黄崖，因为在官道上弯着腰仓皇潜行，被官府注意到，兵勇抓住了他的胳膊。

稍加审讯，就知道了黄崖的事情。

山东巡抚阎敬铭派出两个人去黄崖调查，二人见到张积中，慈祥地坐在石头上吃花生，言谈举止非常儒雅，回报称："张积中系前任临清州知州全家殉难之张积功胞弟，世袭云骑尉，现山东候补知县张绍陵之本生父，静居山以授徒讲书为业。"

讲到吃花生这里，巡抚稍微松了口气。

次年，益都县捻军发起暴乱，捻军首领冀宗华被俘，拷问之后，冀宗华交代了几件事：他曾经盗过辽代的墓，发现里面有新尸。捻军同伙中有富裕的黄崖弟子。张积中准备当年深秋起事，先攻占益都和济南，再控制全省。还有他七岁那年到过蓝敦煌。

冀宗华和俘虏都被斩首，只留下一个人，准备与张积中对质。

秋天，一位将军路过黄崖，吃了一盘鱼，店家说饭钱已由张积中付清。将军吃了一惊，回到济南告诉了巡抚。

一位候补道台婚后三天要去黄崖，听张积中讲课。他的妻子，也是另外一位道台的女儿，在门口拦住了他，"真要去吗！"

但候补道台说黄崖纪律严明，必须得去。妻将此事告诉父亲，父亲又连夜告诉巡抚，巡抚坐了起来。

很快，巡抚召来张积中的儿子张绍陵，让他劝父亲来济南。张积中知道这是鸿门宴，拒绝了。

"伏剑而死则可，桎梏而死则不可。"

张绍陵跪求不成，也只能留在黄崖，起风了，他感到历史在转折。端起碗来，饭里开始有战争的味道。

山上已经有了传言，吴载勋首先动摇了，他本来就是没落官僚，开始收拾东西带着家人偷偷下山。

山东布政使丁宝桢再次派出长清和肥城知县上山劝降，恰好遇到吴载勋，知县正在说明来意，山上忽然有人跑来给了吴载勋一张纸。

吴载勋看完惊了，示意官员快走。知县们不知道发生了什么，只好赶紧上马，但山上有人跳下来拦住他们，当场砍死了三个侍卫。

消息传来，巡抚开始怕了。

黄崖之战

两位知县下山的第二天，黄崖开始武备。

柴草粮食和武器络绎不绝，像秋收一样。船只沿着黄河一直排到几十里外。因为牲口运力不足，许多黄崖士兵放弃戒令，下山抢夺骡马。

巡抚深吸一口气，黄崖之战就要开始了。

肥城王宗淦，一个汉子，世世代代住在黄崖附近。因房子在备战时被崖民烧毁，他一怒之下拒不救援张积中，并发誓剿灭黄崖。

清军集结的时候，王宗淦自行拘捕五十个亲属为人质，向清军表明决心，然后和堂弟王宗范一起率领民团进军黄崖。沿途的地方军队和民团陆续加入，抵达黄崖山脚下的时候，已经是一支一万二千人的军队。

黄崖的朱氏兄弟和他的八百人，不敢与清兵对抗，远远地避开了。成为唯一一支幸存的崖民，后来他们散落在黄河两岸，在光绪年间陆续消失，死因大都是体内有山。

张积中应战，一个乌托邦，即将被打破。

山路狭窄，双方一直在试探，但刘曜东第一轮就被清兵火炮炸死了。

和太平军相比，山民和地方清兵都不善战，胡乱打了几天之后，巡抚决定暂缓，开始劝降。

"现在还来得及。"

吴载勋成了中间人，他带来了张积中的回复。

张积中说山上人数众多，成分复杂，甚至还有漂泊的神，需要宽限几天慢慢说服，然后逐队遣散。

巡抚也提出了条件，最多宽限两天，两天内主动投降可免死罪。

这两天不忙，清兵和民团原地驻扎，在营地里吃吃喝喝，烤兔子，他们都是贫苦的农民，一生从未参加过如此大规模的战斗，打仗像是在过节。

两天过去了，没有一个人下山。

巡抚手心出汗了，提出再宽限一天。

但张积中不过是缓兵之计，他正趁停战的时候，派人下山联系盐枭和捻军。

官府在山下俘获的捻军招供，他们的确正准备北上援助黄崖。

黑暗的华北为之一振

巡抚阎敬铭下了决心，清兵开始强攻。

黄崖童话一般的防御瞬间就垮了，除了盐枭和流寇略有抵抗，其他百姓没有还手之力。

黄崖的几千人被沿路砍杀，无数人跳崖。清兵在山石和灌木丛中像打猎一样追剿裸露右臂的人，以至于忘记了这是在打仗。

除了临时逃跑的吴载勋和朱氏兄弟，没有人投降，二百多户官员士绅也大都死在山上。

最后时刻，张积中召集了亲属、弟子一百多人，来到山顶圣人堂。他们像诸神那样，按资历和辈分坐好，把地上铺满火药。在内寨门被攻破的时候，点燃了火药。

黑暗的华北为之一振，黄河两岸出现了久违的高峰体验。

总共有四百名妇孺被俘，他们眼睛凝视前方，神情淡漠，嘴里念着什么。衙门官员开始清点人数，按照原籍登记，把他们送回乡里安置。

其余的清军和民兵，开始劫掠黄崖的财物。

巡抚在战后上山，看见满地都是尸体，士兵拎着水壶开心地跑来跑去，他顾不上管，先走进了焦黑的祭祀堂。

祭祀堂里像穴居一样简陋，有楼梯和讲台，还有没烧完的黄色帐子和桌布。巡抚想象中的神秘和壮丽都不存在，只看到一个清苦的氏族，在混乱的晚清，像砖地上的一个蘑菇。

阎敬铭有文人的一面，他问自己，区区一个氏族为何要赶尽杀绝。

官员在祭祀堂四下收集了烧焦的尸体，按男左女右埋在堂前的水池中。山上清理完之后，开始清查山下商铺，发现商铺早已人财两空。

天黑之后，黄崖微微发腥，一片寂静，像是进入了永夜。

巡抚很困惑

平定黄崖的人都受到了嘉奖，只有肥城知县和长清知县因为失察而被唾弃。

上山的人中，征税者吴载勋活了下来，巡抚没有判他死罪，只是把他流放到黑龙江。吴载勋带上家眷和鱼干，跋涉了一个月到达目的地，并在那里认真生活，学会了做菜。

几个月的审问和调查之后，巡抚衙门发现黄崖事件和黄崖本身一样孤立，张积中和黄淮流域的大小叛乱都没有联系，大成教和白莲教、摩尼教、袄教、太平军、捻党、道教、佛教都没有关系。

在打仗前夜，张积中和捻军的联合也并无实质证据，只有惯匪的口述。

一切调查，都指向一个结果：张积中只是一个神神秘秘的儒生，只是微微含愤，一生从未干过坏事。

巡抚很困惑，以忧郁的笔调给皇上写了折子，奏的主要是伤感："此人所操何术，所习何教，而能惑人如此之深。"

不久，巡抚告病辞职，丁宝桢接任。

清廷理解巡抚。前有太平军和捻军之鉴，黄崖这样的教式乌托邦不能留。

而且单单是贩私盐、杀死县衙侍卫、私自屯田、窝藏流寇、逃税、敛财、藐视朝廷、篡改儒家经典这几个理由，就足够惩治张积中了。而对于崖民，处理不当造成大量伤亡，也实属无奈。

几年之后，巡抚又被重用，升为军机大臣、户部尚书，授予东阁大学士。

他的忧郁打动了慈禧。

民间流传：黄崖前 2960 年，纣王挖了一个路人的膝盖；黄崖前 2260 年，庞涓又挖了孙膑的膝盖；黄崖前 304 年，陕西华县大地震；黄崖后 46 年，清朝覆灭；黄崖后 127 年，山东降下大雪；黄崖后 443 年，汉语消失。一切历史与地理，均以黄崖为圆心。对于叛乱，张积中没有动机而黄崖有动机。

太谷学派的后人，认同这一点，并以此为荣。

无人看管的学堂

李光忻在路上走着走着，路过一棵树的时候，脑中有种底噪戛然而止，第二天，他在大运河的渡口听到了黄崖覆灭的消息。

他往北看了一眼，想起了年轻时代和张积中争执过的二三事。

黄崖事件之后，国事糜烂，李光忻到处躲藏，同时以更诡秘的方式，传播太谷教义。

吴载勋在流放的十三年间，掌握了炖鸡的技巧和生活本质，从黑龙江回来之后定居高邮，重新拜李光忻为师。

李光忻介绍他认识了一个年轻人，此人总是在最后排听课，后来写下了《老残游记》，从而一举成为刘鹗。刘鹗为人尖刻，喜欢逞口舌之快，总是取笑吴载勋。

但刘鹗喜欢李光炘的另一位高徒黄葆年，吴愚钝而黄温厚，刘鹗和温厚博学的黄葆年一起收集流落在各地的学生，开始推动太谷学派南北合宗。

1883 年，他们在济南见面，走过曲水亭街，惊扰了鹅，然后坐在珍珠泉边上，看着水里吐出来的泡泡，客客气气地商量怎么办。太谷的理论很模糊，而人们又不好意思争执，每次讨论，最后都变成了缅怀张积中。

真正的合宗，是在苏州实现的。

几年之后，刘鹗和黄葆年遣散了不中用的人，和另外几个人一起，在苏州收拾出一间屋子，创办了归群草堂，草堂里点上了蜡，蜡油无声地流下来，苏州为之一热，意味着南北合宗完成了。

归群草堂没有课本，他们和学生讨论通俗小说，稗官野史，当地流言，并分析前一晚的梦境。

偶尔也会围着太湖石，研究静物之谜。他们看过汪宝树的文章，黄崖的确是当世最大的静物。

黄葆年死后，指定李光炘之孙李泰阶继续办学。

李泰阶死后，只留下一个无人看管的学堂，有着黑黑的屋檐。

李泰阶的后人，1950 年冬天在朝鲜长津湖战死。

无法证实

从王艮开始，泰州学者和山东盐民维持了三个世纪的关系。盐和几十种不可理解的教义，以及谣言、巫医术，在流传的时候都带着相似的渗透压。

截止到 1939 年红枪会消失，三百五十年中，华北只有一个黄昏反复放映，却累计有一千万异端和一千万暴徒。

黄淮流域的真实历史，实际上是在符咒中运行。无论多么荒唐愚昧的符咒，在有了之后，就再也不会没有。它们像无数飞行的短咏叹调，在一种深蓝的背景中运转着黄淮流域的概率云。

越来越多的人认为，是黄崖找到了张积中，是黄淮流域的路，去往张积中的脚下，历史从春秋时代开始弹球，辗转至 1866 年命中。

祭祀堂还有残存的石墙。

偶尔有人登上黄崖，走来走去，期待着发现三件事：

第一，发现黄崖的手性异构特征和无机智慧体。甚至与圣维克多山的联系。

第二，发现灰坑，陶土层，或者矿物颜料的痕迹。

第三，发现黄崖深处存在直径十五公里的聚乙烯内核。

但没有，猎奇者无法证实。

山始终是华北腹地的一座小山，门票两元。山下有大片的麦田，满是泥浆的枯水渡口，一只鸡，树底下扔着卫生纸和烟盒。

黄崖，当世最大的静物，如今正以每年两厘米的速率，夜以继日地沉没。

而黄崖的衍生物，即幅员辽阔、历史已进行了五千年的中国，庞大繁忙，又有很多人为之流泪，已经完全掩盖了黄崖。